Gabriele Wohmann
»Das Salz, bitte!«

SERIE PIPER

Zu diesem Buch

Die Tücken und Tragödien, die unerbittlich hinter allen menschlichen Beziehungen lauern, gehören zu den besonderen Spezialitäten der subtilen Beobachterin und scharfzüngigen Erzählerin Gabriele Wohmann. In diesen Liebes- und Ehegeschichten zeigt sie das Zusammenleben der Geschlechter in vielerlei Perspektiven: Vom Liebesidyll bis zum Ehekrieg ist alles möglich, und es bleibt offen, welches die beste und welches die ehrlichste Variante sein mag. »Ein brillantes Buch. Es hat Witz, Tempo, immer wieder überraschende Pointen. Und es ist ein wichtiges Buch, denn es gelingt Gabriele Wohmann, den inneren Zustand unserer Gesellschaft genau zu beschreiben: ihren Bekenntniswahn wie ihre Egomanie.« (Norddeutscher Rundfunk)

Gabriele Wohmann, geboren 1932 in Darmstadt, gehört zu den erfolgreichsten deutschen Schriftstellerinnen. Ihr Werk, in dem sie sich als detailgenaue Beobachterin des Alltagslebens ausgewiesen hat, wurde mit zahlreichen bedeutenden Literaturpreisen ausgezeichnet.

Gabriele Wohmann

»Das Salz, bitte!«

Ehegeschichten

Piper München Zürich

Von Gabriele Wohmann liegen in der Serie Piper außerdem vor:
Plötzlich in Limburg (1051)
Habgier (1666)
Ernste Absicht (1698)
Er saß in dem Bus, der seine Frau überfuhr (1772)
Ein Mann zu Besuch (1863)
Frühherbst in Badenweiler (2048)
Bitte nicht sterben (2142)
Wäre wunderbar. Am liebsten sofort (2304)
Ausflug mit der Mutter (2343)
Paulinchen war allein zu Haus (2344)
Auch wie gut, daß niemand weiß (2360)
Der Flötenton (2361)
Die Schönste im ganzen Land (2463)
Aber das war noch nicht das Schlimmste (2559)
Das Handicap (2645)

Ungekürzte Taschenbuchausgabe
1. Auflage August 1994
2. Auflage Mai 1999

Umschlag: Büro Hamburg, Andreas Rüthemann
Umschlagabbildung: Christian Schad (»Die Umgebung«, 1967, Schloßmuseum der Stadt Aschaffenburg, © G. A. Richter, Rottach-Egern)
Foto Umschlagrückseite: Isolde Ohlbaum
Satz: H. Mühlberger, Gersthofen
Druck und Bindung: Clausen & Bosse, Leck
Printed in Germany ISBN 3-492-21935-7

Inhalt

Curry

Ungelogen, mit ihr fühlte er sich wohler als mit allen anderen.

Schön war es, sich jetzt auf der Couch auszustrekken. Am allerwohlsten mit ihr, der Mildi, dem guten Mathildchen. Herold empfand das stark und dankbar; Eindrücke körperlicher Art ähnelten dem Geistigen plötzlich zum Verwechseln, denn gleichzeitig mit dem Loblied auf Mathilde interessierte ihn der Leitartikel, und er las Zeile für Zeile, das Mathildchen sozusagen inbegriffen.

Sie fühlen sich entspannt, würde Doktor Ziegfeld Herolds allseits begünstigten Zustand nennen. Alle anderen waren doch anstrengend. Jutta – wie vorhin erst bewiesen. Herold seufzte genußreich. Richtig aufatmen konnte man nur, wenn irgendwo im Hintergrund die kleine Mildi wirkte. Es war eine nette Party, die sie hinter sich gebracht hatten, aber zu lang sollte man nicht mit anderen Leuten zusammensein. Diana Weyer? Sanftmut war bloß immer der erste Anschein. Mit ihr mußte man sich geradezu krank reden.

Kam da nicht ein Gewürzduft aus der Küche? War es die Küche, aus der Mildi Arbeitsgeräusche zu ihm dringen ließ? Herold hätte gar nicht damit gerechnet, schon wieder aber verspürte er Appetit. Nach dem süßen Zeug und etwas zu viel Wein kein Wunder.

Bei Niki ging Küssen glatt, das schon. Nur hatte Herold ihre deutsch-amerikanische Redeweise nicht so gern, mehr noch: sie überanstrengte ihn. Wieder das: die Anstrengung. Diese Cockpit-Sprache machte ihn unsicher. Bodenpersonal, Reisetante, fluchte er leise. Laut und aufs Geratewohl rief er in Richtung Küche Mathildchen zu:

Curry? Hab ich recht?

Keine Antwort zu bekommen, das war ihm gerade recht. Eine Familienstimmung breitete sich über ihn und entsprach dem Gegenteil von Störung.

*

Mathilde verschraubte den Deckel der Dose. Sie hatte noch nicht mit Curry gewürzt. Die Bohnen schmorten zusammen mit den Linsen nur in einem Maggi-Pfeffer-Basilikum-Sud. Herold war stolz auf seine feine Nase. Und darauf, speziell Curry überall herauszuriechen. Auf Curry war Herold sozusagen geeicht. Da konnte er sich nicht irren.

Dauernd sah sie ihn, wie sehr sie sich auch mit dem Küchenkram ablenkte, alle diese Frauen küssen und streicheln, und sie dachte, mit dem Eis, das Jutta besorgt hatte, müßte sie Blei verschluckt haben. Vielleicht brachte ihr der Eintopf nachher Linderung. Oft half es bei einem verkorksten Magen, wenn man neue Kost draufpfropfte. Nein, Herold hatte es nicht verdient, nachher bei Tisch mit dem aus allen anderen Gewürzen herausgeschnupperten Curry zu triumphieren. Am

Haken neben den Topflappen baumelte ein kleiner Spielzeugspiegel, und Mathilde schaute hinein. Erstaunlicherweise fand sie sich in diesem Spiegel immer schön, auch wenn alle anderen Spiegel in der Wohnung versagten. Auf irgendeine Weise schaffte dieser Spiegel es, den günstigen Ausschnitt zu liefern. Wie sie ihr Gesicht auch drehte, es war und blieb ein nettes, ein anheimelndes Gesicht, so kindlich auch. Mathilde beruhigte sich wieder. Sie tat eine Zeitlang gar nichts. Eigentlich wäre heute Herold mit dem Kochen dran. Daß statt seiner sie nun in der winzigen Küche stand, war nicht seine Schuld. So früh am Abend kochte sonst niemand, und sie hatte sich freiwillig dazu entschlossen. Schöne Freiwilligkeit! Ich könnte mich, nach so einem Tag, nicht auf Zeitungen oder sonstwas konzentrieren, dachte Mathilde. Sie spürte ihren schnellen harten Herzschlag. Von zu viel Reden, Gelächter, anderen Leuten bekam sie den. Jetzt Lächeln zu spielen, im Spiegelchen, das beschäftigte sie gut. So hätte ich lächeln müssen, als ich Trostpreis wurde. So und nicht anders. Mathilde machte laut: Ha ha ha! Ihr Vollidioten! Um ein vergnügtes Lebewesen ärmer! Ich und Trostpreis!

Plötzlich ergriff es sie, und sie packte die Curry-Dose. Ihrer ersten Eingebung folgte sie nicht, sie schleuderte die Dose nicht gegen das Fenster, auch nicht in die Wohnung. Aber sie stellte sie auf die Kante vom Geschirrschrank, so hoch hinauf, daß sie sich auf den Zehenspitzen strecken mußte.

*

Ärgerlich, wie leicht er in Bewunderung verfiel. Herold störte das bei sich selber. Anhimmeln, wie Mildi es nannte, wollte er es dennoch nicht nennen. Anhimmeln war ein kindischer Ausdruck, leider typisch Mathilde.

Es roch gut, wirklich sehr gut. Alle kochten sie besser als sein Mathildchen, doch Herold hätte keine gewußt, durch deren Küchengeschepper er sich mehr in Frieden gewiegt fühlen könnte – Mildi und ihre Spektakel, diese einzigen, zu denen das Glückspendel ausschlug, die einzigen prämienwürdigen, Ruhmespalme für sie, bei der selbsttätig sich das Gefühl Liebe meldete. Sollte er ihr nicht was Nettes hinüberrufen, etwa: Pech im Spiel, Glück in der Liebe? Oder wie das hieß? Bei dieser Art von Gesellschaftsspielen hatte Mildi immer Pech. Mein Trostpreis-Schätzchen. Herold fand das alles doch ein wenig zu aufwendig, und er rief:

Curry? Hab ich nicht schon einmal gefragt?

Diesmal merkte er gar nicht erst, daß keine Antwort kam.

*

Inwendiges Gejammer! Mathilde übte mittlerweile ein ernstes, erwachsenes, streng zurechtweisendes Gesicht, sie nahm sich im kleinen Spiegel die Lippen vor. Oh, wie schade es um den Samstag war! Gehörte sie doch nur zu den Menschen, denen Erbitterung gut stand!

Mathilde hielt sich, so wie fromme Leute es mit einem Heiligenschein machen würden, an das Gewölbe, grünes Laubdach mit Spalten, das der Holunderbusch bildete, wenn man durchs Küchenfenster aufblickte. Herold beabsichtigte, demnächst die Gebüschwinkel radikal zu lichten, besonders im Umkreis der nach Norden gehenden Fenster von Küche und Bad, und Mathilde sah auch ein, daß es sein mußte, der Vermieter schimpfte längst, anscheinend vermoosten die Hausmauern oder sonstwas schrie längst zum Himmel; nur hoffte sie, dieses »demnächst« käme so leicht nicht. Den Sommer hatte Mathilde immer erst herzlich gern, wenn die Holunderbeeren reiften, und wenn seine Macht erlosch und es früher dämmrig wurde; diese zweite Hitzewelle im Jahr wirkte nur mehr wie eine Imitation der ersten, der im Juli. Wir haben das alles schon genau so gehabt, dachte Mathilde in diesem Moment. Und auch diesen Moment, auch den habe ich schon gehabt, und zwar genau so. Es war ein eigenartiges Gefühl, und sie wünschte, es loszuwerden.

Blöde Jutta! Alberne Niki, Gudula ... Schimpfen half. Alle diese Frauen, die Herold imponierten. Natürlich konnten sie diese Mode-Salate zu einer Party beisteuern, wieso auch nicht? Übertriebene Komplimente für alle diese aufgetakelten Sächelchen, und Herold gefiel ihr gar nicht, wenn er – wenn er was denn? Es fiel Mathilde auf einmal überhaupt nichts mehr ein. Curry, Curry! Stumm bewegte sie die Lippen und äffte Herolds Zuruf nach. Nein, das Bösesein machte sie häßlich. Kochen konnten sie alle, hübsch sein ebenfalls, Nachtigallensalate und Sternenhimmelbrötchen konnten sie fabrizieren, brutal und graziös wie sie waren. Aber originelle und unmörderische Sachen wie Kidney-Bohnen mit Linsen extra scharf, wirklich waghalsige Sachen, unabgeschmeckt, in keinem Kochbuch registriert, solche Sachen vollbrachte nur sie, und man legte jedesmal seine ganze Person in die Waagschale, riskierte den vollen Einsatz, bewies den Mut zum unabhängigen Denken, zur Gewürzmischung, die keine Frauenzeitschrift empfahl. Bei guter Laune und großer Liebe liefen, wie kleine Theaterstücke, Mathildes Küchenüberraschungen immer unter dem Titel »Erstes Kochen«. Und war es nicht das einzig Wahre, wenn man, beinah täglich, noch »Das erste Mal« zu spielen verstand?

Mathilde grollte schweren Herzens vor sich hin. Viel lieber war sie gut gelaunt. Was war noch gestern losgewesen? Ach so, sie hatte sich mit ihrer Aufmachung für die heutige Party abgeschunden. Jede Wahl wäre nicht ideal gewesen. Diese furchtbaren Unentschlossenheiten vor dem offenen Kleiderschrank. Unentschlossen hörte sich jetzt auch das Geplauder ihres diesjährigen Amselpärchens an. Mathilde begann, sich ziellos, grundlos zu freuen. Das Gemüse im Topf erschien ihr zusammengesackt und unansehnlich, und sie bekam Lust, eine zusätzliche Büchse zu öffnen. Der kleinste Topf des Haushalts stand ganz oben im Schrank, und als Mathilde nach ihm hangelte, erblickte sie die Curry-Dose. Sie griff sie gleich mit. Im kleinen Topf erhitzte sie Öl. Dann kippte sie eine neue Ladung dunkelroter Bohnenkerne in den Topf. Beim Aufprall im heißen Öl zischelten sie. Ein freundlicher friedlicher kleiner Lärm. Nun klangen auch die Amseln zutraulicher, entschieden sich für Gesang. Herold hatte gewiß heute nichts verdient, das ihn noch selbstzufriedener machte, also weder Curry noch dieses Herzklopfen. Wie schön aber das Abendlicht unter die Holunderbeerchen schien. Von unten her erwärmte der Spätsommer den Busch. Was betete man eigentlich tagsüber? Lieber Gott, schau mich an, was ich besser machen kann ...

Wieso ich? Ich war gut genug. Ich mag diese Parties nicht, lieber Gott. Ich möchte kein mürrischer Mensch werden. Morgen, am Sonntag, da sind wir ganz unter uns, hatte Herold ihr versprochen. Darauf mit »na und« zu antworten war nicht einnehmend gewesen. Aber die Sonntage, die hatten es sowieso in sich. Mit Fangarmen, wie Schlingpflanzen, wuchsen die feindseligen Alltagsdinge in die Sonntage hinein.

Mathilde deckte den Tisch in der mittleren Lautstärke, meistens gedämpft, aber ab und zu versah sie ihre Handlungen mit einem disharmonischen Klirren: Signal für Einsamkeit, Verstörung. Beleidigtes Mathildchen. Sie tat sich leid und begann, das zu genießen. Da! Sogar Tränen, kleines Format, aber immerhin Tränen, ungefähr sieben.

Drüben las Herold die Zeitung, als wäre alles gut und diese Kuß-Szene bei der Party nicht gewesen. Sie hatten Denksportspiele gemacht, und Mathilde war nur zweimal bei der Lösung die Erste gewesen, tief unterm Durchschnitt. Weil es nach der Halbzeit so aussah, als würde auch Jutta ohne jeden Preis bleiben, völlig leer ausgehen – bei Jutta fiel das mit großem heiterem mitleidigen Getöse auf und alle lachten und jammerten – als das Tablett mit den Geschenküberraschungen schon fast blank war, alles verteilt, da hatte Herold gerufen:

Sie muß einen Trostpreis kriegen.

Und was soll das sein?

In diesem Augenblick wurde Mathilde Mittelpunkt der Aufmerksamkeit. Sie hatte, vielleicht weil die anderen sich nicht mehr konzentrierten, eine Antwort als erste gewußt und gewann die Spielzeugmaus zum Aufziehen: ausgerechnet sie! Sie heimste die Hauptattraktion ein. Ein Hauch des Unverdienten schmälerte das Ereignis. Alle hätten gern die Maus gewonnen. Sie rannte so drollig auf zwei Rädern und reckte die Schnauze, und die Fluglinienangestellte Jutta verglich die Maus mit dem Airbus kurz vorm Abheben von der Piste, und Mathilde spürte bis in die Fußzehen, wie ihre Freude verdarb. Herold, Juttas Schulter massierend, rief:

Das Mathildchen geht als Trostpreis an dich, Jutta! Mehr kriegst du nicht. Bitte, erkennt das Ausmaß meines Opfers!

Schreckliches Gelächter! Mathilde schaute ihren dunklen Bohnen beim Schwitzen zu. Ich werde nicht nur nicht mit Curry würzen, ich werde ein fades Gericht kochen. Sie stellte das Glas mit den Trockenzwiebeln wieder ins Regal.

*

Herold fing an, mehr als Appetit zu spüren. Das hier, das war bereits Hunger. Es klirrte und klapperte vielversprechend von Küche und Eßplatz her, roch auch, allmählich erkennbar, nach Mathildes Standard-Essen, diesem Bohnen-Linsen-Brei, den sie abwechselnd nach süd- und mittelamerikanischen Staaten benannte. Gutes Mathildchen, liebe Mildi, gutes Kind. Nett von den anderen, die Party gewissermaßen als Kinderstück zu inszenieren und ein richtiges Spiel zu veranstalten, die Sache nicht einfach laufen zu lassen.

Herold begann, obwohl alle Zeichen auf *ABENDESSEN* standen, noch den Wirtschaftsteil zu lesen. Am Montag, das sähe sein Mildichen ein, brächte er sie nicht an den Bahnhof, am Montag mußte er endlich seine Dollars verkaufen; schon endete der Höhenflug nicht nur, schon sank der Kurswert leicht.

Ist das Curry? Riecht so gut nach Curry! rief er. Wie es auch schmecken würde, ihr Kindergericht, er würde es loben.

*

Treffsicherer Ratespieler! Mathilde antwortete nicht.

*

Ihm fiel es nicht auf, wieder nicht, und an Absicht zu denken war er weit und wohlig entfernt.

*

Ein neuer Blick in den erleuchteten Holunder brachte plötzlich die Eingebung: so erging es sicher diesen Wundergläubigen, mit Licht hatte das gewißlich immer zu tun, wenn Menschen auf etwas sehr Gutes und Wichtiges kamen. Damit Herold recht hätte und nicht sie, überwand sie sich und bepuderte ihre Bohnen-Linsen-Mischung mit Curry.

*

Ach, ich hab sie am liebsten, mein Mathildchen, wie es sich gehört, alle anderen sind so anstrengend, dachte Herold, der den Curry erschnuppert hatte, ehe er angewendet worden war.

*

Daß du wieder mal den Curry von Anfang an herausgerochen hast! Du bis einmalig.

Du aber auch, kleine Curry-Köchin! Bohnenkönigin! Extra scharfe! Du Trostpreis!

Herolds Lächeln ging zwar ein bißchen in Nikis Richtung, oder in Dianas, oder … egal, geliebt wurde ausschließlich Mathilde, und daß es väterliches Lieben war, gefiel ihnen beiden sowieso am besten.

Bessere Zeiten

Gegen zwei Uhr verlangte es die Gernsteins nach ihrer gewohnten Mittagspause. Überhaupt: Gewohnheiten! Wichtig, sich daran zu halten. Es war ein warmer und sonniger Tag am Wochenende. Samstag. Appetit hatten die Gernsteins und durstig waren sie auch, Bedürfnisse, die sie befriedigen konnten; nur dem Wunsch, sich etwas frische Luft zu verschaffen, stand, kaum hatten sie vier Fenster geöffnet, der Verkehrslärm entgegen.

Mach bitte wieder zu, bat Frau Gernstein ihren Mann, während sie selber schon zwei Fenster schloß.

Es wird von Jahr zu Jahr schlimmer mit dem Verkehr, sagte Frau Gernstein. Wie schön wäre es, wenn man jetzt ein paar Schritte gehen könnte. Einfach ein bißchen den Waldweg entlang.

Wir könnten ein Stück mit dem Auto fahren, schlug Herr Gernstein vor.

Frau Gernstein rührte er in diesem Moment, denn seine Stimme hatte mutlos geklungen. Seinen Vorschlag in die Tat umzusetzen, hatte der Gute überhaupt keine Lust. Er machte einen überanstrengten Eindruck, und ein Mittagsschläfchen wäre das Beste für ihn.

Nur nicht, doch jetzt nicht, rief Frau Gernstein.

Was denn: jetzt nicht, nur nicht?

Autofahren, bis zu irgendeinem Waldweg oder so. Jetzt ist Pause. Ausruhen. Du brauchst das.

Eine Zeitlang schwiegen sie, sie beobachteten den Verkehr, denn wenn man ihn schon hören und riechen mußte, empfahl es sich, ihn auch zu sehen. Besser, man bekam deutlich mit, worunter man zu leiden hatte.

Hast du den da gesehen? Herr Gernstein klang aufgeregt.

Wen? Welchen?

Den weinroten Mercedes oder was es war. Slalomfahrer. Von der rechten Fahrspur über die mittlere auf die linke, hat mindestens drei andere Fahrzeuge in Bedrängnis gebracht.

Mercedes gibt es kaum in Weinrot, oder? Frau Gernstein war stolz darauf, sich in Automarken sehr gut auszukennen. Darunter, daß sie selber nicht imstande war, ein Auto als Fahrerin zu benutzen, litt sie wie unter Analphabetentum. Sie hatte Freundinnen, die sie dieser Befähigungslücke wegen immer wieder einmal verspotteten. Eine von denen kam ihr jetzt in den Sinn, während noch ihr Mann vor sich hinschimpfte:

Wie sie wieder rasen, wie riskant sie überholen, phantasielose Idioten, hirnlose. Nimm dem deutschen Autofahrer sein Recht, so schnell zu fahren, wie er will, und er ist sicher, du hast ihm seine Freiheit genommen. Schöne Freiheit, armselige.

Und der Wald, und die Tiere, die Umwelt, sagte Frau Gernstein, fand es aber schwach, ihr fiel nichts Vehementes ein, weil sie nach wie vor an ihre kritische und in jeder Lebensbeziehung selbständige Freundin

Andrea denken mußte. Andrea hatte ihr eine Weile damit zugesetzt, sie müsse autofahren lernen, und sich erboten, ihr Prinzipielles beizubringen, vor jedem offiziellen Fahrunterricht. Du mußt dich doch völlig amputiert fühlen! Du brauchst plötzlich das Auto, du willst plötzlich weg, also beides gibt es, den Nutzwert und den Lustwert, ja, und dann mußt du erst umständlich deinen lieben Mann bitten, ob er wohl die Güte habe und so weiter. Und selbst wenn er dann die Güte haben sollte, es wäre nicht dasselbe. Das einzig Wahre ist: du kannst selbst über dich bestimmen. Und was dir nicht sonst noch alles entgeht: Fahrtrausch, du hörst Musik, du fängst zu schweben an, du bist unabhängig ... Frau Gernstein war daran gewöhnt, daß Herr Gernstein derlei Bekundungen mit *QUATSCH* und *UNFUG* kommentierte, und dadurch fühlte sie sich ein wenig getröstet.

Gerade mußte ich daran denken, daß wir vor zwanzig Jahren noch bei Autofahrten sogar auf der Autobahn einfach da, wo es schön war, rechts raus in ein Waldstück fahren konnten, um ein Picknick zu machen, sagte sie.

Und zwar ein Picknick mit allem Drum und Dran, fügte Herr Gernstein hinzu. Deine Mutter hat auf dem Spirituskocher Fleischwurst in mitgebrachtem Wasser heißgemacht, dein Vater, ich sehe ihn noch, wie er ein deprimiertes Gesicht gezogen hat, wenn kein Senf da war.

Die Gernsteins lachten, glücklich in der Erinnerungswehmut.

Oder ist es mehr als zwanzig Jahre her?

Egal, es waren bessere Zeiten.

Für uns, bessere Zeiten. Sind wir elitär, was meinst du?

Von mir aus.

Auch für die Natur waren das bessere Zeiten, egoistisch sind wir nicht.

Bessere Zeiten! Die jetzigen Autobesitzer denken anders darüber.

Jetzt fährt einfach jeder.

Und jede. Denk an all die Zweitwagen.

Gut, sind wir eben elitär.

Ja, was bleibt uns übrig?

In dem Punkt gab es zwischen den Gernsteins keinen Streit. Neuzeit und Fortschritt hatten sich längst als folgenschwere Phantome erwiesen, die Menschen saßen in der Sackgasse, bedroht von Überfüllung, Erstickung, Bruchlandung der Erde, Ende der Atemluft. In wie vielen Jahren auch immer, ihr Wohlbefinden als Bewohner ihres Viertels, als Fußgänger da und dort, und auch wenn sie auf einstmalige Autofahrten zurückblickten, es hatte starke Einbußen erlitten.

Gegen drei Uhr fühlte Herr Gernstein, auf Befragen seiner Frau hin, sich wieder fit.

Ungewöhnlich lang pausiert, heute, sagte er. Wundere dich also nicht, wenn es von nun an etwas flotter geht.

Du bist der beste Fahrer, den ich überhaupt kenne, sagte Frau Gernstein aus Liebe, denn sie wußte, dieses Kompliment gehörte unter den Favoriten an Komplimenten für ihren Mann auf den ersten Platz.

Sie richteten sich in ihren Sitzen auf, legten die Gurte an. Verließen ihre Parklücke im Autobahnrastplatz, vorbei an der Raststätte.

Schon wenige Minuten später, eingefädelt in den dichten Verkehr in Richtung Grenze, kamen die Gernsteins gut vorwärts mit zahlreichen Geschwindigkeitsüberschreitungen, gemütlich aufgepflanzt hinter der Frontscheibe ihres Autos, das ihnen so sympathisch war wie ein Haustier.

Die Trennung

Das ist aber diesmal mit Damen, sagte Meta.

Timo durchfuhr ein Blitz, gerade weil Metas Stimme so unschuldig klang, und weil sie lieb und zutraulich aussah. Alles wäre einfacher mit einem Grund zur Wut. Aber den lieferte sie ihm nicht. Mitleidig und beschämt beobachtete Timo die Frühstücksgewohnheiten seiner Frau. Jetzt rührte sie sich in der blaugemusterten Schale ihre aktuelle Spezialmischung an, über Biohefe und Sojamehl streute sie gelblichweiße Hirseflocken. Hirse war zur Zeit die Nummer eins. Meta hatte gelesen, Hirse kräftige das Haar und die Fingernägel, und noch glaubte sie daran.

Es ist mit Damen, wiederholte Meta.

Fängst du schon wieder damit an. Timo seufzte. Es durfte kein gewichtiger Seufzer sein. Ich habe dir doch werweißwieoft erklärt, wie langweilig diese Sachen sind.

Nicht für mich, ich bins nicht gewöhnt, sagte Meta mit unwiderlegbarer Logik.

Du wirst Tischnachbarn haben, die du nicht kennst. Wie willst du dich mit denen unterhalten?

Das ergibt sich.

Das Essen ist knapp, es werden Reden gehalten, Getränke gibt es, aber nicht zu viel, die Reden sind zu lang, und du mußt dich in Kleidungsstücke pressen, die dir am Gürtel zu eng sind. Und keine Hirsepackung weit und breit.

Ich kenne sie alle nur vom Bildschirm, den Bundespräsidenten, seine Frau, den Oppositionsführer, und sicher noch viele interessante Leute aus den Abendnachrichten, viele werden da sein, die ich gern mal in Natur sähe. Und dann lockt mich auch die Villa Hammerschmidt, sagte Meta.

Gutes Stichwort: Villa Hammerschmidt. Meta sei doch schon einmal mit ihm dort gewesen, belehrte Timo seine Frau, die aber dagegenhielt:

Das ist Jahre her, sicher fünf oder acht Jahre, und es hat mir alles derartig imponiert, es war so gepflegt und schön. Allein schon diese herrliche geräumige Damentoilette im Parterre. Außerdem soll der jetzige Bundespräsident eine andere Einrichtung veranlaßt haben, wurde nicht innen umgebaut? Hängen nicht andere Bilder an den Wänden? Und wenn ich das grüne Kostüm anziehe, hab ichs nicht allzu eng, ich kann gut den oberen Rockknopf aufmachen, weißt du, der Rock vom grünen Kostüm wird vorne geknöpft, und die Jacke geht drüber.

Friedfertig aber hoffnungsvoll hatte Meta argumentiert. Furchtbar schwer für das Gewissen, diese Erinnerungen zu repetieren. Und peinlich außerdem. Immer, wenn Meta das Thema »Kleine Feier beim Bundespräsidenten« angeschnitten hatte, war Timo übellaunig geworden. Im trübe beleuchteten Essener Hotelzimmer schüttelte Timo sich vor Reue. Er redete vor sich hin: Ich bin so traurig, so verdammt traurig. Ich weiß jetzt, was Trennung ist. Eine innere Gegenstimme versuchte es mit Rechtfertigung: Aber du hast sie ja mitgenommen, sie hat ja ihre Villa Hammerschmidt mit allem Drum und Dran gehabt. Warum nicht gleich, warum nicht nach langer Vorfreude, warum erst nach so vielen erbärmlichen Querelen? Die Selbstanklage bohrte wirkungsvoll in Timos Gemüt, während die Verteidigung jämmerlich scheiterte. Wie leichtfertig leben wir von Tag zu Tag, gedankenlos und zu oft mürrisch. Warum habe ich Meta das Vergnügen nicht sofort zugestanden? Warum nur? Timo war entschlossen, seine Frau künftig seltener mit seinem Mißmut zu traktieren, möglichst nie mehr, und darüber hinaus, sie häufiger auf seine Reisen mitzunehmen, sofern es sich um attraktive Reiseziele handelte. Sie war eine Genießerin, konnte sich richtig freuen! Sie hatte noch Spaß am Bahnfahren, schaute aus dem Fenster, sie zeigte ihm die Schiffe auf dem Rhein. Alles fand sie interessant. Und saß doch immer zu Haus, hütete und bewahrte ihren gemeinsamen Alltag. Wieder in ihrem früheren Beruf zu arbeiten hatte er ihr ausgeredet. Eine Bankangestellte, was ist das schon, was gibt es dir? Genieße lieber deine Freiheit und laß dich nicht von Freundinnen mit dieser modischen Geringschätzung des Hausfrauenberufs anstecken. Habe ich es damals, wenn ich solche Reden führte, gut mit Meta gemeint, fragte sich Timo. Er ging im Zimmer umher. Metas unbewandertes Kindergesicht kam ihm nicht aus dem Sinn. Und ganz besonders nicht ihr Ausdruck bei der Trennung. Lustig und verblüfft hatte sie ihn zum letzten Mal angeblickt, weil am Gleis 2 in Bonn alles so schnell gegangen war. Timo warf sich vor, er habe Meta dazu gedrängt, den gerade einfahrenden Zug zu nehmen. Natürlich war das vernünftig gewesen, und doch: Deckte sich nicht in manchen Augenblicken das Vernünftige mit Kälte, mit der Gemeinheit? Meta hätte gewiß gern auf den späteren Zug gewartet, um die ungewohnte Bahnhofssituation auszukosten und, vor allem, um sich mit Timo über die ungefähr zwei Stunden in der Villa Hammerschmidt auszutauschen. Das freundliche, aber merkwürdig überraschte Gesicht Metas beim Zurückschauen, als sie schon mit einem Fuß auf dem Trittbrett des Waggons stand: nachträglich ein schrecklich trauriger Anblick. Meta war nicht mehr jung und konnte doch in bestimmten Momenten wie ein Kind aussehen. Kam das von ihrer Gewohnheit, Timo folgsam zu sein? Ihre Haut war glatt und samtig, kein Schrumpel darin, vermutlich dicke Haut. Timo hörte sie jetzt, während er sich auf einer grünverblichenen häßlichen Couch ausstreckte und den Gedächtnisbildern nachgab, wieder sanft, aber hartnäckig über die Reise nach Bonn sprechen.

Du fährst ja auch hin. Warum tust du das, wenn es doch so langweilig wird?

Wie du weißt, ist Bonn für mich eine Zwischenstation, wie du weißt, muß ich weiter nach Essen und Osnabrück, und beruflich nützt es ebenfalls, wenn ich mich blicken lasse.

Nun tauchte wieder, das Allerschlimmste, ihr Abschiedsgesicht auf. Dieser Ausdruck der Lustigkeit, und dann, als der Zug anfuhr: Wie überrascht sie ausgesehen hatte, immer noch vergnügt, gar nicht wie ein Mensch, der einen Todesschrecken bekommt. Das ists, sagte Timo laut in sein leeres Zimmer und sprang von der Couch auf: Zu allerletzt hat sie wie meine Kameradin ausgesehen. Sie hat mir ihr absolutes Vertrauen gezeigt.

Eine Stunde später am Vortragspult war Timo bei der Sache, als er über den Physiker Stephen Hawking sprach. Aber zum ersten Mal merkte er, daß er seinen Gegenstand nicht leiden konnte. Er konnte Stephen Hawkings Desillusionierungen nicht leiden. Timo dachte nicht ausdrücklich an Meta, aber er empfand, wie sehr der fehlende Schöpfungsglaube von Stephen Hawking Meta beleidigte. Und plötzlich sagte er zum Abschluß des Referats: »Es gibt Gott, weil mein Vater mir das gesagt hat. Mit diesem Satz eines berühmten Theologen und Philosophen möchte ich heute abend Stephen Hawkings Quantengravitation die Tür vor der Nase zuschlagen. Ich danke Ihnen fürs Zuhören.«

Du warst ja toll, lobte ihn Griseldis Franz.

Sie und Timo saßen in der kleinen Weinstube von Timos Hotel. Sie beide waren die einzigen Gäste in dem schmalen Raum mit Sitzbanknischen. Die anderen Leute hielten sich im Restaurant auf.

Und du hast wirklich keinen Appetit? fragte Griseldis.

Sie war eine vergnügte Person und tat Timo meistens gut.

Wie sollte ich, wie könnte ich, sagte Timo.

Ach so, sagte Griseldis, wegen Meta. Von ihrem Teller nahm sie eine neue Gabel voll. Ihre Leidenschaft für überbackenen Camembert mit Preiselbeeren als kleines Gericht am späten Abend kannte Timo gut, teilen konnte er sie nie, nicht nur heute. Das Zeug, das Griseldis fröhlich verspeiste, erinnerte ihn an Hundekot.

Es ist doch nicht deine Schuld. Du kannst doch nichts dazu. Schön, du hast sie zur Eile gedrängt, aber das war gut gemeint.

Während Griseldis ihn aufrichten wollte, hörte er sich wieder Meta zurufen: Komm komm, nimm diesen Zug, jetzt gleich, das ist günstig. Eil dich, komm.

Ja, sie brauchte sich in ihren feinen dünnen Schuhen keine kalten Füße zu holen. Timo erinnerte sich an die Nachmittagsstunde zu Hause, in der Meta in ihren paar Schuhen für wichtige Gelegenheiten vor seinem prüfenden Blick hin und her paradiert war. Circa zwei Stunden Villa Hammerschmidt, und sie hat sich eine neue Frisur machen lassen.

Du hast ihr das Warten am Gleis 2 erspart.

Sie hätte aber gern gewartet.

Ich habe nur deine eigenen Worte wiederholt. Und Meta hatte mehr Zeit beim Umsteigen in Mainz.

Alles Unsinn. Sie wäre viel lieber bei mir geblieben. Wenn sie schon einmal verreist, kann es ruhig lang dauern.

Das Protokoll hatte Timo und Meta in der ersten Etage der Villa Hammerschmidt voneinander getrennt, sie saßen an verschiedenen Tischen: viel Gesprächsstoff für den Bahnhof. Wie hübsch, wie säuberlich und jung Meta ausgesehen hatte. Nicht wie die anderen Frauen unter den Gästen machte sie den Fehler, sich zu knallig für ihr Alter auszustaffieren. Das grüne Kostüm belebte ihr blasses Gesicht, und nach dem Essen war es rosig. Timo konnte sie von seinem Platz aus beobachten. Mit mehreren Gästen hatte sie sich korrekt, aber gar nicht steif, sondern so, als besitze sie Übung, unterhalten, kein Hauch von Provinzlertum.

Ich habe sie einfach nicht oft genug mitgenommen, klagte Timo sich an und erwartete Griseldis' Vcrtcidigungsreplik:

Aber sie wollte ja meistens nirgendwohin. Hast du mir immer erzählt.

Der nicht vorgesehene Zug schleifte Meta ein Stück mit, aber sie schaffte es...

Woran denkst du jetzt? Sie hat sich die Hand ein bißchen eingequetscht, sie hat dir selbst vorhin am Telephon beteuert, daß es fast überhaupt nicht wehtut.

Ich sehe aber immer vor mir, daß der Zug sie mitgeschleift hat, sagte Timo.

Das ist dein Schuldgefühl, und es ist ein unnötiges Schuldgefühl, und es ist nichts passiert. Oder hat das alles was mit mir zu tun?

Nein, hat es nicht.

Ach, ihr nie zu vergessender Ausdruck: Fast wie zum Ulk aufgelegt, lachte Meta Timo zu. Timo sagte, und es hörte sich so an, als beschuldige er damit Griseldis mitsamt ihrem gebackenen Käse und ihrem guten Appetit:

Meta ist ein Mensch, der sogar eine Fahrt in der S-Bahn genießen kann.

Das ist doch fabelhaft, antwortete Griseldis, wozu die Jammermiene?

Und wir zwei sitzen hier, klagte Timo.

Ja, ja, wir zwei sitzen hier. Meta weiß, daß du mich in Essen triffst. Ich bin mit Meta befreundet.

Hübsche blaue Polster in der 1. Klasse, hörte Timo die reiseunkundige Meta berichten. Er war auf der Rückfahrt, am Ende der Dienstreise, und in seinem S-Bahn-Wagen waren die blauen Polster allesamt aufgeschlitzt. Wie brachte Meta es fertig, das Schöne zu entdecken?

Zu Haus, vom Bahnhof aus einer Telephonzelle, rief er Meta an.

Ich bin noch in Koblenz, log er.

Das ist vernünftig, würde sie gleich sagen.

Dann brauchst du nächste Woche nicht extra dorthin zu fahren, gute Idee, sagte Meta.

Und wie gehts, tut die Hand auch nicht weh, ist alles in Ordnung, fragte Timo. Er kam sich schmutzig vor. Ihm war heiß, er regte sich auf.

Mir gehts gut, erklärte Meta. Ich säubere jetzt die Gartenmöbel. Das Frühjahr kommt. Ist es bei dir auch so warm?

Furchtbar warm.

Timo hätte Meta gern bekannt: Ich habe Angst vor dem Frühjahr. Ich weiß jetzt, was Trennung ist. Ich sehe immer noch dein überraschtes und lustiges Gesicht beim viel zu schnellen Abschied am Gleis 2.

Diese Schuld werde ich nie mehr los, sagte er.

Was denn für eine Schuld, fragte Meta.

Ich habe dich gedrängt, den früheren Zug zu nehmen, sagte Timo.

Aber das war der beste Einfall, den man haben konnte, ich hatte so viel Zeit zum Umsteigen. Und mit der Hand ist wirklich nichts, rief Meta. Es war so schön in der Villa Hammerschmidt.

Sie verabschiedeten sich. Timo, im Taxi, gab dem Fahrer sein Ziel an: Zum Herzog-August-Park bitte.

Da gibts aber nur Park, sonst nichts, meinte der Fahrer mit Blick auf Timos Reisekoffer.

Ich weiß, ich weiß, fahren Sie dorthin, sagte Timo.

Aber wie er durch diesen Tag weiterkommen würde, das wußte er nicht. Rasch durchwanderte er den Park. Hier sind wir so lang nicht mehr spazierengegangen, Meta, würde er ihr sagen. Was war das denn da drüben zwischen Büschen und Sträuchern? Er kannte doch diesen Teil des Parks auch, und nie zuvor hatte er den kleinen Friedhof gesehen. Beim Weitereilen schwitzte er und blieb dann verdutzt stehen: Das waren gar keine alten verwitterten Grabsteine, das waren Schafe. Eine kleine Schafherde!

Timo wollte jetzt möglichst schnell nach Haus zurückkehren. Angeblich befand er sich in Koblenz. Aber die Verwechslung der Schafe mit Grabsteinen erheiterte und erleichterte ihn so sehr, daß er die Angst verlor, Meta seine Schwindelei zu bekennen. Auf einer Bank machte er Rast. Wie lautete sie noch, diese eigenartig schöne Strophe aus dem Gedicht »I am«? Langsam setzten sich die Wörter in seinem Gedächtnis zusammen. Timo beeilte sich jetzt auf seinem Weg in die Stadt. Vom Hirschkreuz aus nahm er den Bus.

Meta machte nicht, wie er erhofft hatte, das liebe überraschte und zu einem Ulk aufgelegte Trennungsgesicht, als er auf der Loggia erschien, wo sie nach Alltags- und Hausfrauenart herumwischte.

Da bist du ja doch schon, rief sie ihm zu. Sie sah ihn wie eine Pflegerin an.

»I long for scenes where man hath never trod; / A place where woman never smiled or wept; / There to abide with my Creator, God, / And sleep as I in childhood sweetly slept: / Untroubling and untroubled where I lie, / The grass below – above the vaulted sky.«

Timo hatte die ganze Strophe frei zitieren können.

Was hast du bloß, fragte Meta. Warum bist du hier und nicht in Koblenz? Ist was?

Ein Gedicht, besser: die letzte Strophe von »I am«. Der Verfasser ist John Clare, er war geisteskrank, 1793 bis 1864, sagte Timo.

Hast du Fieber? Komm, wir gehen rein, zieh den Mantel aus und leg dich ein bißchen hin.

Meta machte und machte nicht das Gesicht vom Abschied am Gleis 2. Erzähl mal, sag, was mit dir los ist, sagte sie, und setz dich doch endlich hin.

Dieser John Clare sehnt sich nach Szenen, in denen er schlief wie ein Kind. Und dorthin, wo eine Frau niemals lächelte oder weinte.

Aber lächeln müßte doch erlaubt sein. Ist das nicht etwas grausam? Nun ja, er war geisteskrank, sagte Meta und dann: Nimm. Trink das. Du bist ganz durcheinander. Dein geliebter Glenfiddich.

»The grass below – above the vaulted sky«, sagte Timo.

Was heißt denn »vaulted«? fragte Meta.

Timo wußte es auch nicht. Er fand, es spiele keine Rolle. Ich habe vorhin einen Friedhof mit einer Schafherde verwechselt. Ich habe gedacht, ich liefe auf Grabsteine zu, aber dann waren es Schafe.

Ja, sagte Meta, es wird Frühjahr. Du, Timo, bei deiner Post ist schon wieder eine Einladung nach Bonn. Diesmal zur Sowjetischen Botschaft, und wieder mit Damen.

In Timos Kopf bildete sich ein Wirbel von Bildern, und ein weiterer Schluck Glenfiddich machte ihn schwindlig. Die Grabsteinschafe blökten ihn an, und anders als bei John Clare, wo eine Frau niemals lächelte oder weinte, sah Meta ihn an, aber immer noch nicht mit dem Gesicht vom Bahnsteig 2, und er hörte kaum zu, als sie sagte, nein nein, ihre Hand tue überhaupt nicht mehr weh; ich fürchte mich vor dem Frühjahr, wollte Timo sagen, und er wollte sagen: Da wußte ich, was Trennung ist. Aber Meta wiederholte: Das müßte nett sein. Wieder Bonn, diesmal eine Botschaft. Interessant.

Also schrie Timo sie an: Du willst schon wieder mit? Und was versprichst du dir davon? Eine Trennung kann man nicht wiederholen. Sie ist endgültig.

Besser, du ruhst dich erst mal aus, ich mache auf der Loggia weiter, sagte Meta.

Aus der Nähe gesehen

Immer wieder fiel Aniela Stecher nur Edith Piaf ein. Es mußte aber noch mehr berühmte Beispiele für die Liebe zwischen einem jungen Mann und einer beträchtlich älteren Frau geben. Bis bald! Aniela nahm Abschied von ihrem Abbild. In ein paar Minuten bezöge sie von neuem Stellung vor dem Spiegel, der in die Badezimmertür eingelassen war. Vor diesem langen Spiegel prüfte sie sich im Stehen, dann auf einem Stuhl in verschiedenen Sitzhaltungen, und sogar in der Hokke. Sie übte sich für das Treffen mit Moritz Bingen ein. Vorerst zuversichtlich, doch Ruhe ließ ihr diese Verabredung keinen Moment. Da bahnte sich etwas an, und zwar von ihm zu ihr, nicht umgekehrt, was sehr viel ausmachte. Moritz Bingen hatte die ersten Schritte getan. Sehr gut so. Sehr belebend. Ein Labsal für die Eitelkeit. Als Menschenkennerin konnte Aniela sich nicht täuschen beim Fazit: Dieser junge Mann ist in mich verliebt.

Weiter mit der Arbeit. Auf einer medienpolitischen Konferenz sollte Aniela am nächsten Vormittag das Fernsehen gegen die üblichen Schmähungen verteidigen. Aniela arbeitete in einer exponierten Position beim Fernsehen und verantwortete die Reihe »Betrifft: Bücher«. Ihre Botschaft lautete immer: Das Fernsehen dient und nützt dem Buch. Aber weil sie zum ersten Mal ihre Lesebrille zu Haus vergessen hatte und sich im Zugabteil wie blind zwischen den mitgenommenen Zeitungen und Büchern vorgekommen war, gefiel ihr Vortrag ihr nicht mehr. Sie schrieb auf: »Wie gedankenlos bedauern wir die zu Bedauernden, in diesem Fall die Sehbehinderten. Wie wenig substanziell. Ohne Identifikation. Seit ich ohne Lesebrille unterwegs bin, wird meinem leeren Mitleid endlich einmal die Erfahrung hinzugefügt.«

Aniela trieb es wieder zur Spiegeltür hin. Sie fand ihr Gesicht aufgeweckt, und wenn sie es jetzt mit den Augen des jungen Moritz Bingen sah, fand sie es schön. Auch ihre Worte würden ihm imponieren. Wieder am Schreibtisch, notierte sie: »Ich bin dankbar für diesen Schock, leseblind zu sein! Einen Abend ausschließlich vor dem Fernsehapparat zu verbringen, das bedeutet: Man blockiert sich, man verliert sein Selbst und verschwindet hinter einer bewußtlosen Dumpfheit. Beim Lesen aber hast du die freie Wahl, du kannst deine Zeit selbständig einteilen, du spürst deine Individualität, du phantasierst, schweifst ab, du bist aktiv, fast so, als läsest du nicht, sondern als würdest du selber schreiben.«

Ich danke Gott für meine Sehkraft, ich danke meinem Augenarzt und meinem Optiker für die Lesebrille, dachte Aniela vor dem Einschlafen. Aber wohin war am nächsten Morgen diese Hochstimmung entschwunden? Sie hielte besser doch ihren vorgesehenen Vortrag, denn ihr Chef säße in der ersten Reihe. Und wahrscheinlich auch Moritz Bingen, was Aniela gar nicht mehr paßte. Abends gehts ja, sagte sie zu sich selber, aber dann, morgens, bin ich ein verängstigter Mensch. Ich bin nicht schön genug. Ich weiß nicht genau, wie ich aus der Nähe aussehe, auch beim Schminken fehlt mir die Lesebrille, ob meine Fingernägel sauber sind, kann ich nicht beurteilen. Ich bin zu alt, eine lächerlich maskierte Greisin.

Übertreibungen taten Aniela meist gut. Und doch blieb es schade um das Gefühl der Dankbarkeit, in dem sie gestern plötzlich sogar religiös geworden war. Ein Bad täte gut. Sie dankte Gott, während sie im Badewasser lag und sehr gut ohne Brille ringsum blicken konnte, sie murmelte vor sich hin: Wichtige Einfälle über den Wert des Augenlichts einerseits, andererseits einiges Erhebliche an Erkenntnissen zum Gebiet der Printmedien. O doch, ich habe so allerlei auf dem Kasten. Und nach Abklingen der Schlafverquollenheit fand sie sich auch wieder überaus vorzeigbar. Völlig klar: Moritz Bingen war hinter ihr her. Mit dem Respekt für ihre Arbeit hatte es angefangen. Aber heute wollte er nicht nur neue Termine mit ihr durchsprechen – Aniela gab neuerdings, durch Moritz Bingens Vermittlung, Wochenendkurse für Firmenangehörige – vor allem wollte er sie sehen. Und sie würde ihn, am besten in einer dämmrigen Bar, geradeheraus fragen: Was finden Sie eigentlich an mir? Kindlich und mutig sähe sie ihn an. Am besten stand es ihr, wenn sie lächelte. Ein ernster Gesichtsausdruck kam nicht mehr als ernster Gesichtsausdruck an, das hatte sie durch und durch studiert. Nicht schön ernst sah sie dann aus, nur verkniffen und wie ohne Oberlippe.

Aniela übte Mundbewegungen, während sie die drei Treppen zur Rezeption hinunterlief. Dort ein paar Zeitungen zu kaufen, die sie nicht würde lesen können, war eine Frage des Prestiges.

Und da stand Moritz Bingen mit einem großen, in durchsichtiger Verpackung zum Vieleck aufgedonnerten Blumenstrauß, und lächelnd ging er auf sie zu.

Empfangskomitee, sagte er, diese Narzissen und ich, wir wünschen einen guten Morgen!

Aniela hielt sich bei der Begrüßung für täppisch. Improvisationen wie diese hier machten sie alt. Gegen ihren Willen setzte sie sich mit Moritz Bingen in die Lounge. Zu hell. Die Sessel standen zu nah beieinander. Aniela, die ihr Gesicht nicht aus der Nähe hatte begutachten können, schien aber bei Moritz Bingen Entzücken auszulösen, und auf nichts anderes als auf die Liebe eines Mannes zu einer Frau wies sein Gebaren hin. Aniela dachte nicht mehr an Edith Piaf und ihren jungen Mann. Sie fühlte sich nun so jung, so sicher. In den diffizilen Strömungen zwischen Menschen hatte sie sich noch nie geirrt. Mut war demnach gar keine Frage der Entschlußkraft mehr, als sie geradeheraus fragte, ganz so wie sie es geplant hatte:

Was können Sie nur an mir finden? Wir sind doch ein sonderbares Paar, fast wie Mutter und Sohn.

Und währenddessen wußte sie Bescheid über ihre gutgeformte hohe Stirn im gutgetönten Goldrahmen langer Haare. Mädchenhaftigkeit kombinierte sich bei ihr mit Intelligenz. O ja, sie wußte das. Sie lächelte Moritz Bingen mit einer Zutat Verschmitztheit an.

Mutter und Sohn, ja, das würde mir gefallen, antwortete Moritz Bingen. Die Lebenserfahrung in Ihren

Augen, wenn Sie unbedingt wissen wollen, weshalb ich Sie mag.

Mag mag mag, äffte Aniela ihn stumm nach. Wie dürr, wie grauenhaft, was er da von sich gab.

Ich mag nur ältere Frauen, müssen Sie wissen, sagte Moritz Bingen. Ich mache eine Analyse mit, nicht gerade wegen Nekrophilie, aber immerhin... Er lachte. Nun bin ich weitergekommen, wieder zurück, bis hin zu älteren Frauen. Die immerhin noch leben.

Er lachte wieder, und Aniela, die nicht wußte, wen sie in diesem Augenblick mehr verabscheute, den jungen Mann oder sich, lachte etwas zu laut mit.

Vorher mochte ich nur Tote. Ich übertreibe natürlich, aber mein Analytiker sieht es so.

Und an Ihre Mutter erinnere ich Sie auch? Oder an die Großmutter?

Beide hatten nicht ihre wunderschöne Haarfarbe, aber wenn ichs überlege, es ist was dran.

Aniela war gut in Selbstbeherrschung, wenn auch nur in der Öffentlichkeit. Aber diesmal bewahrte sie die innere Disziplin sogar über den Vortrag bei der Konferenz und den Abschied von Moritz Bingen hinaus bis zu ihrer Rückfahrt. Es war angenehm still im Großraumwagen, nur ein paar Männer saßen da und dort und verströmten die Ruhe der Konzentration auf ihre Akten. Aniela betrachtete die dunstige Landschaft ganz genau: Lieber Gott, ich danke dir für diese Erfahrung. Ich kann ja sehen. Und wie gut und wie genau ich sehen kann.

Das Liebeshormon

Ja, wirklich, du hast recht. Es ist soweit! Dreh dich noch mal um, aber ganz langsam. Halt an, von der Seite sieht mans am deutlichsten. Also wirklich, wir habens geschafft.

Prosper ging in die Hocke und besah sich den Erfolg aus der Perspektive eines sehr großen Hundes.

Seine Genugtuung machte Annemarie zunehmend unglücklicher. Heute morgen, als sie eine Cordhose anziehen wollte, die sie ein paar Monate lang nicht mehr getragen hatte, war offenkundig geworden, worüber sie sich bei Prosper beklagte und was ihn in diesen Augenblicken so außerordentlich erfreute. Annemarie war dicker geworden. Sie nahm zu, zum ersten Mal in ihrem Leben als erwachsene Frau. Alles hatte sie bisher dünn überstanden: Erholsame Ferien, zwei Sanatoriumsruhepausen, sogar die Wechseljahre – nie ein Gramm mehr auf Annemarie, die gelegentlich von sich gab, sogar in ihr Brautkleid passe sie noch hinein.

Das ist dieser verfluchte Pferdeurin, der mich verändert, sagte sie. Ich war von jeher nicht dafür, Hormone zu fressen. Die Pisse von trächtigen Stuten, absolut widerlich.

Prosper haßte es, wenn Annemarie vulgär wurde.

Du bist eitel, aber am falschen Platz. Seit wann ist Magerkeit ästhetisch? Und erst recht ist sie es nicht im Alter. Was früher schlank war, ist im Alter Klapprigkeit.

Auf der ganzen Welt wirst du keine Frau finden, die vor Begeisterung in die Luft springt, wenn sie dicker wird, rief Annemarie.

Du wirst nicht dick, du nimmst endlich ein bißchen zu. Sehr gut gegen Falten. Prosper klang beruhigend, aber Annemarie hörte seine Gereiztheit heraus, als er weiter auf sie einredete: Denk an die Osteoporose. Du willst doch nicht zusammenschnurren und schief und krumm werden wie die alte Frau Schneidbrenner. Säbelbeine, die willst du doch nicht.

Ob jemand überhaupt anfällig für Knochenschwund ist, das kann man heutzutage diagnostisch abklären, sagte Annemarie.

Du kennst das komplizierte Verfahren, entgegnete Prosper. Der Endokrinologe hat dir davon abgeraten.

Weil Prosper jetzt so aussah, als sei für ihn das Thema abgeschlossen, machte Annemarie zuerst ein paar hastige Kniebeugen, dann baute sie sich vor Prosper auf und rief: Ich habe alles verloren, mein Talent, meine Konzentrationsfähigkeit, mir fallen die Haare aus, ich habe alles verloren, meine Jugend, nur das hatte ich noch, daß ich dünn war...

Immer übertreiben! Immer theatralisch! Warum wirst du nicht beides gleichzeitig, alt und vernünftig? Prosper fuhr seine Frau an. Er mußte jetzt grob sein, aus Ärger über sie, das auch, aber vor allem fühlte er sich bekümmert, und sie tat ihm leid.

Es war ein trüber Tag, schon um drei Uhr am frühen Nachmittag mußten sie Lichter anknipsen. Dieses Datum im Januar versank in der Hochnebeldämmerung, als sei es unwichtig. Das ist es aber nicht! Annemarie rebellierte: Es ist ein wichtiger Tag, ein Tag meines Lebens, leider Sonntag, aber immerhin. Sonntags fiel oft eine deprimierte Stimmung sie an.

Ich mache meinen kleinen Rundgang, sagte Annemarie. Ist dir das recht?

Mach deinen kleinen Rundgang, riet Prosper ihr freundlich.

Gerettet, alle beide, in den friedfertigen Umgangsstil, der den Rest des Tages sicherte.

Krähen in Baumkronen sahen wie große schwarze Pflanzen aus. Annemarie hatte nebliges Wetter gern. Alles sah, weil man es nicht genau sah, besser aus. Sie wurde ruhiger und faßte, wie jeden Tag, den Vorsatz, ihr Leben nicht an Übellaunigkeit zu vergeuden. Aber sie durfte nicht ihre dünne Gestalt verlieren. Es geht um meine Identität, würde sie Prosper vortragen. Um mein letztes Kapital! So wie ich immer war, sehr dünn, kannte mich mein Publikum. So war ich ein Original, ich war ich. Es wäre ja nicht weiter schwierig, diese schrecklichen Hormondragées in den Müllschlucker zu werfen, Tag für Tag eine, Östrogen, Gestagen. Ein fetter schwarzer Hund versuchte, Krähen aus den Baumkronen herunterzubellen. Den jungen Mann, der den Hund mit einem Zischlaut zu sich pfiff, grinste Annemarie an, und er grinste zurück: Wahrlich, es funktionierte noch immer zwischen ihr und Männern, Männern jeden Alters. Und in diesem Moment fiel Annemarie Herr Borromäus ein.

Prosper konnte sich unterdessen nicht auf seine Akten konzentrieren. Kaum ein Wochenende ohne Aktenstudium, seit es mit der Firma, einem kleinen Verlag, nicht so gut stand. Die Erinnerung an Annemaries Klagen lenkte Prosper ab. Ernstzunehmen war gewiß nur ihre Angst, die Grenzen ihres Talents seien erreicht. Prosper beschwichtigte sie, indem er alle Schuld Annemaries Agentin zuschob, einer nachlässigen Person, aber gleichzeitig mißtraute er seinen Worten. Er mußte Annemaries harte Selbstjustiz gedanklich übernehmen, diesem Urteil jedoch hinzufügen: Sie weigert sich, in ein anderes Rollenfach überzuwechseln. Ihre Schlankheit allein nützt nichts mehr. Mit Liebhaberinnen ist es aus. Für Prosper, wenn er an sie dachte, war Annemarie seit der ersten gemeinsamen Verliebtheitsphase um keinen Tag gealtert. Merkwürdig. Er ging ja nicht mit verbundenen Augen herum, er erkannte doch zum Beispiel die schrumplige Haut auf ihren Händen und die kleinen Arthritisbeulen an ihren Fingern. Auch mit den Haaren hatte sie recht. Sie konnte nur noch entweder von vorne oder von hinten gut aussehen, was die Haare betraf. Als Annemarie vom Rundgang zurück, ihren Wintermantel auszog, stellte Prosper fest, daß ihr kleiner Bauch wie ein Rugbyball aus der schlanken geraden Körperlinie hervorstach. Ich verstehe sie, sie will keinen solchen Bauch, dachte er.

Was vielleicht auch eine Nebenwirkung von dem Zeug sein könnte, also, paß auf, das wird jetzt etwas prekärer, begann Annemarie. Sie saßen im »Ticino« und warteten auf ihre Bestellung, etwas Wein hatten sie schon getrunken.

Und das wäre? Prosper machte ein vorinformiertes, abweisendes Gesicht.

Sei nicht böse, es richtet sich nicht gegen dich. Es könnte vom Hormon kommen, hat also nichts mit meinem Selbst zu tun.

Was ists? Nun klang Prosper gereizt.

Mir sind seit kurzem diese Avancen, du weißt schon, von Herrn Borromäus nicht mehr egal.

Herr Borromäus war seit einigen Monaten Werbe- und Vertriebschef in Prospers Verlag.

Erst seit kurzem nehme ich ihn überhaupt wahr, erklärte Annemarie, und durch diese Pillen vermutlich muß ich nun dauernd an ihn denken.

Er hat eine Hasenscharte, sagte Prosper frostig.

Eine operierte, sagte Annemarie.

Aber immerhin eine Hasenscharte, sagte Prosper.

Und selbst die mag ich. Sie interessiert mich, sagte Annemarie.

Um Prospers feindseligen Gesichtsausdruck aufzuweichen und weil ihr Essen kam, legte Annemarie ihre Hand für einen Moment auf Prospers Hand, und ihre Stimme war sanft:

Es muß an diesem Medikament liegen. Ich fand, bis es anscheinend wirkte, Herrn Borromäus derart farblos, so unscheinbar wie eine ausgepreßte Zitrone. Guten Appetit.

Prosper beruhigte sich, und beide fingen damit an, Bündner Fleisch und Gerstensuppe zu genießen, bis Annemarie plötzlich entschied: Diese Portion ist zu groß. Ich war nie ein Mensch, der etwas auf dem Teller liegenläßt, aber seit ich zunehme ...

Es sind nur Wasserablagerungen, tröstete Prosper,

der für sich beschlossen hatte, Herrn Borromäus zu feuern.

Wie zufrieden Prosper nun wieder in die Weltordnung eingepaßt war.

Annemarie sah es gereizt mit an. Sie mußte etwas Aufrüttelndes von sich geben. Weh tun wollte sie ihm nicht, weil sie ihn liebte, und doch, es galt, Alarm zu schlagen: Ich merke, seit Herr Borromäus mich beschäftigt, was das für halbe Sachen sind, meine Freundschaften mit Frauen. Er schlägt sie alle in die Flucht, mit seinem komischen Lächeln. Er lächelt nur mit der einen Gesichtshälfte, und schon steigt mein Blutdruck. Meinst du nicht auch, ich sollte das Medikament besser meiden?

Du mußt tun, was der Arzt für richtig hält, antwortete Prosper mit fester Stimme.

Was ging in ihm vor? Liebe! Annemarie war betroffen. Sogar Eifersucht nahm er in Kauf, wenn es um ihre Gesundheit ging.

Zu Haus landete Prosper sehr schnell im Fernsehsessel mit hochstellbarem Fußteil. Günstiger Moment, die Abenddosis wegzuwerfen. Wo war denn bloß die Pakkung hinverschwunden? Prosper hatte sie an sich genommen, und bei laufendem Programm studierte er den Beipackzettel. Den legte er sofort aus der Hand, als Annemarie ihn so sah, und beiläufig sagte er: Sieh dir mal dieses riesige Schwein an. Und da, die Frau. Sie hält das Schwein als Haustier, aber die Nachbarn haben sich beschwert, und nun soll sie es abgeben. Schau dir das mal an, diesen Abschiedsschmerz. Keine Schauspielerin könnte das so gut machen wie diese Frau hier.

Außer mir, oder? Wenn ich endlich bereit wäre, ältere Frauen zu spielen. Annemarie lachte. Ihr Herz klopfte vor Rührung über Prosper. Gib mir die Pakkung, ich nehme jetzt mein heutiges Dragée.

So vernünftig, auf einmal?

Ja.

Noch vernünftiger wäre es vielleicht, die Dosis etwas zu reduzieren, du könntest alle zwei Tage eins nehmen.

Annemarie küßte Prosper, lachte über das Hausschwein, bemitleidete seine weinende Besitzerin bei der Trennung, und dann sagte sie: Es gibt kein wirksameres Hormon als die Liebe, hm?

Nicht sehr wissenschaftlich, antwortete Prosper.

Friedlicher Abend.

Turteltäubchen

Oh, verdammt! Mein lieber Schwan! Verflixt und zugenäht. Urban brummelte vor sich hin, während er mit dem Handstaubsauger tief in die Polsterritzen des Beifahrersitzes eindrang, Franziskas Platz. Einem Geheimnis war er hier nicht auf der Spur, aber das Geheimnis, das Franziska um sich verbreitete, seit sie wieder nach Haus gekommen war, beschäftigte und ärgerte ihn. Verdammt, sie macht einen komischen Eindruck.

Komischer Eindruck? Nach langen Bahnfahrten stieg Franziska sonst immer ermüdet aus ihrem Waggon und seufzte ihm den gewohnten kleinen Kuß aufs Gesicht. Heute aber: Fröhlich. Unbeschwert. Sie wird sich doch nicht selbständig machen? fragte sich Urban. Hat sie irgendwas erlebt und will mir nichts davon erzählen? Unabhängigkeit, Selbständigkeit. Als realistisch denkender Mensch, der es außerdem gut mit seiner Frau meinte, versuchte Urban, dem verblüffenden Verdacht eine Schokoladenseite anzudichten. Ergebnis: mäßiger Erfolg. Franziskas Selbständigkeit, falls er sich nicht ängstlich irrte, schloß aus, was für sie nützlich wäre. Sie bezöge sich nicht auf die Praktiken des Alltags. Die blieben ihr fremd, und Franziska zog es vor, wie ein Kind zu leben. Wenn Urban ganz ehrlich war, und darum bemühte er sich in diesem verworrenen Moment, hatte die Lebensunkundigkeit seiner Frau ihm bisher immer gepaßt. Ihn machte es stolz, ihr die Börsenkurse vorzulesen, seitenlang zu rezitieren, wie bei den internationalen Firmen die Aktien standen und dabei zu wissen, daß nur er allein vor Bankschaltern Entscheidungen zu treffen imstande war. Von ihrer Bewunderung für Einkommensteuerbögen und Beihilfeformulare, die er ausgefüllt hatte, von ihrem Lob für die Systematik in seinen Akten profitierte er, und alle paar Monate führte er sie ihr vor: Krankenkasse, Lebensversicherungen, Gas- und Wasser-AG, Finanzamt, Mietverträge, Auto, Kontoauszüge – die in Leitzordnern übersichtlich gemachte Welt.

Verflucht, verdammt, was hat sie so verändert? Urban fühlte sich reingelegt. Wie ein Nackter, dachte er und war von diesem Einfall unangenehm überrascht. Er hätte von Franziska sein können, doch nicht von ihm. Übertreibungen lagen ihm überhaupt nicht. Franziska hatte ihm nur aufmüpfige, nachlässige oder sogar patzige Antworten gegeben, die Urban trotzdem ihrer Fröhlichkeit vorzog. Sonderbar sorglos – und summte sie nicht außerdem irgendeine Melodie? – war sie vor ungefähr einer Stunde aus Genf zurückgekehrt und schlenderte nun durch die Wohnung. Auf ein paar ganz gewöhnliche, nicht weltbewegende, ganz normale Vorwürfe Urbans hin rief sie diesmal nicht ihre üblichen hochgestochenen Abwehrsätze aus dem Fundus ihres Selbstschutzes ab: Denk an mein hyperkinetisches Herzsyndrom! Mein Organismus schüttet schon wieder haufenweise Kortikoide aus. Nein, sie trällerte einen seiner Vorwürfe in Liedform nach, sie lachte nur.

Du darfst alle zwei Monate deine Schwester besuchen, sagte Urban, der mit dem Handstaubsauger mittlerweile im Wohnzimmer herumwirtschaftete. In der Garage hatte es ihn nicht länger gehalten. Er fühlte sich beunruhigt und wollte Franziska nicht aus dem Blickfeld verlieren. Also, mach mir kein mürrisches Gesicht, setzte er warnend hinzu.

Aber das mürrische Gesicht machte nun er. Urban empfand unsicheren Boden unter seinen Füßen.

Erst recht gegen Abend. Franziska und er waren zu den Lichmanns eingeladen, es handelte sich um eine etwas offiziellere Geselligkeit, maximal sechzehn Personen, und Urban hatte Franziska gebeten, sich hübsch zu machen. Versuch doch ausnahmsweise, wie andere Frauen auszusehen. Du hast das Kleid mit den Geranien erst ein einziges Mal getragen, immerhin ein 399-Mark-Kleid.

Franziska drehte sich ein paar Minuten später im Zimmer um und nochmals um, sie tänzelte auf und ab, sie spielte Mannequin, und sie hatte das Geranienkleid an. Ein schwarzes Kleid mit vielen kleinen roten Geranien und drei Stufen von Volants, die zwischen Knie und Wadenmitte bei jeder Bewegung hin- und herschaukelten. Bevor Urban sich ein Urteil bilden konnte, erklärte Franziska: Nein. Bestimmt nicht. Ich sehe wie ein Transvestit aus.

Du redest ordinär, wies Urban sie zurecht. Das ist wenigstens ein richtiges Kleid, jede andere Frau würde es anziehen.

Ach, mein armer Liebling, rief Franziska, zu schade,

daß du keine richtige Frau geheiratet hast. Welch ein Pech.

Du schienst eine richtige Frau zu sein, damals, sagte Urban und beobachtete eine weiterhin unbesorgte Franziska. Als widerspenstige Person kannte er sie ja, doch noch immer war sie rechtzeitig über den unvermeidlichen Umweg des Gekränktseins fügsam auf Urbans Ebene zurückgekrochen. Diesmal sah es nicht nach dem gewohnten Gang der Dinge aus.

Franziska, wieder in ihre Identität gerettet – so nannte sie den Sachverhalt, daß sie eine schwarze Hose und über einer grauen Bluse eine schwarze Jacke anhatte – machte sich an ihrem Reisegepäck zu schaffen, und Urban bemühte sich, nicht hinzusehen. Ihr Kommen und Gehen und Hantieren irritierte ihn, während er flüchtiger als sonst in den Schweizer Zeitungen las, die Franziska ihm immer mitbrachte. Er hoffte, sein beleidigtes Gesicht falle Franziska auf, stimme sie um, bis sie endlich klein beigäbe, womit er schon längst nicht mehr das Geranienmusterkleid meinte. Er wünschte sich in die gemeinsamen Gewohnheiten heimzukehren. Alle ihre üblichen Spiele hatten sie noch nicht gespielt, kein Ritual eingehalten.

Sonst, nach Franziskas Rückkehr aus Genf, fand zuerst, gleich beim Eintritt in die Wohnung, die Leibesvisitation statt. Nächste Szene: Gepäckkontrolle. So hält man sich jung, urteilte Urban, wenn manchmal Franziska nicht so recht mitmachen wollte. Denk dran, das alles ist einmal blutiger Ernst gewesen. In Wahrheit, wußte Urban widerwillig, war es noch immer blutiger Ernst. Er konnte den Verdacht nicht loswerden, Franziska habe lebenslänglich Geheimnisse vor ihm. Harmlose Geheimnisse vermutlich, mittlerweile. Und wollte er sie denn wissen? Wenn gelegentlich Franziska Anstalten machte, sich über etwas Unalltägliches auszusprechen, machte er dicht. Er verzog sich.

Plötzlich stand Franziska vor Urban aufgebaut da. Sie legte los: Ich habe durchgängig Stromzufuhr, darf aber nachts nicht lesen. Es sei denn, ich würde fragen, habs aber nie gewagt. Ich habe von morgens circa zehn Uhr bis zur Abenddämmerung Aufschluß. Ich muß allerdings fragen, ob ich raus darf. Drei Tageszeitungen, zwei Wochenzeitungen; ich bekomme Post, ich schicke Post ab. Eingehende und abgehende Post wird kontrolliert. Arbeiten darf ich, es handelt sich um körperliche Arbeit. Ich habe keinen Tischtennisraum. Ich werde angerufen, ich selber kann Leute anrufen: Möglichst nach vorheriger Absprache. Duschen, baden sogar: jeden Tag. Das Essen ist gut. Mein Taschengeld reicht.

Schluß jetzt, was soll der Unsinn überhaupt. Urban hatte Lust, seine Zeitung in Franziskas heiteres Gesicht zu schleudern. Er versuchte es, aber die aufgeschlagene Zeitung taumelte über den Couchtisch und sackte ab.

Haftbedingungen, nichts als Haftbedingungen. Lies auf Seite sechs diesen Bericht über Isolationshaft, Terroristen und so weiter, sagte Franziska. Weißt du, ich habs doch gemerkt, daß du, seit ich wieder zu Haus bin, unser Ritual vermißt hast. Diese Kontrollen und all das. Als ich den Artikel über die Haftbedingungen der politischen Gefangenen las, bin ich ins Vergleichen gekommen.

Womit vergleichen, sagte Urban nicht im Frageton. Er gab wieder vor zu lesen.

Mit Lebensbedingungen in der Ehe, Schatz, erwiderte Franziska. Bleib sitzen, lauf nicht weg. Es gibt keinen Grund, den Beleidigten zu mimen. Ich meine ja diese ganz besonders netten intimen Ehen, wo zwei sich total aufeinander eingeschossen haben...

Franziska hörte sich sanft an. Und du denkst doch auch, daß diese Kriminellen es verdammt gut haben, das denkst du doch. Sag schon. Außerdem dürfen viele von ihnen Tischtennis spielen.

Diese Besuche in Genf machen mich allmählich mißtrauisch. Urban klang drohend. Er war unglücklich und wie vorhin in der Garage verlor er den festen Boden unter den Füßen. Was bringen sie dir da bei, deine Schwester und dein Schwager? Was treibst du da eigentlich?

Er wußte, seine Vorwürfe waren nicht gerecht, denn stets lieferte Franziska nach jeder Rückkehr ein Protokoll ihrer von ihm getrennten Lebenszeit: Von ihrer Abfahrt an, Gleis 11 a, freitags vormittags bis zur Ankunft auf Gleis 4 im heimatlichen Bahnhof sonntags gegen siebzehn Uhr notierte sie alle möglichen Einzelheiten in ein kleines Heft.

Was ich dort treibe? Ich bin mit meiner Schwester zusammen.

Und mit deinem Herrn Schwager, fügte Urban hinzu. Ich finde mich großzügig, wahrhaftig. Du weißt genau, wie widerwärtig mir sein Herumscharwenzeln ist.

Armer Irrer, sagte Franziska.

Wen meinst du damit? Franziska, was ist los? Franziska, ich warne dich. Das wollte Urban sagen, aber er schwieg. Ihn hatte Franziska gemeint, und wahrlich, mit Recht. Seit seinem Schlaganfall konnte Franziskas

Schwager um keine Menschenseele mehr herumscharwenzeln. Doch, vermutlich noch immer um Seelen. Urban fing an, sich nach der Garage, nach seinem lieben guten verständlichen Auto zu sehnen, und obwohl er sich dort vorhin gar nicht wohl gefühlt hatte, trottete er ab.

Den restlichen Nachmittag verbrachten Urban und Franziska voneinander getrennt. Getrennt durch eine Schweigebarrière, denn ab und zu begegneten sie sich in der Wohnung.

Halt, rief Urban Franziska zu. Es war halb acht und Franziska schon im Mantel, bereit zum Aufbruch zur Geselligkeit bei den Lichmanns. Halt! Dein Hinterkopf. Komm, nimm den Rückspiegel.

Urban zerrte Franziska vor den Garderobenspiegel und drückte ihr den Handspiegel aus dem Badezimmer in die Hand. Franziska besah sich den Schaden, der sie üblicherweise deprimierte. Dann konnte Urban sie immer trösten. Der Mensch hat zehn Scheitel auf dem Kopf, das hat dir doch dein Friseur erklärt. Komm, ich kämme etwas Haar darüber. Diesmal aber wurde offenbar sein Beistand nicht benötigt, denn Franziska rief: Was aber sichtbar ist, das ist zeitlich. Korintherbriefe, glaub ich, der Apostel Paulus. Nicht auf das Sichtbare, sondern auf das Unsichtbare sehen wir. So ähnlich.

Werd nicht wieder religiös, sagte Urban, der mit scharfen Kammzinken Franziskas Frisur verbesserte. Hier hilft die Bibel auch nicht weiter.

O Doch, o doch, und wie sehr sie weiterhilft, rief Franziska genau so rätselhaft, so unerreichbar, frohgemut und nicht anzugreifen wie schon die ganze Zeit seit ihrer Ankunft. Diese paar Stunden schienen Urbans Weltordnung durcheinandergebracht zu haben. Denn als Franziska ihn plötzlich umarmte, merkte er zum ersten Mal unangenehm deutlich, wie wenig an seinem Realitätssinn dran war, weil er Franziskas Ausruf innerlich zustimmen mußte: Ach wir zwei Armen, wie schlimm ist die Liebe! Warum streiten wir uns überhaupt?

Urban fand, es wäre jetzt wohltuend, nachzugeben. Merkwürdig, es ging nicht. Urban blieb trotzig. Er sagte: Es ist schon was Wahres dran, an der alten Weisheit: Schau dir gründlich die Eltern an, ehe du deiner Auserwählten den Antrag machst.

Wir benehmen uns wie frisch Verheiratete, sagte Franziska. Sie hatte Urban losgelassen, und beide machten sich auf den Weg zum Auto. Eifersüchtig lauschte er auf den Klang von Franziskas Stimme. Mädchenhaft und mit einem Lachen rief sie ihrem Nachbarn Hallo, Ulli zu, als sie das Gartentor schloß.

Richtige Turteltäubchen, unzertrennlich, Franziska und Urban, kommentierte Frau Lichmann Urbans mißtrauischen Blick auf den ihm angewiesenen Platz am festlich gedeckten Tisch, weit entfernt von Franziska, die nun verkündete: Ja, liebe Gastgeber, eure Tischordnung müßt ihr leider ändern, nur in diesem einen Fall, für Urban und mich. Alles andere kann so bleiben wie es ist.

Sie erklärte, es habe wegen des gemeinsamen Pillendöschens zu geschehen. Aber alle anderen wußten es besser und sie lachten, spendeten Applaus: Die Liebe, die Liebe, ihr zwei glücklichen Anfänger!

Urban war ziemlich gerührt, und seine Bemerkung

über die Eltern einer zukünftigen Frau, die man sich vor dem Entschluß zur Heirat genau anschauen sollte, tat ihm leid. Bei der Erinnerung an Franziskas liebe hutzlige alte Eltern, so wie er sie zuletzt gesehen hatte, wie altes Obst, freundliche Leute, halbtaub und wacklig auf den Beinen, erschrak er. Er sah die bescheidene Grabstätte auf dem Friedhof, Buchsbaum, Lorbeer, die bequem zu haltende Gartenheide krautig über dem schmalen länglichen Areal, und er wollte sich der Reue und der Trübsal ergeben, aber da mußte er hören, wie Franziska vergnügt zu Hertha und Richard Becker sagte: Das alles hat gar nichts zu sagen, es hat nichts mit dem Lebensalter zu tun, es kann sich noch so viel Aluminium und Eiweiß im Gehirn ablagern und die Haare können dir ausfallen und die Zähne sind künstlich, und mit wasweißich wie vielen Hilfsmitteln hältst du dich aufrecht, es hat nichts zu sagen, manche Leute bleiben wie zwei Kinder, die sich eben erst verlobt haben, ahnungslos, gleich nach dem ersten Streit.

Die Beckers lobten Franziskas Originalität, ihren Hang zum Übertreiben, aus dem die drolligen Einfälle sprudelten; sie lachten, steckten Umsitzende an. Und langsam gesellte Urban sich zur allgemeinen Lustigkeit. Zuversichtlich blickte er auf Franziska, die neben ihm Platz nahm – aber warum nur ließ sie sich gleich nach dem ersten Schluck Campari von ihrem Tischnachbarn zur Linken, dem eitlen Romanistik-Emeritus, in ein flirtähnliches Geplauder verwickeln? Kleiner Auftrieb für Urban: Er entdeckte die kahle Stelle auf Franziskas Hinterkopf. Und der benachbarte Scheitel, einer von mindestens zehn, die eines Menschen Haare unterteilen, schimmerte auch schon durch. Das Zurechtkämmen hatte nicht einmal bis zum Beginn der Party genützt. Gut so. Frau Lichmann scheuchte Urban aus seiner trübsinnigen Genugtuung. Offenbar fragte sie nicht zum ersten Mal: Die nächsten zwei seid ihr, Franziska und du, mit eurem fünfzigsten Hochzeitstag? Stimmts? Und so verliebt wie in der ersten Minute, einfach köstlich.

Urban dachte fest an Franziskas Hinterkopf, während er höflich lächelte. Gut so. Lang konnte das alles ohnehin nicht mehr dauern.

Das Hochgefühl

Hochgefühl! Grit kannte sich mit dieser Empfindung nicht mehr aus. Aber da war sie nun plötzlich, vermittelt vom tragikumwölkten Witold. Und die Umgebung trug das ihre dazu bei: Der menschenleere Park im dichten Regen, und zwischen all dem Braun und Dunkelgrün unter grauem Himmel nur sie und Witold, der vermutlich bald über seine Scheu hinwegkäme, um endlich zum Angriff names Umarmung vorzustoßen. Welches Weltwunder! Neulich, gar nicht lang her, hatte Grit noch voll Bitterkeit gegen ihr eigenes Leben ein Liebespaar beobachtet, ja, sie hatte immer wieder zu dem Liebespaar hinsehen müssen, obwohl ihr das Schmerz zufügte. Diese Umarmung beeindruckte sie. Der Mann hatte die junge Frau oben bei den Schultern umfaßt und, bevor er sie küßte, immer wieder todernst in ihr Gesicht geblickt. Und jetzt befand sie selber sich in einer doch sehr ähnlichen Lage, mit der nicht mehr zu rechnen gewesen war.

Vom Schutzdach des kleinen Tempels, in dem Grit und Witold noch nicht sehr dicht nebeneinander auf einer Bank saßen, troff das Regenwasser. Grit genoß Witolds bedrückte Stimmung und spielte mit. Zwei, die den Kopf hängen ließen. Zwei ans Rad Geflochtene. Gebückt unters Joch der Liebe, welche die Welt nicht duldete.

Fest steht: So geht es nicht weiter, sagte Witold.

Das stimmt. Grit gab ihm in seinem eigenen trostlosen Tonfall recht, aber insgeheim war sie frohgemut. Man darf niemanden leiden lassen. Man hat nicht das Recht dazu, einen anderen Menschen zu quälen, sagte sie.

Der andere Mensch: Das war Witolds Frau. Witold hatte Grit vor wenigen Minuten die Eifersucht seiner Frau gestanden. In einen Brief Grits an Witold mußte sie sich vertieft haben. Grit glaubte fest, daß Witolds Frau eine dumme Trine war. Witold klagte sich schon wieder wegen seiner Unvorsichtigkeit an.

Man kann einem gekränkten Menschen nichts erklären, man kann ihn nicht überzeugen. Alles Hirngespinste, du kannst das beteuern so viel du willst, es gibt kein Mittel gegen Verdacht und Eifersucht.

Das gibt es nicht, stimmte Grit zu.

Was tun? fragte Witold den Regen, den Tempel, den menschenleeren Park.

Rückte er endlich ein bißchen näher auf Grit zu? Ja. Das tat er wirklich. Nicht mehr lang, und sein rechter Arm würde auf ihrer Schulter landen. Dann stände Grit auf, und es käme vielleicht zu dieser ergreifenden Umarmung wie beim neulich noch mit Grimm und trüber Sehnsucht beobachteten Liebespaar. So jung und so schön war Grit sich seit einer Ewigkeit nicht mehr vorgekommen – o Hochgefühl! So selbstsicher, allem gewachsen. Sollte sie einen makabren Witz machen? Irgendwas mit Seniorensex, an den sie ihr Leben lang nie geglaubt habe? Vielleicht besser nicht. Sie würde etwas Romantisches, Schwermütiges sagen, vorerst, und nach einem Seufzer brachte sie hervor: Was meinst du, müssen wir auf das da zwischen uns verzichten?

Witold schüttelte den Kopf. Wie bleich, wie ernst, wie unglücklich er aussah! In einem Wort: schön. Er sah einfach schön aus. Das müssen wir nicht, und wir können es auch gar nicht, erklärte er, was Grit Mut machte, nun doch – denn er liebte diese Seite an ihr – ihr satirisches Talent anzubringen.

Witold, sagte sie, ich habs! Heureka! Du zeigst deiner Frau ein Photo von mir. Oder, noch besser, ich komme zu Besuch. Grit lachte, und weil Witold es nicht tat, rückte nun sie dicht an seine Seite. Durch den Mantelstoff spürte sie seinen Körper. Gleich käme es zur Umarmung. Nun lach doch, forderte sie ihn auf, während sie an ein Photo dachte, auf dem sie nicht wie dreiundfünfzig aussah.

Aber ich lache ja, rief Witold.

Und wahrhaftig, sein Gesicht war völlig verwandelt.

Grit gab der Angelegenheit Zunder, hochgestimmt rief nun auch sie, weniger gedämpft als er: Und dann wird sie einfürallemal sicher sein, daß unsere Verbindung rein geistig ist. Natürlich kann man auch auf rein geistige Verbindungen eifersüchtig sein, eigentlich: erst recht.

Der sehr entspannte Witold schien ihr nicht mehr zuzuhören.

Du bist genial, ich wußte es doch, lobte er Grit. Zuerst das Photo, oder? Oder lieber gleich so: Du besuchst uns. Das wird den ganzen Krampf lösen. Das wird sie endgültig überzeugen.

Nachdem Witold sich wie ein Hund geschüttelt hatte, weg mit all dem Trübsinn, fing er wie gewöhnlich damit an, über Exilliteratur zu sprechen.

Irgendwann fragte er zwischendurch Grit, ob sie sich nicht wohl fühle, sie sei so ungewöhnlich schweigsam heute.

Ich dachte über die Eifersucht nach, sagte Grit.

Auf die geistigen Verbindungen, da hattest du vorhin ganz recht, müßte man besonders eifersüchtig sein, sagte Witold eifrig.

Aber auch diese Eifersucht erübrigt sich, fand Grit, denn die Tiraden über Exilliteratur haben mich nie interessiert. Um halbwegs schön und jung und selbstsicher zu bleiben, in ihren eigenen Augen, stand sie auf. Sie öffnete ihren Regenschirm und trat über die Schwelle des Tempels. Einfach davongehen, einfach weg, abtreten, sterben, absterben, redete es in ihr.

Du bist mir eine, rief Witold, der ihr nachgelaufen war. Wie immer du aussiehst und wie alt du auch bist, es wird doch nicht so leicht sein für meine Frau, auf eine wie dich nicht eifersüchtig zu sein. Capriolen, ha!

Verschluck dich nicht

Schließlich, eine Stunde nach dem Aufstehen, reduzierte sich der Wirrwarr in Aurelias Gehirn auf nur mehr zwei Befunde – der erste: Alles war doch so gut gegangen. Der zweite: Alles Quatsch, großer Irrtum, Blödsinn, was von der Qualität des Alters gefaselt wird.

Aurelia rückte einen hellbraun überzogenen Sessel an das Fenster ihres Hotelzimmers. So konnte sie links in einen Spiegel und rechts auf den Schloßberg von Würzburg unter dem gewittrigen Junihimmel sehen. Der ersten Diagnose des Vorabends – alles war ja wirklich gut gegangen, Aurelia hatte wieder einmal fremde Menschen beeindruckt, sie hatte gespannte Physiognomien zum Lächeln gelockert – schlossen sich die Erinnerungen an den offenkundig in sie verliebten Herrn Bexbach an. Wie schnell sie das immer noch hinkriegte: Kurz nach flüchtigem Kennenlernen konnte Aurelia einen Mann, übrigens jeden Alters, dazu bringen, sich ein bißchen in sie zu verlieben.

Alter Idiot, schimpfte sie nun, und der junge Herr Bexbach war gemeint. Mußte er ihr beim Abschied dafür danken, wie viel er von ihr an diesem Abend gelernt habe? Beziehungsweise mußte er es in diesen Worten sagen: Von Ihrer Generation, ich habe das schon öfter erlebt bei Angehörigen Ihrer Generation, wir Jungen können da unerhört viel lernen.

Adieu, Verliebtheit. Und das Alter? Früher habe ich sofort Schopenhauerprosa verstanden. Früher kam ich ohne zu keuchen einen Abhang rauf. Früher brachte mich nicht jeder Luftzug aus der Fassung, und mit zerzaustem Haar sah ich gut aus. Früher habe ich behalten, was ich gelesen habe. Früher brauchte ich keinen Betablocker und keine Brille. Früher habe ich in aller Ruhe genießerisch an den Tod gedacht und überhaupt niemals an meine Verdauung.

Aurelia ging wieder im Zimmer hin und her und fand, immerhin ihren Zorn könne sie auskosten. Merken Sie nichts vom Ozongehalt der unteren Luftschichten? Er befindet sich weit über dem Grenzwert, und Sie merken nichts? Kein Hustenkitzel, kein Augenjucken? So unliebenswürdig beabsichtigte Aurelia den Vortrag des heutigen Abends einzuleiten. Ich war gestern zu nett, sagte sie leise in ihr Spiegelbild, dem sie die Zunge herausstreckte. Den Menschen ist alles egal. Sie trinken ihr Nitratwasser, sie essen ihren Pestizidsalat und ihr radioaktives Wildfleisch, sie schmoren in der Sonne und glauben nicht an Melanome, an Gott sowieso nicht, sie wollen Familien gründen und Kinder haben und ihre Freiheit in Höchstgeschwindigkeiten auf den Autobahnen. Wald? Genug vorhanden. Sieht auch nach wie vor gut aus. Die überdüngten Äcker, wirklich schön. Flüsse und Meere sollen vergiftet sein? Unser Urlaub war doch großartig, wir haben ihn genossen. Übertreiben Sie denn nicht? Wird denn nicht außerdem alles langsam wieder besser? Sind Sie nicht womöglich eine Spielverderberin? Übrigens sind wir gekommen, weil Sie eine Altersforscherin sind und wir Ihren Vortrag zur Lebensqualität im Alter hören wollten. Was uns außerdem wundert ist, daß Sie keine Kinder haben. Warum haben Sie denn keine Kinder? Kinder, und dann Enkel, sind ein unentbehrlicher Beitrag zur Altersqualität. Wie bitte? Was soll das sein? Eine Urschuld? Das Zeugen und Hervorbringen von Kindern? Und so etwas behauptet ein Moralphilosoph? Verkorkstes Denken. Widernatürlich? Das Leben schenken, so sehen wir die Lage. Was sagen Sie da? Das Baby, das Beschenkte, hat keine Wahl? Es muß auf die Welt? Wir finden, es darf. Kafka, der unglücklichste Mensch, den Martin Buber jemals traf. Aber wenn wir nun Kafka nicht gehabt hätten? Ach, Sie blödes Auditorium, unter Ihnen ist doch niemand, der Kafka wirklich braucht. Sie alle kommen gut ohne ihn aus.

Aber am Abend werde ich wieder reizend sein. Aurelia stellte den winzigen Anfang von Kopfweh fest und nahm eine Schmerztablette. Weil ihr davon möglicherweise etwas übel würde, schluckte sie zwei Dragées gegen Übelkeit. Sie hatte auf einem Fensterplatz im Großraumwagen den Nebensitz mit ihrem Gepäck blockiert und ärgerte sich über zwei jüngere Frauen, die unbedingt in Fahrtrichtung sitzen wollten und sich vom Zugschaffner dabei helfen ließen, ihre Sessel aus der Verankerung zu lösen. Daraufhin saß Aurelia diesen beiden gegenüber. Ich brauche Isolation, wütete es in ihr. Mein Bedarf an Isolation wächst und wächst. Sie gab eine halbe Schmerztablette zu und zerkaute sie. Da rief die eine der beiden Frauen zu ihr hinüber:

Verschluck dich nicht!

Wie bitte?

Oder hätte Aurelia besser gar nicht reagiert?

Das ist der Name unserer Gruppe, sie heißt: Verschluck dich nicht, erklärte die andere jüngere Frau. Und für Sie, so siehts ja wohl aus, müßte einiges getan werden. Sie kommen uns ziemlich down vor.

Aurelia antwortete, wobei sie ihre Verachtung nur mit der Stimme ausdrückte: Warum lassen Sie die Leute nicht in Ruhe? Diese Leute, die Sie belästigen, spüren etwas von der Widerwärtigkeit des Lebens, von der Angst in der Welt, und deshalb gehen sie zu Ärzten, lassen sich helfen.

Die brünette jüngere Frau rief höhnisch: Helfen! Schöne Hilfe. Mit Chemie! Wissen Sie, was den Menschen fehlt? Das Gespräch fehlt. Der Kontakt fehlt. Die Nähe zu anderen. Das Mit- und Zwischenmenschliche. Und genau das ist es, was wir in der Gruppe »Verschluck dich nicht« anbieten.

Ihre Mitstreiterin sagte: Aber der Senat wird uns den Zuschuß streichen. Das ist ein Skandal. Sagen Sie mal, sind Sie nicht Aurelia Beilstein?

Bin ich, antwortete Aurelia versöhnt, weil ihre Prominenz bis zu diesen zwei Missionarinnen gedrungen und sie erkannt worden war. Immerhin das erste Günstige, was von den beiden schrecklichen Frauen kam.

Dann könnten Sie das Gewicht Ihres Namens für unsere Sache einsetzen. Wir haben eine kleine Unterschriftensammlung in Arbeit.

Ärzten, die kranken Menschen Medikamente verordnen, pfusche ich nie und nimmer ins Handwerk, sagte Aurelia.

Beide Frauen versuchten noch eine Zeitlang, Aurelia über die Irrtümer, in denen sie sich offensichtlich verfangen habe, aufzuklären, und verhältnismäßig höflich hörte Aurelia zu, widersprach und bat dann darum, ihre Zeitung lesen zu dürfen.

Verschluck dich nicht, riefen die Frauen ihr zum Abschied zu, nachdem sie ihr, für den Fall einer Rückbesinnung, die Adresse ihrer Gruppe auf einer Karte zugesteckt hatten.

Eine Nachmittagsverabredung ließ Aurelia sausen. Auf diese Verabredung hatte sie sich mit leichter Verliebtheit gefreut. Aber an Tagen ohne physisches Gefallen an ihr selber war sie nicht verliebt. Nicht einmal Briefe schrieb sie an solchen Tagen. Erst gegen sechs Uhr fand sie sich wieder attraktiv. Dem jungen Mann gegenüber, Veranstalter des heutigen Abends, blieb sie aber gewarnt. Jedoch, was sollte sie machen? Dieser Eindruck war stark und sehr überzeugend: Der junge Mann hatte sich, schon nach zehn Minuten des Zusammensitzens in seinem kleinen japanischen Auto, in sie verliebt. Die Fahrzeit vom Bahnhof zum Hotel betrug fünfzehn Minuten, Aurelia verdächtigte den jungen Mann der Umwege. In der Hotelhalle kam er gar nicht los von ihr. Aurelia, die es danach verlangte, ihr Zimmer zu inspizieren – meistens dauerte es eine halbe Stunde, bis alle Reklamationen durchgegeben und die Anlässe revidiert waren –, zündete sich eine Zigarette an, denn diese Verliebtheiten, sie hatten doch immer etwas dermaßen Belebendes.

Oh, diese schwarzen Sargnägel rauchen Sie! Eine ungewöhnliche Frau, das sind Sie, ich habs auf den ersten Blick gemerkt, schwärmte der junge Veranstalter. Gleich würde er eine dieser gefürchteten Zigaretten erbetteln. Vorher aber sagte er: Ich mag es so sehr, wenn eine Frau Ihres Alters einsieht, daß sie nicht all diesen Quatsch machen muß mit Schönheitschirurgie und, na ja, Sie wissen schon, Verjüngungstrapazen. Krieg ich eine von Ihren Todesengeln? Ich möchte gern eine schnorren. Hab sie früher selber geraucht. Wissen Sie, diese gelifteten Gesichter wirken so öde. Verliebt grinste er Aurelia an.

Kleiner Trottel, dachte Aurelia, an ihre gefärbten Haare dachte sie auch, lieber kleiner Idiot, und als sie ihm, sie glaubte, es geschähe zum ersten Mal in ihrem Leben, die gewünschte Zigarette verweigerte, verschluckte sie sich, keine Ahnung woran. Der junge Mann wagte es kaum, Aurelia anzusehen. Aurelia keuchte und ihr Kopf wurde rot. Ich müßte Ihnen auf den Rücken klopfen, oder nicht? fragte der junge Mann. Mit glühendem Gesicht, hustend, winkte Aurelia ihm zu, schnell auf dem Weg zum Lift.

Im Ried

Bist du so weit? Philine? Kommst du jetzt? Sind alle Fenster zu?

Mit einem Abschiedsblick bedachte Philine das Trümmerfeld, ihre drei aneinandergerückten Zeichentische voller liegengelassener und darum vergeblicher Versuche. Immerhin waren es aus einem Erwartungsschwung hervorgetriebene Anfänge: Adieu! Bis morgen! Bis werweißwann. Das Ried lockt. Schöner Tag, herrlicher Tag, den ich vor mir habe. Aber übertrieb Lucian auch nicht seine Freundlichkeit? Das war nun schon der dritte Tag mit einer Fahrt ins Ried, Lucian hatte auf der Generalkarte wieder ein neues reizvolles Ziel ausgemacht. Bin ich womöglich krank, und nur er weiß es? Hat Doktor Hopper ihm irgendwas über mich gesagt?

Doktor Hopper war ihr gemeinsamer Arzt.

Philine lief die Wendeltreppe ins Wohnzimmer hinunter. Ja, alle Fenster waren zu, die Jalousien schräg gestellt. Dieser September war hochsommerlich, in den Mittagsstunden fast zu heiß. Lucian, wie er da aufbruchbereit im Vormittagslicht stand, machte einen zuversichtlichen Eindruck, und deshalb wollte Philine ihn nicht mit dem Satz erschrecken, der ihr seit dem Aufwachen durch den Kopf ging: Wir haben auf das falsche Pferd gesetzt. Irgendwann müßte sie ihn vielleicht doch fragen: Meinst du nicht auch, daß wir auf das falsche Pferd gesetzt haben?

Das falsche Pferd: Das war sie selber, Philine Rübner, mit dem Talent für die Malerei, das sie lebenslänglich nicht im Stich lassen würde. Dieses Talent jedoch kam Philine – seit wann denn, seit quälend vielen Monaten schon – vor wie eine Lebensmittelreserve in der Speisekammer, die zu Ende ging, und bei keiner Firma wäre ein Nachschub zu bestellen.

Auf dem Weg zum Auto waren Philines gewöhnliche Qualen vergessen. Ich bin fast sicher, daß wir Erdstrahlen im Haus haben, sagte sie. Sofort, wenn ich draußen bin, gehts mir besser.

Geschickt, mit schnellen Reaktionen, steuerte Lucian unter den paar üblichen Verfluchungen anderer Verkehrsteilnehmer das Auto durch den Samstagsvormittagsbetrieb in der Stadt. Wie bei der ersten und bei der zweiten Fahrt westwärts in die Riedlandschaft lobte Philine gutgelaunt die ambitioniert aufstrebenden Vororte, in die sie, vor Lucians Ausflugsidee und Philines Riedleidenschaft, seit Jahren nicht gekommen waren, und als sie die Vororte hinter sich hatten, schlug Philines dem Tag mit Lucian und seinen heutigen Überraschungszielen zugetane Stimmung in Euphorie um. Deshalb – denn Euphorien türmten in der menschlichen Seele gefährliche Fallhöhen auf – fragte sie lieber doch noch einmal vorsichtig: Und du meinst nicht, daß es zu viel wird? Zu viel Schönes? Drei Mal hintereinander, ist das nicht mehr, als ich schaffe?

Versuchs halt, sagte Lucian. Genieße es einfach.

Um nichts zu verderben, unterdrückte Philine die Bemerkung, Künstler, diese aufgeregten infantilen Narren mit ihrer törichten Besessenheit, Künstler könnten nun einmal nicht wie andere Menschen genießen. Schon gar nicht: einfach. In ihnen bohrte immer der Befehl: Mach was draus. Mach, daß es nicht ungeschehen bleibt. Und doch, das war es ja bei ihr, heute am dritten Tag immer noch, das Genießen, vielleicht doppelt und dreifach, weil sie alles, was sie erlebte, übertrieb: Die Felder mit den dunkelbraunen Köpfen der abgeblühten Sonnenblumen. Die Äcker, auf denen der Mais stand. Den heutigen milchigen Himmel. Baumgruppen und einzeln stehende Bäume. Die Überreste von Alleen und Hecken.

Morgen werde ich womöglich elegisch sein, kündigte Philine an. Weil es jetzt so herrlich ist.

Das Erhabene rührt, das Schöne reizt: Kant, sagte Lucian.

Und daß es hier noch so viele alte Gehöfte gibt, das habe ich auch nicht gewußt, sagte Philine. Die Dörfer sind sehr pragmatisch, ziemlich häßlich, ohne Schatten, kein Baum – aber draußen erinnert es doch sehr an Holland. Da drüben, sieh mal, da sind noch Leute auf dem Feld. Das ist plötzlich wie Polen. Arbeiten die nicht sogar noch mit einem Pferd?

Lucian sah kein Pferd. Philine erzählte: Gestern, das war auch Polen. Als ich ein Stück ins Maisfeld hineinlief, der Mais dicht um mich und höher als ich selber, diese Stille da drin und die Wärme, ich sah nur die Maispflanzenspitzen und den Himmel drüber, und die Blätter raschelten gegeneinander, es war eine Welt für sich dort drin ... das gestern im Mais, das war auch Polen. Philine überlegte und fügte hinzu: Oder Südstaaten, USA, North Carolina, irgendwo bei Durham. Eine Faulknergegend.

Dann müßte es am Mississippi sein, sagte Lucian.

O ja, gut, rief Philine. Wir fahren dem Mississippi entgegen. Es könnte aber auch das Meer sein, wir werden bald das Meer sehen, die arme halbtote Nordsee, und an Holland erinnert es hier ja sowieso. Holland war ja sowieso mein erster Eindruck.

Es ist das Ried, sagte Lucian, aber es klang nicht unfreundlich, nicht so, als wolle er sie auf den Boden der Tatsachen zurückverweisen.

Philine stimmte fröhlich zu: Ja, es ist das Ried. Und wie nah wir das Schöne doch haben.

Verstand ist erhaben, Wille ist schön. Kühnheit ist erhaben und groß, List ist klein, aber schön. Wieder Kant. Lucian überholte einen Lastwagen, der hochaufgetürmt Zwiebeln geladen hatte, und wieder, wie am ersten und zweiten Tag im Ried, wunderte Philine sich darüber, daß niemals von den Zwiebellastwagen Fracht abfiel, und danach schwärmte sie Lucian an: Dein Allgemeinwissen! Ich denke mir, es muß unglaublich angenehm sein, so viel im Kopf zu haben.

Die List, klein und schön. Ja, es war eine List, klein, aber schön, das Ried dauernd in die verschiedenen fernen Länder zu verwandeln und mit diesem Deich dort drüben Holland zu spielen. Ich bin glücklich, dachte Philine. Sogar ich kann das: mehrere Stunden hintereinander glücklich sein. Nur darf ich nicht an meinen Beruf denken. Das Glück ist unergiebig. Sie sagte: Die List ist nicht nur klein und schön, sie ist auch ergiebig.

Schau, diese Deiche. Molendijk und Slotterdijk. Das Glück und die Kunst sind nichts füreinander, aber die List, die ist was für die Kunst. Übrigens siehts bei Galvestone ähnlich aus. Nicht mehr lang, und wir erreichen den Golf von Mexiko. Wir sind schon auf dieser öden flachen schönen Halbinsel mit der verlorenen Kneipe bei der Tankstelle. Es ist furchtbar heiß, und die zwei Frauen in der Kneipe sehen wie aus einem Film von Altman aus, sie haben was zu verbergen, sie tun nur so schläfrig, sie halten einen Mann geheim, schützen ihn vor der Polizei, irgendsowas.

Philine dachte: Jetzt noch fühle ich mich wie ein Kind, ich kann einfach nur hinschauen und vor mich hinreden, aber morgen werde ich erwachsen sein. Und ich werde mich aufraffen und aus allem, was ich gesehen habe, etwas machen. Schon wegen Lucian. Ich bin doch nicht etwa krank, und nur er weiß es? Ich muß dafür sorgen, daß etwas von diesen drei Tagen im Ried übrigbleibt. Ich muß es festhalten. Den Doktor Hopper werde ich nicht anrufen. Warum kann ich nicht wie andere Menschen einfach leben, nur immer jetzt, jetzt, und nicht zugleich in der Vergangenheit und, noch anstrengender, in der Zukunft? Wenn schon Künstler, dann sollte man vermutlich am besten jemand sein, der Gedichte schreibt. Bei Gedichten kann man umheimlich gut mogeln. Die abwegigsten Bilder beeindrucken die Leute am meisten. Der Mais ist eine Zitrone ...

Gegenwartslyriker haben es leicht, findest du auch? fragte Philine. Weißt du, ich wäre so gern ein ruhiger Mensch. So wie du wäre ich gern. Wenn wir heute nach Haus kommen, wirst du wie gestern und vorgestern die Generalkarte und die andern Karten und ein paar Reiseführer studieren und dir einprägen, wo wir heute waren.

Am ersten Tag hatten sie den Rhein bei Gernsheim angesteuert und im »Rheingold« auf der schattigen Terrasse gesessen, die Namen und die Nationalitäten der Schiffe studiert, lang auf das Essen gewartet und zwei Busfahrern, die am Nachbartisch Kaffee tranken und auf Rheinfahrt-Passagiere warteten, beim Nacherzählen ihrer interessanten Überholmanöver und Wettfahrten mit Busfahrerkollegen zugehört. Lucian freute sich über das Doppelstück vom Apfelstreuselkuchen und den weißen Schlagrahmbelag auf Philines Teller, Philine freute sich über die stattliche Portion auf Lucians Teller, irgendein Fleisch nach Tessiner Art, umgeben von gelblicher Currysauce und mit gebackener Banane dekoriert, sie betrachteten einander gern – Philine dachte: innig und mit Inbrunst: nimm zu! – beim Essen in Restaurants, vorausgesetzt, die Portionen waren so unvernünftig groß wie im »Rheingold«. Zu Haus aßen sie vernünftig. Wieso ist Tessiner Art mit Curry? Ist das nicht eher indisch? Und die Banane? Ist es gut? Doch doch, du kannst sehr gut dieses ganze Stück Kuchen aufessen, wie schmeckt es denn? Es ist absolut wundervoll! Süß genug? O ja, sehr süß. Und nach dem Essen war Philine, während Lucian auf einer Bank wartete wie ein gutmütiger Hundehalter, den Uferweg in den Rheinauen hinuntergelaufen, flußaufwärts Richtung Süden, rechts der im milden Septemberlicht glitzernde Fluß und das flache Ufer im Westen, links die unregelmäßig angeordneten uralten hohen Erlen und ihr Schatten, der über die Wiesen fiel.

Würde ich doch nur wieder nach der Natur malen, ginge das doch noch!

Du kannst es wenigstens für dich tun, das solltest du, wirklich, riet Lucian.

Philine antwortete nicht. Sie war sicher, sie könne auch nicht einmal mehr das: nach der Natur malen. Früher brauchte sie bloß das Meer, den Strand, die Strandhütten zu sehen, und schon kam es zur schöpferischen Zündung.

Am zweiten Tag im Ried waren sie im »Anker« bei der Fähre von Kornsand eingekehrt. Sie aßen griechische Gerichte, das gegenüberliegende Ufer mit seinen Weinbergen schien meilenweit von der flachen Gernsheimer Uferlandschaft entfernt zu sein, und sogar der Rhein wirkte wie ein anderer Fluß. Hier bekäme ich auf die Dauer Heimweh nach dem weiten Horizont, den wir gestern hatten. Und nach den alten riesigen Bäumen in den Auen. »Du weidest mich auf einer grünen Aue...« Philine lachte schnell, um Lucian nicht mit zu viel Überschwang zu erschrecken.

Wo war es denn nun am schönsten, fragte Lucian am dritten Tag, als sie – am Flußufer hatten sie kein Lokal gefunden – in einem bäuerlichen Gasthof mit dem Namen »Die Wacht am Rhein« Schinkenbrote aßen. Nach Norden und Süden ging die Sicht aus dieser Gaststube auf die weiten ebenen Äcker, und ein paar andere Ausflügler, Radfahrer mit Durst, vermittelten ihnen ein Gefühl, weit weg von zu Haus am fremden Ferienort zu sein.

Vielleicht wars gestern im kleinen Urwald am schönsten?

An das in verschiedenen Grünschattierungen dämmrige Baumdickicht voller Unterholz und Gestrüpp mußte Philine immer wieder denken. In der geheimnisvollen Stille flog plötzlich ein Vogel auf und schnell davon, ohne im Gezweig anzustoßen, so unbehindert wie ein Gedanke. Die Wege wurden schmaler und immer schlechter zu befahren, jede Biegung und jeder Winkel und jeder Durchblick lockte, Philine bat anzuhalten, weil sie aussteigen wollte. Aber dann stand sie zwischen Büschen und niedrigen Bäumen sofort in einem Schwarm umherirrender Wespen. Das nächste Mal sprühe ich mich von Kopf bis Fuß ein und laufe hier herum, spiele Urwald, beschloß sie.

Das nächste Mal? Lieber nicht. Die Wiederholung müßte anders gemacht werden. Philine wollte jetzt mit Zuversicht an ihre unordentliche Atelierwelt denken. Ich muß weg von diesen Bildtafeln in Schwarz, immer wieder schwarz mit Nuancen, die keiner erkennt, selbst ich nicht. Aus dieser Sackgasse arbeite ich mich zurück in die offene weite Region des Wirklichen. Aber es ist altmodisch. Frau Stählmann stellt das nicht aus. Frau Stählmann war Philines Galeristin, und sie hatte ohnehin verdächtig lang keine Philine-Rübner-Ausstellung mehr vorgeschlagen.

Es war ein Fehler. Ich bin das falsche Pferd. Bedeutende Malerinnen, richtig weltberühmte, gibt es so gut wie keine. Mit diesen Überlegungen, die beim Thema Frau und Genie enden würden, mochte Philine Lucian heute nicht plagen. Nicht hier im Ried. Statt dessen, beim langsamen schwierigen Rückweg durch den kleinen Urwald – das Auto rüttelte auf den dicken Pflastersteinen, dann auf Schotterbelag – sagte sie: Schriftsteller habens besser. Ich meine Lyriker. Romane und Erzählungen müssen Hand und Fuß haben, aber bei einem modernen Gedicht brauchte ich bloß den

Mais und die Kähne und das Unterholz im Urwald aneinanderzureihen ... ich brauchte nur all das Gesehene aufzuzählen, ohne Punkt und Komma ... Noch besser, überhaupt keine Kunst. Jeder Beruf ist besser als irgendeiner, der was mit Kunst zu tun hat.

Lucian blieb liebevoll und heiter. Normalerweise strengten Gespräche über Philines Beruf ihn an. Lucian und Philine hatten vor einigen Jahren ihr Leben umorganisiert, und Lucian hörte als Bankkaufmann auf, unterstützte Philine in ihrem Beruf. Er archivierte, verwaltete, machte den Haushalt.

Wieder kehrten sie gegen vier Uhr am Nachmittag zurück, und Lucian befolgte Philines Rat, hielt einen kleinen Schlaf. Philine betrachtete ihn gerührt, aber als sie – auch unterm Druck großer Rührung – seinen Notizzettel betrachtete, auf dem nächste Ausflugsziele im Ried vermerkt waren, unter anderem Wiederholungen wie »Urwald«, »Rheinauen«, »Philine im Maisfeld«, befiel sie plötzlich die Befürchtung, etwas stimme nicht. Ob Lucian nicht doch mit Doktor Hopper gesprochen hatte? Bin ich krank, und deshalb diese Liebesanfälle, diese Serie glücklicher Tage? Geisteskrank, nicht nur hyperkinetisch? Krebs? Warum sonst sollte Lucian dermaßen lieb zu mir sein? Oder stimmt mit seiner Gesundheit irgendwas nicht? Stirbt er bald?

Morgen könnten wir hier herunterfahren, da, schau, ein großes Naturschutzgebiet. Lucian zeigte Philine abends auf der Generalkarte sein neues Ziel.

Ich möchte nichts Schönes erleben, falls du stirbst, es würde mich zu traurig machen, mich dran zu erinnern.

Traurig wärst du doch sowieso.

Lucian lachte. Er machte keinen kranken Eindruck.

Das Ried vom vierten Tag nannte Philine Portugal, so lang sie zwischen kleinen grünen Parzellen dem Rhein entgegenfuhren. Dann erinnerte eine Gruppe von Kühen mit weißem, schwarz gesprenkeltem Fell sie an die Gegend von Durbuy in den Ardennen, weil so wie dort die Kühe in einem lichten Waldstück weideten. Etwas später sagte sie: Es gefällt mir besser als San Francisco. Ich weiß, du kannst eine Stadt nicht mit einer Landschaft vergleichen... ich rede zu viel, stimmts? Als hätte ich die Logorrhoe. Denk an Diarrhoe und du weißt, was Logorrhoe ist. Man kriegt es, wenn man Kokain genommen hat. In einer bestimmten Phase der Kokainwirkung.

Du hast doch kein Kokain genommen? Lucian sprach mit der Alltagsstimme, und er sah auch nicht mehr nach Ried und Ausflugsfahrten aus. Obwohl er doch wissen konnte, daß Philine überhaupt keine Chance hatte, jemals an Kokain heranzukommen.

Bei mir scheint dir alles möglich, das illegal und irgendwie schrecklich ist, oder? fragte Philine. Komm, vergiß es.

Aber Philine vergaß es nicht, und wahrscheinlich Lucian ebensowenig. Warum muß ich denn bloß, wenn ich schon einmal glücklich sein kann, immer gleich so wirken, als wäre ich übergeschnappt? Philine dachte es betrübt, und dann, mit Anstrengung: Es soll wieder schön werden. Ich muß diese Beeinträchtigung auslöschen. Sie sagte: Ist es nicht merkwürdig, ich war in so vielen Ländern, und nichts ist draus entstanden, jetzt aber, in diesem kleinen Stück Gegend, fühle ich mich derartig inspiriert. Nie genug gewürdigt vorher.

Lucian, meinst du auch, wenn das hier eine Insel wäre, dieser Ausschnitt... als Insel würde das Ried ganz anders dastehen. Es hätte eine ganz andere Geltung. Wo es am schönsten gewesen sein wird, wenn wir heute abend ein Fazit ziehen, wirklich, wo es am schönsten war, weiß ich nicht. Es wäre ungerecht, es irgendwo am schönsten zu finden. Aber was am schönsten war, verstehst du, das große »was«, das ist leichter zu sagen, und ich habs heraus. Ich glaube, daß es überhaupt nur deshalb so schön war, weil wir für den ersten Tag die Bertha eingeladen haben, mitzukommen.

Bertha war Philines letzte Verwandte in erreichbarer Nähe und vor kurzem Witwe geworden, schon alt, beinah achtzig, und sie hatte sich sehr für die Einladung bedankt, aber abgelehnt. Es sei ihr alles, auch das Schöne, zu anstrengend. Am liebsten ruhe sie sich aus. Das Glück und das Gewissen, spürte Philine, sie hängen eng zusammen. Vielleicht könnte ich mal ein Sachbuch schreiben.

Am Sonntagmorgen, dem Tag nach den Ausflügen ins Ried, stand sie so stark unterm Zwang, ihren Genuß zu verewigen, daß sie drei Stunden lang vertieft im Chaos ihrer Zeichentische arbeitete, ganz wie in guten alten produktionswütigen Zeiten.

Das Ried, fast wie ich es früher gemacht hätte. Stolz legte sie Lucian fünf Zeichnungen vor.

Und wo im Ried soll das sein? Lucian hörte sich, obwohl er freundlich gefragt hatte, ungehalten an, und sein Gesicht sah besorgt aus.

Reingefallen! rief Philine.

Worauf? Und wer war auf was hereingefallen? Philine wußte es. Sie selber war auf ihre Einbildung hereingefallen, schöpferische Momente zu erleben. Drei Stunden lang hatte sie sich nicht fragen müssen, bin ich glücklich, bin ich unglücklich, sondern an ihr Talent geglaubt. Schnell sagte sie: Das ist Indonesien. Es soll nicht das Ried sein. Es ist indonesisch.

Aha, machte Lucian.

Es erinnert an meine früheren Sachen, findest du nicht auch? fragte Philine.

Nur etwas fragmentarischer vielleicht, fand Lucian. Es sind Vorstufen, du willst sie sicher ausarbeiten.

Philine blickte auf ihre Arbeit und erkannte darin den Niederschlag ihrer Ungeduld. Schwarzes Gestrichel, armer kleiner Urwald.

Nun sei mal froh darüber, daß du es gepackt hast. Wir könnten morgen hier herunter fahren. Lucian hielt für Philine die Lupe über einen Straßenausschnitt auf der Karte. Wie in einer Kugel sah Philine den angestrebten Bezirk.

Ein paar Tage hintereinander warst du einfach nichts als zufrieden, sagte Lucian.

Glücklich sogar, sagte Philine, aber da war sie es schon nicht mehr. Es ist aus, zwischen mir und der Kunst ist Schluß. Im Künstler muß so eine Art Ewiges Lämpchen glühen, das Produktionsglimmen, es darf nie verlöschen. Meins ist aus. Abgebrannt. Aber das dürfte Lucian nicht erfahren. Philine rieb sich die rechte Hand und sagte: Diese Zeichnungen konnten nur so werden wie sie sind. Ich weiß, sie sehen fahrig aus. Aber ich krieg nun offenbar auch in der rechten Hand diese verdammte Sattelarthrose.

Die List ist klein, aber schön. Lieber Kant. Zumindest für die nächsten paar Tagesstunden.

Nach Becketts Tod

Godwin genehmigte sich nun doch einen Whisky, egal, ob er damit Lola ansteckte oder nicht. Vielleicht ja nicht, nicht schon wieder, denn ihr gemeinsamer letzter Exzeß und dessen kreislauf- und geistesverwirrende Folgen lagen noch nicht lang zurück und bewirkten bei Lola aus Angst Standhaftigkeit, Askese. Was ihn betraf, so glaubte Godwin jetzt ganz fest an die mutmachende, stabilisierende Kraft des Getränks. So wie jedesmal. Wie bei jedem Reinfall. Ein Whisky war Therapie. Der zweite auch noch. Vom dritten an begannen die Probleme.

Wenn wir das nächste Mal Freunde durchs Haus führen, komme ich einfach nicht mehr mit ins erste Stockwerk, beschloß Godwin. Mit Bedauern zwar, aber er nahm Abschied vom Stolz, der ihn im neuen Status eines Hausbesitzers erfüllt hatte. Beim überraschten Beifall der Besichtiger, die jedes Zimmer je nach Temperament kürzer oder länger inspizierten, genoß er den Neubau nicht mehr in der Vervielfältigung durch Resonanz. Godwin versuchte es mit einer Wiederholung und er multiplizierte seine eigene Zufriedenheit mit der Bewunderung, die seiner Leistung als Bauherr von anderen Menschen entgegengebracht wurde. Vergebens. Und warum denn vergebens? Lola und er hatten doch nur Lob eingeheimst, kein einziges kritisches Wort war gefallen. Mehr als wahrscheinlich, ja die Wahrheit selber: Mit seiner eigenen Zufriedenheit war es aus und vorbei. Wenn beispielsweise Lola im gutmütigen Ton einer Kinderheimdirektorin erklärte: Hier – Godwins neues Reich. Nun hat er endlich sein richtiges geräumiges Arbeitszimmer und viel Ruhe, und wenn die Besucher respektvoll leise aufseufzten und »ah, die vielen vielen Bücher« und »oh, der Schreibtisch« stöhnten, »oh, Godwin, wie ideal, wie schön für dich«, dann fühlte er sich verkleinert, zusammengepreßt vom Druck, hier nun wirklich eines sehr nahen Tages arbeiten zu müssen. Bauzeit und Umzugschaotik, die jedem sinnfälligen Alibis waren getilgt. Nur er hatte an diese Alibis nie so recht geglaubt. Seit Monaten hangelte er sich von Ausrede zu Ausrede. Das ist keine Krise mehr, das ist das Ende, gestand er sich ein. Nicht ganz, noch nicht ganz ohne die winzige Hoffnung, eine dermaßen erbarmungslose realistische Einschätzung seiner Arbeitsparalyse bringe irgendwelche Neurotransmitter in seinem Gehirn zur Rebellion. Der These von der Zukunftslosigkeit und dem Verschwinden der Nachwelt war er ein wenig überdrüssig geworden. Seit Becketts Tod schleppte er einen neuen Vorwand gegen die Arbeit mit sich herum, und bald einmal, bei der nächsten sich bietenden Gelegenheit, würde er damit herausrücken: Weil ja offenbar festzustehen scheint, daß Beckett abgesehen von Kafka der Größte unserer Epoche gewesen ist, kann ich es nicht mehr einsehen, daß ich weitermache. Das Weitermachen, ein Beckettsches Motto. Nein, ich bin zu stolz, um mich in diesem allgemeinen Brei der Kollegen zu tummeln, durch den allein es überhaupt Größte geben kann. Beckett und Kafka, sie brauchen uns armselige andere.

Vorhin hatten sich die Baiers unter vielen überschwenglichen Gratulationen und Lobpreisungen nach einer gründlichen Inspektion des Hauses verabschiedet. Und Godwin war seine Suada über Beckett und sich nicht losgeworden. Ihr habts geschafft, wirklich. Ihr habt das durchgezogen. Wenn ihr es nicht wärt, könnte man glatt neidisch werden. In Variationen hörten Godwin und Lola Abschlußhymnen wie die der Baiers meistens. Und Beckett war wohl doch schon zu lang tot. Jemand Gescheites könnte Godwin entgegenhalten: Da Kafka und Beckett die Größten waren und längst tot, ehe du angefangen hast, ja, warum hast du dann überhaupt jemals angefangen? Oder hast du damals noch nicht der Größte sein müssen? Ich wußte ja nicht, ob ich es nicht bis hinauf zu diesen Gipfeln schaffen würde, könnte Godwin allerdings einwenden.

Wenn die nächsten Besucher anrücken, komme ich nicht mehr mit rauf. Schon das Parterre ist schlimm genug, befand Godwin. Er wußte nicht, seit wann – seit welcher Bemerkung einer der Freunde vielleicht – das Innere des Neubaus, der von außen nichts von sich hermachte, ein einfallsloser Klotz, auf Godwin einen protzigen Eindruck machte. Zu viele Neuanschaffungen, die Lola für unentbehrlich gehalten hatte, und alles vom Besten. Solide und affektiert zugleich. Weißer Marmor im Entrée und kamelhaarfarbener Teppichbodenbelag in den Zimmern schienen Lola unvermeidlich, und selbstverständlich wirkte das Mobiliar aus der früheren Wohnung am neuen Platz schäbig und uneinheitlich. Nicht einmal im Keller empfing Godwin die Bescheidenheit: Überall sah es neu und perfekt aus, große Vorräte beschämten ihn. Wir müssen auf sie alle, denen dieses Haus zur Besichtigung freigegeben ist, einen saturierten, vollgefressenen Eindruck machen, dachte Godwin. Aber vom ersten Stockwerk an wird es ausgesprochen peinlich.

Der zweite Whisky, noch immer Therapie kombiniert mit Genuß, half Godwin beim Bemühen, sein grimmiges Gefühl der Blamage in etwas Hämisches und rachedurstig gegen Lola Gerichtetes umzuwandeln. Mochte Lola die Tour durchs erste Stockwerk ohne ihn absolvieren. Im Parterre könnte er noch in der Rolle eines gelangweilten Menschen mit den anderen herumstehen und verkünden: Alles Lolas Werk. Oben sollte sie von nun an allein zurechtkommen. Allerdings würde sie ihn, der unten ausharrte, mit in die Peinlichkeit ziehen, in eine lächerliche Lage, doch wäre er immerhin nicht Zeuge. Stände nicht im Badezimmer wie ein Versager als Ehemann. War Lola eine Nymphomanin, die sich, um Besseres betrogen, nun endlich mit einer Ersatzlösung helfen konnte? In Godwins Gedächtnis wiederholten sich die niederzwingenden Augenblicke im Badezimmer, und er machte sie nochmals durch. Mit Jens Kehl vorgestern war die Umschau am gräßlichsten gewesen. Lola war ein bißchen in Jens Kehl verliebt, ohne Rücksicht auf Godwin und auf die circa zwanzig Jahre, die sie dem jungen Burschen voraus hatte. Und ebenfalls ohne Rücksicht auf ihr Übergewicht. Sie findet sich immer noch attraktiv, dachte Godwin. Auch Godwin fand Lola attraktiv, weil er sie liebte: seelisch, von Herzen, er liebte ihr labiles Innenleben und ihre Gewissenhaftigkeit, die sogar inmitten einer ihrer Quartalsorgien nicht aussetzte. Wenn sie sich betranken, vergaß sie nicht, Godwin ab und zu vorm Weitertrinken zu warnen, während sie ganz offensichtlich weitertrinken mußte, und sie sah dann so aus, als füge sie sich einer Verordnung, erfülle ihre gottverdammte Pflicht. Und äußerlich betrachtet liebte Godwin Lolas dicken Körper, den sie vorsichtig, langsam und so ökonomisch wenig wie möglich bewegte. Leichtes Schwanken und die Achtsamkeit auf Treppen ergriffen Godwin. Doch nahm er an, mit seiner Passion für Lolas Gestalt allein dazustehen. Deshalb genierte er sich an ihrer Statt beispielsweise vor Jens Kehl, eigentlich vor Männern überhaupt, denn Lola war prinzipiell in Männer verliebt oder doch in chronischer Bereitschaft, es zu sein und deshalb mit ihnen herumzuturteln – o Verspätung, Vergeblichkeit. Immer litt Godwin um ihr liebes, verschwollenes, altgewordenes Gesicht und dessen müde Muskulatur beim Versuch, einen süßlich-anzüglichen Ausdruck herzustellen.

Mit dem dritten Whisky wagte sich Godwin wieder durch die weißen Räume und das weiße Treppenhaus hinauf bis ins weiße Badezimmer vor. Lola umgab eine Aura der schicksalshaften Gemütsbewegung, ergeben in die einsichtige Betrübnis eines Menschen, der das falsche Los gezogen hat; Lola erklärte den Besuchern mit fatalistischem Realismus: Natürlich kam auch das Bad teurer, wir mußten schwer draufzahlen, denn in die Normgrößenbadewannen passe ich ja nicht hinein, und ebenso ist für jemand wie mich ein Norm-WC ein

Witz, ein schlechter Witz. Dann hellte sich ihr meistens bedrücktes Gesicht auf, und nun klang ihre Stimme keck, wenn ein Mann in der Nähe war: schmalzig, schlüpfrig. Also hier, das Bidet. Mein Leben lang habe ich mir ein Bidet gewünscht. Behäbig und mit nachgeholtem Kummer lobte Lola Frauen gegenüber das Bidet, so als sei ihr in ihrer bisherigen Biographie etwas Schwerwiegendes entgangen. Späte Wiedergutmachung. Lola sagte abschließend: Und ich mußte sechzig werden, bis ichs nun endlich habe, mein Bidet.

Warum machte Lola sich immer älter als sie war und dadurch Godwin mit? Vor ein paar Tagen hatte eine ihrer gleichaltrigen Freundinnen gegen eine solche Vereinnahmung protestiert: Hör mal zu, Lola, wir sind noch nicht sechzig, und wer kann wissen, ob wir es je werden. Laß den nächsten Super-Gau passieren, sagen wir mal in unserer Region, das nächste Atomkraftwerk befindet sich in zwanzig Kilometern Luftlinie von eurem Palast, dann wirst du keineswegs sechzig. Und ich sage mir täglich mit meinen fünfundfünfzig Jahren: So lang noch keine sechs davorsteht, ist manches möglich.

Aber Lola, ausgerechnet die allzeit ins Blaue hinein verliebte Lola, behauptete, diese paar Jahre bis zum Erreichen des Alters von sechzig Jahren machten keinen Unterschied. Hauptsache, ich habe mein Bidet. Auf meine alten Tage ein schöner Trost. Godwin kam sich, durch Lola und ihre Lebenseinstellung und ihre Liebe zum Bidet, lächerlich vor, ein lächerlicher Greis, in allem verspätet, gefesselt an eine Frau, der mit Sitzungen über einem warmen Wasserstrahl geholfen werden konnte.

Godwin vermutete, daß die Freunde, die sie durch

das neue Haus führten – durch den »Palast«, wer hatte »Palast« gesagt und damit vielleicht Godwins Zufriedenheit in Beschämung pervertiert – daß alle die Bewunderer und Lobspender deshalb keine Neider waren, weil sie sich insgeheim belustigten und mokierten. Sie hielten sich schadlos durch Spötteleien. Gewiß freundschaftlicher Art, das etwas süffisante Amüsement. Sie assoziierten Bilder. Godwin und Lola auf den weißen Barhockern an der weißen Hausbar, wo sie sich rabenvoll tranken. Godwin, endlich am Ziel seines Lebens, in einem endlich ausreichend geräumigen Arbeitszimmer, am Ende seiner Karriere, ratlos. Lola gewaltig rittlings auf dem kleinen Porzellanthron im Badezimmer beim einsamen Genuß, mit einem Gesichtsausdruck, auf dem sich das grundsätzlich Vorwurfsvolle und Schwermütige mit einem Schmelz des Versöhntseins vereinigte.

Hatte Jens Kehl gegrinst? Die Baiers waren im Badezimmer taktvoll still und mimisch unbewegt geblieben. Im Arbeitszimmer: Nach Becketts Tod. Nach Kafkas Tod, rief jemand aufmunternd und danach: Was ist mit der Bescheidenheit, Godwin? Sollten Menschen nicht bescheiden sein und jeder das Seine tun? Wie aber paßte denn Bescheidenheit zur Kunst, zur Wissenschaft? Und Heinz Poth, der neben seinem Hauptberuf als Deutschlehrer Gedichte schrieb und Godwin an einen Anthologiebeitrag erinnerte, um den er ihn gebeten hatte, kränkte Godwin nicht mit dem Ausruf »Selig sind die Dilettanten, ja, Dilettant müßte man sein, und schon wäre man glücklich«, denn Heinz Poth hielt sich nicht für einen Dilettanten. Heinz Poth tat das Seine, er kannte seine Grenzen, aber innerhalb dieser Grenzen waren in seinen Augen diese Gedichte, denen er seine Freizeit opferte, wichtig und notwendig und gelungen.

Godwin schenkte sich den vierten Whisky ein und blickte auf Lola, die vorerst Wasser trank, aber sie kippte jeden Schluck, ganz so als handle es sich bei dem Wasser um klaren Schnaps. Godwin sagte: Die Sache ist die, du merkst es einfach nicht.

Was merke ich nicht, fragte Lola, im voraus gutmütig beleidigt.

Godwin sagte: Du merkst es nicht, wenn du unfreiwillig komisch bist. Und mich da mithineinziehst.

Na, dann eben nicht. Dann merke ich es eben nicht, antwortete Lola.

War das doch Schnaps und kein Wasser? Warum trank sie so begierig davon?

Beziehungsweise, noch schlimmer, wenn du ordinär bist, du merkst es nicht, sagte Godwin. Man schwärmt nicht von seinem Glück auf einem Bidet.

Honny soit qui mal y pense, sagte Lola. Übrigens schwärme ich von keinem Glück, wer redet denn hier von Glück? Ich bin lediglich froh über das Bidet. Ich denke, ich trinke auch einen Schluck.

Sie bediente sich aus der Whiskyflasche und trank von Godwin ungehindert. Er warnte sie nicht einmal, kein Wort der Kritik von ihm. Gutes altes Kamerädchen. Und war er nicht, wenn er ehrlich in sich ging, neugierig auf Lolas schwer ergründbare Abstiege in die Niederungen der Sucht? Um sie mit seinen eigenen Tiefgängen zu vergleichen? Und hatte sie nicht vielleicht recht, wenn sie behauptete, er selber, Godwin, gebe sich schmutzigen Gedanken hin?

In Frankreich ist ein Bidet so selbstverständlich wie ein Waschbecken für die Hände, verkündete Lola bei ihrer Rückkehr von der Hausbar. Für die Fortsetzung nach dem Start mit Whisky benötigte sie Gin. Lola fand Gin bekömmlicher. Zeig mir mal eine einzige französische Frau, die kein Bidet benutzt. Wenn ich von Bidets rede, rede ich von Hygiene. Das ist alles.

Hygiene ist aber kein Gesprächsthema, murrte Godwin.

Lola streckte den Kopf vor und imitierte das Fauchen eines Phantasietiers. Godwin mußte an einen Bullterrier denken. Er dachte an das Wort Bullterrier. Wie ein Bullterrier aussah, wußte er nicht genau. Bei Lola wirkte der Gin nach dem Whisky, und Godwin fragte sich, ob sie beide sich von ihrem letzten Besäufnis ausreichend erholt hätten. Er nahm sich vor, diesmal rechtzeitig auszusteigen, also jetzt gleich, und Lola alleinzulassen. Es wäre interessant, Lolas Fortschritte in der Haltlosigkeit zu studieren. Normalerweise war er ja mit von der Partie und ohne Kontrolle über seine Reaktionen. Das wundervolle Arbeitszimmer! Godwin sah sich bereits am Schreibtisch, wo er sich, die Größten seiner Epoche vergessend, an eine Studie über die Quartalskapitulationen vor der Trunksucht machen wollte. Ganz egal, ob diese Vollidioten, diese Kritiker und Feuilletonisten von sämtlichen Themen, die nicht deutschlandpolitisch waren, endgültig die Nase voll hatten. Politisch genug würde dieser Essay, oder zu welcher Form immer Godwin nach den ersten Schreibannäherungen vordränge. Nur wird zum Glück darin nichts Deutsches eine Rolle spielen. Ha, machte Godwin und hatte aus Versehen doch wieder Whisky getrunken.

Was denn: ha? fragte Lola.

Du solltest auch nicht unbedingt immer wieder allen Leuten erzählen, wie viel lieber du zum Gynäkologen gehst als zum Zahnarzt, sagte Godwin, dessen Stimmung aber längst Lola zugetan und ehelich-versöhnlich geworden war.

Weil es an der Haustür klingelte, kam Lola nicht zum Antworten, denn aus dem neuen schlagrahmweißen Sessel sich zu hieven kostete sie ernsthaften Aufwand und absolute Konzentration. Den Vorgang des Aufstehens erledigte sie mit Andacht und, wie das Umhergehen, das Essen und das Trinken, wie eine schwere Aufgabe, Pflichterfüllung. Godwin war wieder über sie gerührt und von ihrer Grazie angetan. Auch Elefanten bewegten sich graziös und, wie Lola, trotz ihres Gewichts ziemlich geräuschlos. Außerdem war es Lola, die aufstand und demnach ihn schonte, weil sie ihm den ersten Kontakt mit einer Außenwelt in Gestalt von fremden Menschen abnahm. Bei diesen fremden Menschen allerdings würde es sich um weitere Schaulustige handeln, um Freunde.

Wir wollen nicht wieder dauernd über die Arbeit stöhnen, die uns das alles gemacht hat, und über unsere Erschöpfung, rief Godwin Lola nach.

Haben wir malocht oder nicht? Tun uns alle Knochen weh oder nicht? rief Lola zurück.

Godwin dachte: Aber nur für uns, nur für uns beide und um es hier im neuen Haus maximal schön und palastmäßig zu haben, nur dafür haben wir uns seit Wochen herumgequält. Kein Lebewesen außer Lola und mir, außer uns zwei nebensächlichen Figuren innerhalb der Menschheit hat irgendwie von unserer

Schinderei profitiert. Unser Wohlstandsgejammere über unsere Luxusknochenschmerzen könnte auf nachdenkliche Menschen ein wenig aufreizend wirken und ist peinlich. Ja, es ist mir plötzlich peinlich.

Unangemeldet und mit Tiraden der Entschuldigung: die Emptings. Wer stand denn noch ins Haus? Wann wäre die Schaulust aller Freunde und Bekannten befriedigt?

Wir kamen eben die Ringstraße heruntergefahren, und von da aus wars ein Katzensprung bis zu euch... natürlich, wir wissen, es ist ziemlich unverschämt, einfach so reinzuplatzen...

Stop! rief Godwin. Wir freuen uns sehr. Und er begrüßte die beiden mit einer fast fanatischen Herzlichkeit, die er dem Whisky verdankte, und wie gewöhnlich nahmen er und Heribert Empting ihre Brillen ab, bevor sie sich auf die Begrüßungsküsse einließen. Lola, mit oder ohne Gin als Verführer, hob ihr Gesicht mit süßlichem Lächeln und nach hinten verdrehtem Hals Heribert Empting entgegen, der über Lolas zeitloses Zärtlichkeitsverlangen Bescheid wußte und mit einem grunzenden Begleitgeräusch küssend auf es einging.

Schmatz schmatz, kommentierte Ulrike Empting. Schon euer Entrée ist ja prächtig. Weißer Marmor. Wie hoch seid ihr verschuldet?

Hoch genug, antwortete Lola. Setzen wir uns doch erst mal einen Moment, oder wollt ihr sofort das Haus sehen? Lola wartete keine Stellungnahme ab. Vom Vorgang des Begrüßens war sie so ermüdet, daß sie sich in die Mitte des neuen weißen Sofas setzte, vorsichtig im Umgang mit ihrer Körperlichkeit. Über dem Bauch hob sie ihr lose fallendes Gewand an und legte die Knie bloß. Rechts und links von ihr war kein Sitzplatz mehr frei. Aber sie hatten ja die erweiterte Garnitur gekauft, und so gab es für alle genug Sessel. Schlagrahmmobiliar. Sahnig war nicht nur die Farbe. Ein größenwahnsinnig gewordener Konditor schien Sofa und Sessel aus Zucker und Eiweiß zusammengekleistert zu haben. Die Möbel erweckten den Eindruck einer riesengroßen Nascherei, in den Polstern cremig und weich, denn das Leder war nirgends straff über die Konstruktion gespannt, vielmehr wölbte es sich, aber unregelmäßig, so daß Mulden und haubenförmige Aufquellungen einander abwechselten. Godwin saß eigentlich nicht gern so weich, und Lola hatte beim Aufstehen erhebliche Probleme, mit festen harten Stühlen kam sie viel besser zurecht, was Ulrike Empting soeben erwähnte.

Ich konnte nicht widerstehen, als ich diese Sitzgruppe sah, erklärte Lola mit fester Stimme, aber wie beinah immer klang sie deprimiert und entschlossen, es zu bleiben. Ich liebe nun mal die Farbe Weiß und dann noch alles Weiche.

Das Weiche muß das Harte besiegen, ha ha, machte Godwin. Lola realisiert den guten alten Dostojewski.

Und ebenso: gute alte Emptings. Gute alte Freunde. Godwin wollte jetzt so über sie denken. Wenn auch Ulrike Empting für ihre böse Zunge bekannt war. Zum Beispiel kam durch sie das Gerücht vom befremdlichen zeitlichen Zusammenfall des Todes von Lolas Mutter mit Lolas Erlösung von der Migräne und diversen anderen somatischen Leiden in Umlauf. Larvierte Depressionen. Kaum mutterlos, ist Lola gesund, bleibt nur der Alkohol. Aber einmal süchtig, immer süchtig. Godwin mußte zu seinem Schaden wieder an Beckett denken. Die menschliche Existenz war ein lebenslängliches Todesurteil. Als habe er selber, Godwin, nicht ganz ähnliche Äußerungen ebenfalls getan. Nur schien sich daran kein Mensch zu erinnern.

Trinkt ihr ein Schlückchen mit? fragte er die Emptings und gab sich, wie ihm das meistens vor anderen Menschen, ausgenommen Lola, vor der er sich nicht zu verstellen brauchte, gut gelang, den Anschein eines rundum fröhlichen Menschen, eines idealen Gastgebers, der in Gesellschaft aufblüht. Diese Lebenslüge rettete seinen Stolz. Jetzt wieder, vor den andere Gemütslagen erwartenden Freunden, genoß er sein Talent zur Schauspielerei, aber einen neuen Whisky brauchte er allmählich dringend. Die Emptings entschieden sich für Mineralwasser. Und dann wünschten sie doch endlich das Haus zu sehen.

Wolltest du nicht unten bleiben, fragte Lola nach drei andächtig erklommenen Treppenstufen, und Godwin, dicht hinter ihr, rief vergnügt: Aber nein, ich lasse mir doch die Bewunderung unseres Publikums nicht entgehen.

Das treue liebe dicke Lola-Kamerädchen mit dem traurigen ernsthaften Gesicht, mit der Gewissenhaftigkeit: Godwin war sehr gerührt. Nymphomanisch und gelegentlich ein bißchen banal, auch schwach, etwas oberflächlich und großmannssüchtig oder nicht – jeder Mensch hat irgendwelche Macken, dachte Godwin und daran, wie viel unleidlicher ihm Ulrikes Trieb war, zu sticheln und zu kränken, und in der Gerüchteküche schwerverdauliche Mahlzeiten zu köcheln. Lola war ein lieber Kerl, unfähig zur üblen Nachrede. Unschuldig an ihrer Sehnsucht nach Verliebtheit.

Godwin im Badezimmer: Und hier, das Bidet. Lola ist überglücklich damit. Sie genießt es. Stimmts nicht, Liebling?

Lola erinnerte an eine Statue und sie sagte kein Wort. Ulrike Empting kicherte, sie stieß ihren Mann in Schulterhöhe an, der lächelte hilflos, dann sagte Ulrike:

Du mußt's ja wissen, Godwin.

Nein, widersprach Godwin, der glückliche Mensch, der gesellige Typ, der Spaßmacher, und fragte: Weißt du es etwa nicht? Nie ein Bidet goutiert? Nie auf einem Bidet glücklich gewesen? Alle Französinnen benutzen Bidets.

Komm komm, es reicht, sagte Lola mit unbewegtem Ausdruck.

Ein wirklich sehr schönes und praktisches Bad, alles drin, alle Achtung. Heribert Empting zog das Fazit. Er war ein Mensch mit jahrzehntelanger Übung im Ausgleichen und im Beenden heikler Gesprächsthemen.

Lola im Arbeitszimmer: Und nun schwärmt bloß nicht davon, daß Godwin hier endlich arbeiten könne, das wäre längst nicht mehr originell. Alle tun das. Wozu soll er denn arbeiten, für welche Nachwelt denn?

Es gibt ja noch Lebende, wandte Ulrike Empting ein.

Um sie zu übertreffen, sagte Heribert Empting, eine ganze Menge dieser Lebenden wartet begierig auf etwas Brandneues von Godwin.

Selbst wenn das nicht so wäre, der Rubel muß rollen, oder? Außerdem arbeitet der Mensch, um sein Selbstwertgefühl zu stützen. Das gilt nicht nur für Künstler, sagte Ulrike Empting.

Aber Künstler reagieren millionenmal sensibler auf die Zeichen der Zeit als irgendwelche anderen Leute, fand Heribert Empting. Manche brauchen lange schöpferische Pausen, um danach erst recht... Er wußte nicht weiter, wohl aber Ulrike Empting, die ihn bereitwillig ablöste, um Godwin zu fragen, ob es sich nicht bei seiner Stagnation eher um eine Krise als um eine Pause handle. Sie widerrief das Wort »Stagnation« und setzte »Zurückhaltung« an dessen Stelle.

Denkste, antwortete Godwin ihr im Innern. Krise wäre ja noch großartig verglichen mit dem endgültigen »Aus«. Aber er widersprach nach einem Auflachen und genoß das Lügen, als er beteuerte, wie unermeßlich sich seine Vorfreude auf die Ruhe im Arbeitszimmer steigere, noch zwei drei Tage, dann aber.

Lola hörte sich gnadenlos an, als sie sagte: In der knappen Stunde oder wie lang wir vier jetzt zusammen sind, wurde Regenwald abgeholzt, auf einem Areal so groß wie Mannheim. Oder war's Köln?

Köln, das sind zweieinhalb Stunden Abholzen, sagte Ulrike Empting. Wir haben alle miteinander gestern das gleiche Fernsehprogramm gesehen, Schätzchen. Nur erstaunt es mich, von dir solche Töne zu hören. Seit wann kümmerst du dich um irgendwas Politisches?

Dasselbe Fernsehprogramm, nicht das gleiche, sagte Heribert Empting.

Doch das gleiche, da wir nicht denselben Fernsehapparat benutzt haben, korrigierte ihn Ulrike. Oder laß Godwin entscheiden. Er muß es von Berufs wegen wissen.

Nicht mal das muß er. Wieder hörte Lola sich unbarmherzig an. Für solche Kleinigkeiten hätte er seinen Lektor. Aber er muß überhaupt nichts mehr. Er hat sein schönes Arbeitszimmer, um es einfach zu genießen. Was soll denn noch der ganze Zirkus, das ewige Weitermachen?

Stichwort Weitermachen. Ulrike sagte zwar nichts von Beckett, womit Godwin gerechnet hatte, wahrscheinlich fiel er ihr im Moment nicht ein. Statt dessen: Dieser Wissenschaftler gestern abend im Fernsehen hat sein neunundzwanzigstes Buch geschrieben, trotz Weltklima und allem Schrecklichen, was er sonst noch weiß und wogegen er ja eben anschreibt.

»Jeder sehe, wie er's treibe...«, fing Lola an.

Eine Überraschung nach der andern, rief Ulrike Empting, nun zitiert sie auch noch Goethe! Aber auch der blieb bis an sein Ende produktiv.

Godwin stand mit Heribert Empting im herrlichen Arbeitszimmer vor der Abteilung Nachschlagewerke herum und bewunderte Lolas Kampf um seine berufliche Funkstille. Ihr Kampf dauerte länger als seiner im Badezimmer. Wenn es nur gepaßt hätte, wie gern würde er jetzt ein Loblied aufs Bidet anstimmen. Sollte er das Ruder der Thematik herumreißen und erklären: Lola geht gern zu gynäkologischen Untersuchungen. Anderer Einfall. Godwin räusperte sich und sagte laut: Wir haben viel hinter uns, das Einräumen, die Handwerker, das Auspacken von 306 Kartons Umzugsgut, enorme Ausgaben, Neuanschaffungen, und das alles nur für uns beide, die ganze Pracht, nur für Lola und mich...

Weil die Emptings verdutzt und wie in Vertretung Godwins peinlich betroffen in die Gegend blickten und dann so taten, als läsen sie die Titel von den Buchrükken, und weil Godwin steckengeblieben war, stimmte er ein lautes, unfrohes, höhnisches Gelächter an.

Schweigen. Plötzlich überraschte es Godwin prinzipiell, daß er, bei oberflächlicher Betrachtung, allem Anschein nach, wie ein Mitmensch mit anderen in einem Zimmer stand, zuhörte und redete. Die Emptings wanderten die Bücherregale ab und lasen jetzt wirklich Buchtitel. Lola ließ ihren Körper in Zeitlupe abwärts auf einen farbig bespannten Sessel sinken, den sie, weil er nicht weiß war, ins Arbeitszimmer verbannt hatte, und der aus der früheren Wohnung stammte. Godwin, durchdrungen von seiner Verwunderung, dachte: Was tue ich auf diesem Globus? Durch welchen Irrtum bin ich auf diesem Globus gelandet? Ich passe hier doch nirgendwo hin. Ich gehöre überhaupt nicht dazu. Das alles hat gar nichts mit mir zu tun. Nicht allein dann, wenn ich den heiteren und geselligen Hausherrn, gar einen Bauherrn, abgebe, verstelle ich mich. Ich muß wohl von jeher nicht ich gewesen sein. Möglich, daß ich überhaupt nicht existiere. Um aus eingeübter Höflichkeit diesen Eindruck wenigstens für die anderen zu verscheuchen, lachte er wieder, aber diesmal klang es versöhnlich. Genug gesehen? fragte er.

In diesem großartigen Raum kann man sich nicht lang genug aufhalten, sagte Heribert Empting.

Ists nicht dein Mangel an Berühmtheit, Godwin, oder sagen wir: dein vermeintlicher Mangel an Berühmtheit, deine fixe Idee, ists nicht das und nicht die Endzeit, weswegen du seit längerem wenig produzierst? fragte Ulrike Empting.

Eilfertig, daran gewöhnt, seine Frau zu bremsen, sagte Heribert Empting: Godwin hatte doch wegen des Baus und dann kam der Umzug mit allem Drum und Dran ... er hatte doch seit Monaten keine ruhige Minute, Rikki, Geistesarbeiter sind irritierbar, sie brauchen als Allererstes Ruhe.

Heribert Empting erinnerte Godwin an einen Fahrlehrer, der einer rabiaten Schülerin dauernd ins Steuer greifen muß. An die Ruhe, die er zum Arbeiten brauchte, ein Ziel, das nun erreicht war, dachte er mit schwersten Befürchtungen und Widerwillen.

Warum machst du nicht Schluß mit der Nabelschau und schreibst statt dessen über die jüngere Vergangenheit, über diese sanfte zerbrechliche atemberaubend schöne deutsche Revolution, über diese klugen frischen Gesichter der jungen Menschen, ihr erinnert euch, diese erste Flutwelle der Republikflüchtigen, damals aus Ungarn, ach, es ist alles schon lang her, und tüchtige Schriftsteller müßten darüber schreiben. Ulrike Empting drehte beim Treppabgehen ihr mageres Vogelgesicht zu Godwin um, der hinter ihr ging, grimmig lachte und rief:

Ich bin saturiert. Lola und ich, wir sind saturiert. Wir haben uns für uns selber engagiert. Es soll mir doch keiner erzählen, er suche nicht für sich nach seinem ganz persönlichen Glück, nach den von der übrigen Welt abgekapselten günstigen Momenten.

Angekommen im Parterre, wo die vier das Wohnzimmer für eine letzte kurze Sitzung vor dem Abschied betraten, hatte Ulrike erstaunlich hellseherisch recht mit der Bemerkung, das alles sei ja schön und gut und allzu menschlich, das Streben nach dem persönlichen Behagen, Glück allein, Ego-Trip, nur sei eben nun einmal Godwin alles andere als glücklich.

Gibt es nichts zu lernen von diesen DDR-Menschen?

Lola, der es zwischendurch an Gin gefehlt hatte, ein nun behobener Mangel, kam mit mürrischer Rebellion heraus, die sich zuerst in einem tiefen satten Lachen, freudlos, äußerte. Wenn Lola Männer vergaß und daß sie darauf aus war, mit ihnen herumzuschmusen, wenn sie sich in ihrer Grundstimmung befand, illusionslos, dann hörte sich ihr Lachen wie ein Männerlachen an.

Jetzt verrate mir mal, was wir von denen lernen sollten. Vierzig Jahre in geduckter Haltung, lauter Mitläufer – ach verzeih! Ich habe ja vergessen, daß sie alle Märtyrer waren! Sie sind alle aus einem bösen Traum erwacht! Sie haben gar nichts gemerkt, von der Jugendweihe an über die FDJ bis zum Parteiabzeichen.

Der alte Heuchler in Godwin meldete sich, um die Emptings nicht zu verschrecken, und während er doch auf Lolas deftige Ehrlichkeit stolz war, auch neidisch, fing er vorsichtig an, den Sozialismus als Idee zu verteidigen.

Zur Strafe für Godwin, der gleich ausführlicher würde und mit seinen Erinnerungen an die marxistische Lehre zu prahlen anfinge, rief Lola: Mich interessiert es, daß ich sechzig Jahre alt werden mußte, bis ich endlich zu einem Bidet kam. Und meine Lieblingspraxis ist die des Gynäkologen.

Du bist und bleibst eine Sexbombe, sagte Heribert Empting zur Verblüffung aller, nur Lola erholte sich schnell von ihrer Verwunderung und lachte ihr Männerlachen, diesmal bestätigend.

Das schöne neue Haus! Wer rief denn da? Godwin riß die Augen weit auf. War das nicht seine liebe arme dicke Lola, die ihn wachrüttelte? Was für böse Träume. Aber nein, hier saßen sie mit den Emptings in den

Schlagrahmnaschwerkpolstern. Schwere Sexbombe Lola, schweres gutmütiges gewissenhaftes Sexkaliber. Und doch ist alles ein Irrtum, fühlte Godwin, ich bin nicht wirklich mit diesen anderen Menschen zusammen, nur eine Hülse, genannt Godwin, befindet sich auf dem Globus.

Ulrike schwärmte nochmals von den frischen gescheiten jungen Gesichtern, die aus den ersten Flüchtlingstransportzügen in die Kameras westlicher Fernsehteams gelacht hatten.

Schöne Revolutionäre, sagte Lola, der nur Godwin anmerkte, daß sie die Grenze überschritt, von der an der Gin den Niedergang vorbereitete. Lauter Urlauber. Ungarnurlauber.

Sie haben den Menschen in der Heldenstadt Leipzig aber den Weg bereitet, sagte Ulrike.

Na ja, das ist nun alles schon ziemlich lang her, fand Heribert Empting. Er wußte nicht, wohin er blicken sollte, entschied sich für die Erkerfenster, die zur Straße gingen, und was er da sah, belebte ihn, so daß er deutete und rief: Da streicht doch jemand ums Haus, schaut dauernd her, ist das nicht Babette?

Alle beugten sich vor und bestätigten: Ja, das war Babette, Lolas beste Freundin und eine Kollegin Godwins, Spezialgebiet: Satire, Texte für Kabaretts. Babette war jederzeit willkommen. Deshalb rief Godwin, nun wieder der gesellige Typ, sie herein. Als beste Freundin kannte sie natürlich das neue Haus, sie hatte sogar dem Rohbau Besuche abgestattet. Im Gegensatz zu allen anderen Besichtigern war sie im Badezimmer nicht verstummt und dem Bidet huldigte sie überzeugend mit dem Wunsch, es auszuprobieren. Godwins Arbeitszimmer kommentierte sie als einzige mit wohltätiger Einfühlung: Hier kannst du dich auf deinen Lorbeeren ausruhen. Ich an deiner Stelle würde mir in die Mitte des Raums ein bequemes Liegebett stellen und ehe ich einschliefe vor mich hinsagen: Es ist genug. Alles getan. Alles gesagt. Außer Hausfrauen im Klimakterium liest sowieso kein Mensch mehr Belletristik.

Weil aber Godwin zu seinem Nachteil und anders als Lola kein neidloser Mensch war, mußte er denken: Warum bleibt denn Babette so aktiv, schreibt und schreibt und reist umher? Ja, nicht einmal Babettes Anwesenheit erlöste ihn vom Unbehagen dieses Nachmittags, der nun dämmrig wurde. Godwin wußte, die Konditoreiausgeburten von Sesseln und Sofas waren nicht Babettes Geschmack, aber die Gute klopfte auf dem weichen, hügelbildenden Material herum und pries Lolas Instinkt für exakt das Mobiliar, das zu ihr passe. Unruhig ging Godwin von einer Zimmerecke in die andere, und gleichzeitig mit dem Aufbruch der Emptings, der ihn erleichterte, genoß er Lolas Bitte:

Ach, Godwin, könntest du so lieb sein, und neue Zigaretten besorgen.

Sie tat so, als sei ihr eben erst eingefallen, daß der Vorrat zu Ende ging. Wie immer, wenn sie Godwin um kleine Erledigungen bat, nahm ihr Gesicht den Ausdruck einer ziemlich ernsthaft kranken Patientin an. Ihre Stimme klang erschüttert, so als handle es sich um einen ihrer letzten Wünsche. Gleich würde man sie operieren. Gleich würde sie sterben. Sie stirbt ja wirklich eines Tages, fuhr es Godwin durch den Kopf. Lieber Gott, laß mich von uns beiden hier der erste sein, der sich davonmachen muß.

Du hast jetzt sowieso deinen Gehzwang, stimmts? Ulrike Empting tatschte freundlich-nachsichtig auf Godwins Gesicht, wodurch er sich kindisch vorkam. Du warst schon eine Weile unruhig, sagte Ulrike Empting, beim Anziehen ihres Mantels auf die übliche Weise von Godwin, der ihr half, behindert.

Wir sind ja auch viel zu lang geblieben, sagte Heribert Empting, mit dem Lola, offensichtlich erschöpft von zu viel körperlicher Bewegung dieser letzten Stunden, überhaupt nicht mehr herumscharwenzeln wollte. Vermutlich hatte sie vergessen, daß er ein Mann war.

Mit Babette ließ Godwin die leicht schwankende Lola unbesorgt allein. Diese zwei fänden kein Thema zum Streiten. Babette würde sich auch ein bißchen betrinken, wenn alles gut ginge.

Einmal im Freien, fühlte Godwin sich besser. Am Kiosk wurden die Zigaretten besorgt, doch Godwin trieb es weiter. Die Stadtrandlage des neuen Hauses verführte ihn zu schnellem Ausschreiten, er hatte Lust, aufs freie Feld zu kommen. Meistens war er zu faul, um sich zu diesem Glück unter dem seit Wochen dunstig grauen Himmel aufzuraffen. Die Wolken hatten sich zu einer dicken Schicht zusammengeschoben: beruhigend. Godwin ging so schnell, daß er nur in Bruchstücken denken konnte, er kämpfte sich die Geschwindigkeit ab und dachte an nichts, das einen Zusammenhang ergab. Es ist erstaunlich, ich kann es nicht glauben, aber ich bin hier, wie die alte Spaziergängerin dort drüben auf dem Querweg, die ihren kleinen Hund ausführt. Ich bin jetzt so real wie sie und wie der Hund.

Als Godwin schwarzen Zeichen auf einem dunkelbraunen Acker näher kam und sie als Krähen entzifferte, zog es ihn noch rascher weiter weg und zu den Vögeln hin. Ihre Anordnung bewunderte er. Die Krähen hatten sich wie nach einer klug auf die ästhetisch beste Wirkung bedachten Regieanweisung über die Furchen und Wälle des Ackers verteilt, einige flogen auf, ließen sich an einer anderen Stelle wie nach einem Plan nieder, andere folgten und fanden ihren neuen Platz, und in jeder Umgruppierung sahen die Krähen gut aus. Und dann erlebte Godwin sein persönliches Wunder. Er war bis auf etwa dreißig Meter an die Krähen herangekommen, als die Anführerin des Schwarms zu kreischen anfing, sofort stimmten viele andere ein, bald danach schreckten sie, aber nicht gleichzeitig, sondern einzeln oder in kleinen Verbänden, alle auf, und Godwin mußte wieder die geniale Choreographie bewundern. Alle Krähen schrieen jetzt, sie jammerten, sie beschwerten sich, und Godwin war der Anlaß. Erheitert, geradezu begeistert lief Godwin immer näher auf die Krähen zu, er lief unter ihrem aufgeregten Hin- und Herschwärmen durch und empfand dabei erstaunt, wie verwegen er sich benahm. Über ihm diese Gefahr, ja, vielleicht war das gefährlich. Er selber war mindestens so aufgeregt wie die Vögel. Aber das bei ihm, das war eine fröhliche Aufregung, eine, die ihn belebte, und so kannte sich Godwin überhaupt nicht. War das nun er, das persönliche Einzelwesen Godwin, der zu Haus lahm und ratlos Zeit vertrödelte? Jemand mußte es sein, jemand, der die Vögel beunruhigte. Sie reagieren auf mich, dachte Godwin. Ein dankbar umgewühlter Godwin. Ich bin demzufolge wirklich. In diesem Augenblick gehöre ich auf den Globus. Für die

Krähen bin ich jemand, den man unbedingt ernstnehmen muß.

Godwin blieb stehen. Die Krähen hatten sich besänftigt und sich auf den kahlen Kronen kleiner Obstbäume über das Wiesengrundstück, das auf der anderen Seite des Feldwegs dem Acker gegenüberlag, flügelschlagend verteilt und in eine wiederum raffiniert dekorative Anordnung gefunden. Wie schwarze, große, bananenartige Früchte sahen sie in den Ästen aus. Eine Krähengraphik, zu der sie keinen Künstler brauchten. Sie konnten alles selber. Nur aus der Gewohnheit, sich seinen Zwängen zu fügen, nicht nur wegen der Zigaretten für Lola, kehrte Godwin um. Er liebte Lola, er hatte Angst vor ihrem Tod, aber manchmal wäre er gern frei genug gewesen, um immer weiter von ihr wegzulaufen.

Weil das so war und weil Godwin voraussah, wie bald er seine Euphorie aus den Augen verlöre und mit der Euphorie diese Aufwallung, in der er sich selber imponiert hatte, kam er etwas übellaunig zurück in das neue Haus. Aus dem Briefkasten ragte ein Couvert. Mit großen Buchstaben, Babettes Handschrift, stand darauf: »Ehe euch jemand anderes das unter die Nase reibt. Und vergeßt nicht: Ich bin der einzige Mensch, der euch absolut total liebt. B.«

Godwin zog eine Zeitschrift aus dem Couvert. Es war der »Moskito«, ein satirisches Blatt, für das Babette gelegentlich schrieb.

Möchtest du essen, fragte Lola, die offenkundig während Godwins Krähenerlebnis noch ein paar Gin getrunken und kein Bedürfnis hatte, an Lebensmittel in den Vorratsschränken und Küchenarbeit zu denken.

Sie rauchte mit dem für sie charakteristischen Ausdruck ernster, aus Redlichkeit vorgenommener Pflichterfüllung.

Ich möchte nichts, sagte Godwin. Er deutete zur Hausbar hinüber und fragte: Haben wir genug?

Was meinst du? fragte Lola zurück. Es ist alles da, alle unsere Sorten.

Ob wir genug für heute intus haben, ob wir überhaupt genug hatten, das meinte ich, erklärte Godwin.

Ja, wahrscheinlich.

Lola blickte ihn traurig aber gefaßt an. Damit war die Entscheidung gefallen, den Tag zu beenden. Am gescheitesten, sie gingen ins Bett. Kein Mensch im Freundes- und Bekanntenkreis ging so früh wie Godwin und Lola ins Bett. Freundlich trennten sie sich für die Nacht, nachdem jeder auf seine Weise das Badezimmer benutzt hatte.

Aber wer um halb acht Uhr am Abend schon einschläft, wird in der Nacht wieder wach. Godwin und Lola trafen sich wie so oft im Wohnzimmer. Diesmal hatten beide keine Lust, etwas zu trinken. Sie rauchten. Lola sprach bedächtig von Babette.

Sie ist eigentlich die einzige, die das Haus richtig würdigt. Und immer wieder. Sie war ja schon x-mal da. Die anderen finden zwar auch alles toll, aber man weiß nicht so recht, was dahinter steckt, wenn sie es loben. Seit du bei den Emptings herumgebrüllt hast, wir seien saturiert und Egoisten, ich weiß nicht, vielleicht haben die andern auch schon von selbst alle so gedacht. Nur Babette, die ist anders. Sie versteht uns.

Und ob sie das tut, bestätigte Godwin.

Warum sagst du das so bärbeißig, fragte Lola.

Vielleicht deshalb, antwortete Godwin. Sieh dir das mal an. Er reichte Lola den »Moskito«, aber auch Babettes Anmerkung auf dem Couvert hinüber. Seite 21, lies mal.

Seit wann lese ich mitten in der Nacht irgendwelche Geschichten von Babette?

Du liest auch tagsüber nicht nur keine Geschichten von Babette oder irgendwem, du liest überhaupt keine vernünftige Zeile mehr, mein Armes, dachte Godwin, den genau dieselbe Gefahr bedrohte: gar nichts mehr zu lesen. Lola gebrauchte für ihn mit die Ausrede, sie beide seien seit Baubeginn ruhelos, unkonzentriert und dadurch vom geistigen Leben getrennt gewesen. Kommen die Handwerker oder kommen sie nicht? Machen sie, wenn sie kommen, Murks? Welcher Neuanschaffungen bedarf es noch? Wird das Haus zum Umzugstermin bezugsfähig sein? Ja, zwar ist schließlich alles fertig und perfekt, aber nun sind wir sehr erschöpft und außerdem führen wir beinah täglich Schaulustige durch das Haus. Wir sitzen herum und versuchen, uns zu erholen, wir rauchen und trinken zu viel.

Lola legte Couvert und Zeitschrift auf dem Couchtisch ab. Godwin, den es betrübte, daß Lola nicht erst seit dem Baubeginn nur noch in Illustrierten blätterte – er immerhin blätterte in Lexika und philosophischen Wörterbüchern – verbot sich, böse auf sie zu werden. Es war ja auch nicht aufzuklären, wer hier wen infizierte. Wer auf wen den Lethargie-Virus übertrug.

Es geht um uns zwei, in dem, was Babette da geschrieben hat. Lies es mal.

Hat das nicht Zeit bis morgen?

Morgen könnte Babette schon wieder hier aufkreuzen, und da wärs für alle Beteiligten kein Schaden zu wissen, wie man sich gegenübertritt.

Neugierig gemacht, studierte Lola Babettes Geschichte. Ziemlich langatmig, hatte sie anfangs kommentiert, denn vor dem Lesen, wenn sie sich schon auf eine Lektüre einließ, prüfte sie stets die Seitenzahl. Doch dann las sie stumm, vertieft. Godwin beobachtete ihr Gesicht. Es wechselte den Ausdruck nicht. Es war abgeschminkt, es sah so bedauernswert aus wie ein Menschengesicht, und Godwin liebte es. Wahrscheinlich fand, mitten in der Nacht, Lola jegliche Mimik zu anstrengend.

Uff, machte Lola, als sie zu Ende gelesen hatte.

Na? fragte Godwin.

Ganz schön hart, stellte Lola fest.

Es sitzt, sagte Godwin.

Man könnte vielleicht doch einen kleinen Schluck gebrauchen, fand Lola, und Godwin teilte ihre Meinung.

Ist das nun hundsgemein oder was oder Kunst? fragte Lola.

Sie braucht Schreibstoff wie jeder in diesem gottverdammten Beruf, sagte Godwin. Man muß hundsgemein sein in diesem gottverdammten Beruf.

Und Beckett? Kafka?

Was ist mit Beckett und Kafka?

Waren sie auch hundsgemein?

Das war eine andere Art Literatur. Metaphern, Parabeln, Verschlüsselungen, Kafka war nicht so realistisch, und Beckett wollte zuletzt nur immer mehr komprimieren.

Godwin seufzte, und um nicht an sein endlich ideales Arbeitszimmer denken zu müssen, nahm er einen großen Schluck Whisky, während Lola sich beim Gin bediente. Daliegen und sich nach der Stille der Ewigkeit sehnen, zur Sehnsucht nach diesem Zustand verdichtete sich Godwins Lebenswunsch. Lola richtete die Fernbedienung wie eine Schußwaffe auf den Fernsehapparat und erzeugte das von violetten und gelblichen Strahlenmustern durchkreuzte Bild eines Konzertpodiums, auf dem eine Gruppe von fünf Musikern umherschwirrte, zapplige Leute, die ihre Instrumente mißhandelten. Im nächsten Programm war eine Gerichtsverhandlung im Gang. Neues Bild: Zwei pummelige alte Leute, vergnügt auf einer Parkbank, ließen es zu einem scheuen verliebten und offenbar ersten Kuß ihres Lebens jenseits der Altersgrenze kommen. Weil Godwin und Lola sich aus Furcht vor dem Betrinken so früh in ihre Schlafzimmer verzogen hatten, war es jetzt nicht einmal Mitternacht, aber auf den nächsten Kanälen, die Lola durchprobierte, erschien doch nur noch entweder das Testbild oder ein silbergraues Geflimmer wie von Mikroorganismen. Lola schaltete den Fernsehapparat wieder aus und fragte:

Und warum bist du nicht hundsgemein? Wenn das zu deinem Beruf gehört?

Daliegen und sich nach der Stille der Ewigkeit sehnen. Godwin hörte zu träumen auf, und verschreckt vom kurzen Blick auf das, womit sich in diesem Augenblick andere Menschen amüsierten, durchfuhr ihn plötzlich die Befürchtung, die Ewigkeit werde auch nur nach dem Massengeschmack sein.

Du könntest irgendwas über Babette schreiben, und sie wirds nicht übelnehmen, nach dem hier. Ihr könntet das wie ein Spiel aufziehen. Bei Babette gibts auch so allerlei, was nicht ganz stimmt.

Lola lachte gutmütig, ihr Männerlachen. Hatte sie nicht kluge Ideen? Wie schade um ihr Kugelköpfchen. Sie machte so wenig Gebrauch davon. Godwin erblickte in dem Spielvorschlag einen Hoffnungsschimmer, er sah sich an einem Strand des Atlantischen Ozeans stehen und den Sonnenaufgang bewundern.

Mit etwas Mühe, den Blick in die Ferne gerichtet, als läse sie beim Augenarzt zu Testzwecken einen kleingedruckten Text ab, sagte Lola: Babette ist meine beste Freundin. Für mich ist diese Geschichte da kein Problem. Wir kennen uns seit dem ersten Schuljahr, Babette und ich. Sie ist die einzige, die mich wirklich versteht.

Mich auch, dachte Godwin. Lolas Langmut wärmte ihn in der Herzgegend. Der Satz »ihm wurde warm ums Herz« fiel ihm ein und gleichzeitig, daß man ihn nicht mehr schreiben konnte.

Und sie liebt uns. Lolas tiefe Stimme klang fest. Sie liebt uns wirklich und zwar so, wie wir sind. Allerdings übertreibt sie das mit dem Trinken. So viel trinken wir wieder nicht.

Und gerade hierin übertreibt sie ganz und gar nicht, wußte Godwin.

Sollten wir die Entscheidung, ob wir mit ihr drüber reden oder so was, oder übers Verzeihen, sollten wir das auf einen Tag ohne Schnaps verschieben? fragte Godwin.

Das sollten wir nicht, wir sollten es jetzt entscheiden.

Die gewissenhafte treue Lola, mit der zusammen der sahnige Sessel wie ein Stück Torte aussah, eine rötliche

Frucht in der Mitte, sie hatte sich längst entschieden. Laut las sie, nochmals den »Moskito« aufgeschlagen in den Händen: »Und nun, liebe Lola und lieber Godwin, schlaft in euren breiten neuen Prachtbetten euren Rausch aus und träumt nicht schlecht von mir. Denn genau betrachtet war alles über euch meine Art der Liebeserklärung.«

Und so lautet der letzte Satz dieser Erzählung, der Sie, wenn bis hierhin Ihre Ausdauer gereicht hat, soeben gefolgt sind.

Grafschaft

Es gibt sie also noch, Gefängnisse wie in Western. Bei uns sind Gefängnisse erstens nie so klein, nie für nur zehn oder fünfzehn Gangster, und die Eingesperrten, zweitens, sind in ihren Zellen hinter schweren Stahltüren verwahrt. In Western benutzt man Eisengitter. Raudi und Anja aber stehen in schmalen Boxen, und nur halbhohe Bretterverschläge trennen sie von der Freiheit. Die ist zunächst ein schmaler Gang mit Steinboden im düsteren Gebäude, dann ein breites Tor aus Holz, das sogar halb offen ist, und deshalb konnte ich ja auch, übrigens ohne einer Kontrolle zu begegnen, eintreten, als ich mich vor dem Regenschauer schützen wollte. Kein Aufseher weit und breit. Links vom Eingang in engmaschig vergitterten Käfigen, dreistöckig übereinandergestapelt, hockten Kaninchen im Halbschlaf. Ein Sperling flog auf. Die schmalen Fensterklappen oben an der Decke sind nicht gesichert und sogar angekippt. Die Scheiben sind beschichtet, nicht nur mit Schmutz, man hat sie mit Farbe blind gemacht, so daß Raudi und Anja nicht einmal den Himmel sehen können. Es sind viele Fliegen da, die Raudi und Anja belästigen.

Eine solche Stille, eine solche Dunkelheit im Gefangenentrakt! Alle anderen Kojen sind leer, die Bewohner arbeiten draußen. Raudi und Anja blicken nur manchmal zu mir hin, sie beide haben große dunkelbraune Augen, ihr Blick ist gleichmütig und doch auch unergründlich, wenn ich länger hinschaue, denke ich: Ihr Blick ist todtraurig. Warum ließ man Raudi und Anja nicht mit den anderen ins Freie, zur Arbeit? Büßen sie eine besondere Strafe ab, oder geht es ihnen heute nicht gut, oder sind sie zu alt? Sie haben Appetit, sie essen ununterbrochen, wenn auch ohne Begeisterung. Vielleicht kauen sie zum Zeitvertreib, um überhaupt etwas zu tun.

Ich war aufgeregt, schon beim Eintreten. Ist das eine Kirchenstimmung, durcheinandergemischt Trauer und Freude? Ich möchte lang bleiben, habe ich stumm aufgesagt, als ich schon wieder ungeduldig wurde. Ich langweile mich hier doch gar nicht, überlegte ich, und verließ das düstere scheunenartige Gebäude mit schlechtem Gewissen, unzufrieden mit mir selber.

Den Ort Grafschaft gibt es gar nicht. Die wenigen Häuser liegen über Hänge verstreut, die Seitenstraßen sind Sackgassen. Man kann nur entweder bergauf oder bergab gehen. Die Hügel sind grün, die Straßen schiefergrau wie die Schindeldächer, weißgemalte Fassaden gliedert schwarzes Fachwerk. Schwarz, weiß, schiefergrau und grün: das sind die Farben von Grafschaft. Alles sieht sehr sauber aus, so als sei man gestern erst mit Landschaft, Häusern und Straßen fertiggeworden.

Erst recht von fünf Uhr nachmittags an ließ kein Mensch sich mehr blicken, denn an diesem Tag gab es ein wichtiges Fußballspiel, und die Leute saßen vor ihren Fernsehapparaten. Es wurde nun so still, daß ich mir einbildete, den Nieselregen zu hören. Bis zu den Wanderwegen in halber Höhe der Hügel, die von da an in die höhergelegenen Wälder führen, drang ich nicht vor, ich bin immer wieder nach ein paar schnellen Schritten umgekehrt.

Daß es auf dem Land solche Krankenstationen noch gibt! Hat ein kauziger Arzt heimlich diese unheimliche Station eingerichtet? Eine Intensivstation besonderer Art, ohne medizinisches Gerät, eine Isolierstation? Raudi und Anja essen immer noch. Raudi kaut so laut, oder keucht er beim Kauen? Das Geräusch ist gleichmäßig und erinnert an ein Metronom. Wieder bin ich zu früh weggegangen. Ich habe mir die Schaufenster eines Beautyshops angeschaut, dann zog es mich zu Raudi und Anja zurück, sehr dringend. Ich mußte einen abgehetzten Eindruck machen.

Wohin wollen Sie? Ein rundlicher Mann mit eingedrücktem Gesicht sah mich ohne Wohlwollen an. Er war vielleicht fünfzig und trug bäuerliche Sachen. Schon ein paar Schritte vor dem Eingang hatte ich bemerkt, daß die große Holztür diesmal geschlossen war.

Ich möchte die Gefangenen besuchen. Ich möchte die Patienten besuchen. Um den Mann versöhnlich zu stimmen, lachte ich.

Wir haben so was nicht gern, sagte der von mir nicht aufgelockerte Mann.

Aber ich tue dort drin gar nichts, beteuerte ich, ich rede kein Wort, ich stehe einfach nur da und achte auf alles, besonders auf mich selber, ich weiß nämlich gar nicht genau, was ich da drin empfinde, und ich möchte es herausbekommen. Ich bin erstaunt, ich bin ergriffen, viel sehe ich leider nicht von Raudi und Anja, wegen der breiten Holzbretter, aber sie blicken manchmal zu mir hin. Ich habe Mitleid, doch außerdem fürchte ich mich. Ich bin neugierig, ich betrachte diese beiden großen schweren Gefangenen indiskret und schäme mich dessen.

Ich glaube nicht, daß ich zu dem Mann so viele Sätze gesagt hatte. Aber bestimmt fragte ich ihn: Warum tun Sie nichts gegen die vielen Fliegen? Die Fliegen quälen Raudi und Anja.

Sie gehen jetzt am besten, sagte der Mann, und bevor er mich anschob, setzte ich mich von allein in Bewegung.

Wie groß und mächtig ihre Körper sind, das habe ich nicht mehr gewußt. Nie wollte ich das Sauerland kennenlernen, wie du weißt, aber nun hat es sich doch noch gelohnt. Ich saß in meinem Hotelzimmer im vierten Stockwerk, schrieb einen Brief, ab und zu blickte ich auf und aus der Balkontür in Grün und Schwarz, Weiß und Grau, auch der Himmel regengrau, die Farben von Grafschaft. Ich bin ein bißchen spazierengegangen, schrieb ich, immer nur kurze Entfernungen, Stichproben, denn es hat immer genieselt und nach stärkerem Regen ausgesehen. Und außerdem bin ich solche Hügel nicht mehr gewöhnt. So wenig wie die Stille hier. Ich habe ein Westerngefängnis gefunden und sogar besichtigt, ich habe eine Krankenstation gefunden und bin auch hineingegangen, jeweils zwei Gefangene, zwei Patienten. Ich habe auch große Pferde gesehen, zwei Pferde.

Mit dem Brief – an wen denn, der Platz für eine Anrede blieb noch frei – kam ich nicht weiter. Am liebsten wäre ich wieder zu Raudi und Anja gegangen, aber es hat nun stark geregnet. Erst recht wollte ich dem Mann, ein Wächter vermutlich, nicht mehr begegnen. Ich fing an, stumpfsinnig zu werden. Zwölf Fernsehprogramme, zwölf Einladungen zum Verblöden. Diesen Satz sollte ich noch in meinem Brief unterbringen, doch ich konnte nicht einmal mehr aus meinem Sessel aufstehen. Während auf dem Bildschirm eine stark geschminkte Frau im mittleren Alter mit Nachdruck lächelnd telephonisch über Reize und Risiken der Dreiecksverhältnisse Auskunft gab, wobei sie darauf achtete, daß ihr enger Rock noch höher über ihre Schenkel rutschte, kam ich mir nicht so indiskret vor wie am Nachmittag bei meinen Blicken auf Raudi und Anja, denn dieser Teilnahme jetzt, an den Problemen eines Mannes mit quengeliger Stimme, der mit der Ratgeberfrau telephonierte, fehlte der Ernst von jenen Boxen, im Westerngefängnis, in der Krankenstation. Da konnte ich mir den Ruck geben und aufstehen und den Fernsehapparat ausschalten. Beim Lesen in der Humanismusschrift des großen alten Theologen dachte ich plötzlich, unkonzentriert zwischen den langen, Gottes Gnade preisenden Sätzen, der Verfasser habe Lebewesen wie Raudi und Anja nicht mitbedacht. Diese Schrift las ich nicht zum ersten Mal, aber vorher war mir nichts Versäumtes aufgefallen. Erst nachdem ich Raudi und Anja getroffen hatte, bemerkte ich das Versäumnis des großen alten Theologen. Er mußte Existenzen wie Raudi und Anja schlichtweg vergessen haben. Gottes Humanismus für die Menschen. Menschen bewachen Westerngefängnisse, Menschen richten Krankenstationen ein, Menschen verfügen über anderes Leben, Gottes geliebte Schöpfung in schmalen Boxen fast fensterlos, auf dem Boden schmutziges Stroh – nur gut, daß Raudi und Anja sich bloß dann hinlegen, wenn sie sich krank fühlen oder wenn sie sterben wollen.

Damit war nicht zu rechnen! Morgens bei der Abreise aus Grafschaft und dann auf dem Bahnsteig in der gruftähnlichen Station habe ich nämlich Raudi und Anja beneidet. Zu bedauern waren sie, gewiß, doch fand ich, mehr noch als sie sei ich selber zu bedauern. Ich stellte sie mir vor. Es ging ihnen heute so wie gestern und wie an jedem Tag. Eingesperrt seid ihr zwar, während mein Hin- und Herlaufen zwischen den Streben des Bahnsteigdachs und den vier braunen Bänken für Wartende den Eindruck von Freiheit erweckt. Ich redete mit ihnen, ohne die Lippen zu bewegen. Vom höhergelegenen Bahnsteig aus konnte ich immer noch den Mann sehen, der mich hier herunter zur Station gefahren hatte und sich jetzt Schaufenster in der Bahnhofsstraße betrachtete. Eingesperrt, aber verantwortungslos. Ohne Pflichten, ohne Reue, ohne Gewissen, ohne Schuldgefühl. Ich sah sie vor mir. Auch vom Vergehen und vom Stillstand der Zeit: keine Ahnung. Da standen sie in ihren düsteren Boxen, sie würden regelmäßig kauen, Raudi viel lauter als Anja. Und was die Langeweile ist, wüßten sie so wenig wie sie die Angst kennen, dachte ich, als ich mit Heimweh nach ihrer Haft hörte, wie durch den Lautsprecher mein Zug angekündigt wurde. Schnell lief ich, um Zeit zu sparen, nicht durchs Bahnhofsgebäude, den Hang hinunter, über die Straße und dem Fahrer entgegen, der jetzt gerade zu dem Firmenauto schlenderte, mit dem ich hierher gekommen war.

1. Moses, 24.56, rief ich ihm zu.

Der Fahrer sah mich so mißtrauisch an wie gestern der Wächter. Haltet mich nicht auf, denn der Herr hat Gnade gegeben zu meiner Reise, sagte ich, nun in seiner Nähe und nicht mehr mit erhobener Stimme. Mit anderen Worten: Ich möchte zurückfahren nach Grafschaft. Keine Sorge, das geht schon in Ordnung. Ich werde mit Ihrem Chef sprechen.

Das hier hat man bei ihr gefunden.

Die junge Frau an der Hotelrezeption wird meinem Mann diese Notizen übergeben. Der junge Apotheker wird berichten: Ich hatte den nächtlichen Notdienst, das stimmt, und ziemlich aufgeregt war sie auch. Aber gegeben habe ich ihr nichts. Ich mache grundsätzlich keine Ausnahme. Da bin ich sehr prinzipiell.

Einer der Hauptschuldigen sind also Sie, wird mein Mann ihm nicht vorwerfen. Der dicke Bewacher des Westerngefängnisses, auch der Krankenstation, der Pferdestallinhaber, auch Betreuer, wird erzählen, daß Raudi und Anja, als ich sie widerrechtlich befreite, mich umgestoßen haben müßten, so vermute er, und als ich auf dem Steinboden lag, war ich wehrlos, ihre schweren Hufe über mir und viele Fliegen auf mir. Keiner wird wissen, daß ich Raudi und Anja nichts übelnehme. Sie haben es nicht bös gemeint, sie haben überhaupt nichts gemeint. Nicht einmal der Freiheit strebten sie zu. Nur unwillkürlich taten sie ein paar Schritte aus den Boxen, und dabei stand ich ihnen im Weg.

Sie muß verrückt gewesen sein, oder? Sie hat durchgedreht, was meinen Sie? Angemerkt hat man ihr nichts, sie war nett.

Mein Mann wird wenig antworten. Grafschaft als Adresse gefiel ihr, aber gegen das Sauerland war sie von jeher skeptisch eingestellt. Sie hielt das Sauerland für spießig. Welch eine Gegenmaßnahme!

Der Klügere gibt nach

Was also soll ich tun? Was soll ich mit ihm machen? Mathilde Schneidermann überlegte hin und her, seit fast drei Wochen immer wieder und schon vom Aufwachen an. Sie Bösewicht! So hatte sie ihn früher manchmal angeredet, aber bei harmlosen liebenswerten Verstößen. Diesmal verkleinerte das Bild vom Bösewicht die Problematik, und das wollte Mathilde der Problematik nicht antun.

Der Morgen war sonnig wie jeder Morgen in diesem langwierigen Sommer, und wieder fiele auch heute kein Tropfen Regen. Eine schreckliche Trockenheit: Dieser Stoff für Klagen paßte Mathilde. Jedem aus dem Kreis ihrer Verwandten und Bekannten und auch in Briefen erzählte sie, unter welch großen Mühen, der hochsommerlichen Erschöpfung abgezwungen, auch von Gelenk- und Knochenschmerzen geplagt, sie sich für ihren Garten opferte. Und wieder mußte sie an Amos Ritter denken. Anfangs hatte er ihr empfohlen, die Natur sich selbst zu überlassen, dann an ihrem Wasserverbrauch herumkritisiert. Das Wasser sei längst knapp und außerdem rationiert, das Sprengen privater Gärten nicht erlaubt. Was geht mich das an?

Mathilde redete mit sich selber, gerichtet an die Adresse Amos Ritter. Ich muß schließlich mein mütterliches Erbe verwalten und zwar, um es weiterzuvererben, aber nicht an Hinz und Kunz. Das Wort »vererben« sprach Mathilde gut vernehmlich und etwas drohend aus, jedem gegenüber. Es war Lockruf und Warnung zugleich. Es lohnt sich, mich gut zu behandeln. Sich gut mit mir zu stellen. Also aufgepaßt! Grundstück und Haus waren ihre Trumpfkarten, und die gab sie nicht aus der Hand, sie hantierte dauernd mit ihnen, zog sie und steckte sie ins Spiel zurück, dauernd damit beschäftigt, zu vererben und zu enterben. Ich grüble mal wieder über meinem Testament, sagte sie oft auch zu Amos – ach, aber nun sprachen sie ja beinah gar nicht mehr miteinander.

Mathilde fing wieder an zu leiden. Sie war eine Frühaufsteherin und begann, sich zu langweilen. Vor dem Zwist mit Amos hätte sie jetzt notiert, was sie ihm demnächst vom Tagesverlauf berichten wollte. Sie bürstete ihr kastanienbraun mit rötlichem Schimmer getöntes Haar und dachte wieder an ihr Testament. Sie verstand es immer mehr als Drohmittel. Der Familienkreis verengte sich, nicht durch Tod, sondern weil allerlei Unliebenswürdigkeiten die Mitglieder in Mathildes Anwärterliste tilgten. Nichte Manuela? Hat bei meiner letzten Grippe keine Zeit gehabt, für mich einzukaufen. Neffe Kurt? Hat gegen meine Empfehlung diese flattrige Dingsda geheiratet, und ich sagte ihm doch: Kurt, bedenke, du bist aus einem guten Stall, so wie wir alle. Der Niveauunterschied wird dir zu schaffen machen, wenn die erste Verliebtheit dahingeschwunden ist, und das wird bald sein. Ja, ja, brummelte Mathilde vor sich hin und schob nach dem hundertsten Bürstenstrich ihr immer noch dichtes Haar in die gewünschte Position. Ja ja, die lieben Verwandten. Zehn kleine Negerlein ... und so weiter ... und Heinz, dessen Sittlichkeit mich beeindruckte, denn er schien sich für die Ehe reinzuhalten, zog nie mit Frauen herum, Heinz ist sogar homosexuell, wie absolut grauenvoll, wie kann man nur.

Amos gegenüber ließ sie, seit er ihr bester, ihr wichtigster Freund geworden war, durchblicken, als Erbe könne er zwar leider nicht in Betracht gezogen werden, weil nach dem letzten mütterlichen Willen der Besitz in der Familie bleiben müsse, aber aber – gedehnt sagte sie »aber«, ein wenig verschmitzt – aber seine Chancen wüchsen, sie werde sich mit ihrem Notar beraten, was eventuell zu arrangieren sei. Schließlich gäbe es, die Blutsverwandtschaft überragend, eine Verwandtschaft der Seelen. Oh, was war daraus geworden! Ein Scherbenhaufen? Er braucht sich ja nur bei mir zu entschuldigen, sagte Mathilde zu ihrem Gesicht im Spiegel. Es gefiel ihr weniger gut als in den Zeiten vor dem Streit mit Amos. Liebe macht schön, fiel ihr ein. Gram und Bitterkeit und verletzter Stolz machen häßlich.

Mathilde versorgte die Katzen, dann ging sie im Morgenmantel in die Küche, um ihr eigenes Frühstück zuzubereiten. Es grummelte immer weiter in ihr: Ausgerechnet in diesen Zeiten der Freude für alle Deutschen mußten wir in einen politischen Streit geraten. Wie bitte? Alle Deutschen sollen Grund zur Freude haben? Auch die Todkranken? Auch die mit schweren privaten Sorgen? Er wolle ja jetzt gar nicht von denen reden, die in für Deutsche untypischer Skepsis seit der sogenannten Revolution völlig anders dächten über die auf 80 Millionen angeschwollenen Deutschen ... Amos glaubte weder an die Revolution, das Wort Volk konnte er nicht hören und erst recht nicht aussprechen, und ihm wurde schlecht, wenn Deutsche Freudentränen vergossen. Vor Freude heulende Deutsche seien von jeher ein böses Omen für die Weltgeschichte gewesen. Oh, Amos hatte schreckliche Dinge gesagt. Mathilde bildete sich ein, solche ganz schrecklichen Dinge wären trotzdem von ihr toleriert worden, obwohl die Schmerzgrenze überschritten war, egal, einen Meinungsstreit mußte man vertragen. Der Ton macht die Musik, so stand es in einem der vielen angefangenen Briefe an Amos. Wer sich im Ton vergriffen hatte, das war er, sagte sie sich, ich blieb nobel.

Mit ihren achtundsiebzig Jahren besaß sie einen Anspruch auf Respekt. Während sie darauf wartete, daß der Kaffee in der Maschine aufwärts gluckste, blickte sie in den Garten und empfand schadenfrohen Triumph: Alles grün und frisch, der einzige grüne Garten in der Nachbarschaft. Eine Meisterleistung in diesen Dürremonaten, und den Kampf gegen das Klima gewann eine Frau von achtundsiebzig Jahren! Auf einmal mißfiel ihr, wie sehr sie auf ihr Alter pochte. Amos verdankte sie es, daß sie sich viel viel jünger fühlte. Der Respekt, den er ihr schuldete, durfte nichts mit ihren Jahren zu tun haben. Mathilde bekam nach dem ersten Schluck Kaffee große Lust, Amos anzurufen. Nein, vorher müßte von ihm ein Zeichen kommen. Genaugenommen: eine Entschuldigung. Und wenn sie ihm von ihrem Garten erzählen würde, dem einzigen im Umkreis, in dem nichts verdorrt und ruiniert war, fiele ihm doch nur wieder irgend etwas Deprimierendes über die Klimaveränderung ein und über die Vergeblichkeit, dagegen anzugehen, und daß er eine einzelne alte Hausfrau lächerlich und sogar anstößig finde, die sich auf die Rettung ihres kleinen Gartens beschränke, während es überall auf dem Globus brenne, überall noch später als fünf vor zwölf sei, und derlei entsetzlich negative, pessimistische, hinabzwingende Sachen mehr. Mürrisch verzehrte Mathilde ihre zwei Toastbrote. Aber noch bestand Hoffnung, bis zum Klingeln des Postboten.

*

Amos Ritter wußte genau, womit er Mathilde Schneidermann so gründlich und nachhaltig vor fünf Jahren für sich gewonnen hatte und wodurch er zu ihrem unentbehrlichsten Menschen aufgestiegen war: Die Initialzündung war sein Lob für ein Jugendphoto Mathildes. Er hatte ihren Mund und ihr schönes strenges Profil gerühmt. Frauen, so alt sie auch waren, ließen am liebsten ihre Schönheit loben. Natürlich hörten Frauen auch gern, sie seien klug, und sie liebten es, wenn man eine noch schlummernde, bisher unterdrückte Begabung bei ihnen zu wittern vorgab. Lauter Dornröschen. Höchste Zeit, meine Liebe, daß endlich einer kommt, um dieses glimmende Talent aufzuwecken und dann zu fördern, zu bewundern. Aber wenn du ihr sagst, wie gut sie aussehe, dann hast du sie rumgekriegt und für immer gewonnen. Details genügen oft: Ihre Augen, ihre Stirn, das Profil, der Mund – im Anfangsstadium erwähnst du weder Beine noch Busen, und wenn es sich um ältere Semester handelt, bleibt es sowieso bei der Beschränkung auf den Kopf. Verwende die Vokabel »schön«, tu es nicht unter ihr. Von dir als schön erkannt zu sein, das wirft sie um. Du hast sie entdeckt. Sie gehört dir für immer. Wie alt die Frau auch sein mag, zwanzig oder über siebzig Jahre alt, auf Komplimente für ihr Äußeres reagiert sie damit, daß sie dich in ihr Herz schließt. Sie reagiert mit Liebe. Sie weiß nicht, daß sie dir eigentlich bloß dankbar ist. Sie verliebt sich in dich, weil sie auf einmal wieder verliebt ist in sich selber. Mit Zutrauen schaut sie in den Spiegel, erblickt sich mit deinen Augen, denjenigen Augen eben, denen sie ihre Rettung verdankt. Sag ihr, sie sei erfolgreich, sie habe Verstand und Witz, einen guten Geschmack und ein einnehmendes Wesen, was du willst: Sie freut sich sehr, aber dann erst sieht sie in dir den ersten verständnisvollen Menschen in ihrer gesamten Biographie, wenn du mitten in einer Unterhaltung plötzlich erstaunt auf sie schaust, du unterbrichst dich, du erweckst den Eindruck, als könntest du nicht weitersprechen, du sagst: Was für ein herrlicher Schimmer liegt auf Ihrem Haar. Sie haben wirklich bemerkenswerte, wirklich schöne Haare. Oder Ähnliches, einfach etwas dieser Art.

Amos war verärgert, denn wieder hatte die Post kein Lebenszeichen von Mathilde gebracht. Zu diesen Lebenszeichen gehörten nicht nur Briefe und Blumenansichtskarten, sondern darüber hinaus Päckchen und Pakete, worin sie Rasierwasser, Seife, Salzgebäck und Süßigkeiten schickte, sie orderte bei einem Großhändler Wein- und Spirituosensendungen, sie deckte Amos' Bedarf an Zigaretten. Außerdem stellte sie gelegentlich

Schecks über vierstellige Beträge aus. Mein Leben lang wollte ich etwas für die Kunst tun, hatte sie einmal gesagt, und endlich endlich kann ich es. Amos war ein Lyriker, der ausnahmsweise die Wahrheit sagte, wenn er sich über niederschmetternde Verlagsabrechnungen beklagte. Er beschimpfte sich selber als einen Idioten mit seiner Entscheidung fürs Schreiben von Gedichten, für etwas so Anachronistisches und Unverkäufliches, und dann protestierte Mathilde zuerst mit Worten: Der Mensch lebt nicht vom Brot allein. Und danach mit einem dieser Schecks für das nun einmal unentbehrliche Brot.

Sie sitzt immer noch im Schmollwinkel, die gute Mathilde, sagte Amos zu Jeanie, seiner Frau, der er in ihrem Atelier einen Besuch mit dem mageren Posteingang von heute abstattete. Jeanie arbeitete gerade an einem Ölgemälde, indem sie, den Pinsel gezückt, vor der Staffelei mit der aufgezogenen großformatigen Leinwand hin und her sprang, vor und zurück, und nach prüfenden Blicken verblüffend plötzlich und wie im Zorn Striche, Tupfer und schmierige Wirbel ins Bild warf.

Mathildes Liebe zu Amos schloß Jeanie nicht ein. Aber sie immerhin sympathisch zu finden, dazu hatte sie sich durchgerungen, nachdem es Amos gelungen war, Jeanie als seinen festen Halt im Sturm der Stimmungen, in den Brandungswellen der Verstörungen eines Künstlers darzustellen, als Zuständige für die Alltagsmalaisen, lebensgewandt und immer bei Laune – was zum größten Teil erfunden war.

Wie wärs denn mit Vergebung? Mit dem Verzeihen, was wäre damit? fragte Jeanie.

Wer denn wem? fragte Amos.

Seit die Deutschen sich, zumindest offiziell, ausschließlich über Deutsches freuten und vor lauter deutschem Zusammenwachsen Krisen, Konflikte, Kriegsgefahr den angeblich allerbesten ausländischen Freunden und Verbündeten überließen, weil sie jetzt hauptsächlich deutsch sein wollten und deshalb die Weltgeschichte vergessen mußten, seitdem hatte Amos kein Gedicht mehr schreiben können. Mathilde Schneidermann war unter den hocherfreuten Deutschen und demzufolge entsetzt über Amos' Bekundung. Er schreibe statt dessen neuerdings Satiren, bitterböse. Ja, damit hatte er sie getroffen, gewiß, aber doch nicht gekränkt. Ihr Warten auf eine Entschuldigung, Amos wußte es, ging auf einen Streit am Telephon zurück.

Mit dem Verzeihen hat sie Probleme, die gute Mathilde, sagte Amos. Sie hat mir genug von Nichten und Neffen und andern Leuten erzählt, denen sie dieses und jenes nachträgt.

Und du hast Probleme damit, dich zu entschuldigen, sagte Jeanie. Der Klügere gibt nach: schon mal gehört?

Amos schwieg. Daran hatte er auch schon gedacht, und zwar reichlich oft.

Deine Mutter hat mir erzählt, daß du dich nie entschuldigen konntest, sagte Jeanie und machte einen Satz auf die Leinwand zu, pinselte aufgeregt mit knallroter Farbe zwischen zwei braunen Balken herum.

Amos rief: Weil ich klüger war! Nicht immer empfindet es der Klügere als klüger, nachzugeben. Schon als Kind hatte ich einen ausgeprägten Gerechtigkeitssinn. Wenn ich an nichts schuld war, sah ich auch nicht ein, wofür ich mich entschuldigen sollte. Amos verlor die Lust, sich länger im Atelier aufzuhalten. Er hatte eine Satire, eine sehr grimmige Sache, über Mathilde in Arbeit, und an die wollte er sich nun wieder machen. Ich gebs ihr, dachte er. Und gleichzeitig: Es wird ein Jammer sein um die Schecks und die übrigen Wohltaten. Er fand sich gut, als er beim Weggehen sagte: Soll ich etwa ein Opportunist sein? Doch wohl nicht, hm?

Aber sie ist eine alte Dame, gab Jeanie zu bedenken. Du bist nicht gleich ein Opportunist, wenn du höflich bist.

Vielleicht hatte Jeanie recht. Mathilde war trotzig, er war es auch. Sie konnten beide nicht über ihren Schatten springen. Amos las die polemische Glosse eines Journalisten, der vor Wut über die undeutschen Äußerungen einer Kulturreferentin einen noch schlechteren Stil als gewöhnlich schrieb. Und was warf er ihr, die bekundete, auch in Zukunft werde sie lieber nach Rom als nach Dresden fahren, genau besehen und alles in allem vor? Ihre Haltung sei typisch deutsch. Also benutzten selbst die Deutschfanatiker »deutsch« als Schimpfwort.

Typisch deutsch, könnte demnach auch Mathilde über Amos urteilen, auf diesen Einfall käme sie jedoch nicht. Mathilde hieß Annegret in seiner Satire, und Amos schrieb: »Annegret fühlte sich tief verletzt, wenn sie sich an den verächtlichen Ton erinnerte, in dem Amos das Wort ›Heimat‹ ausgesprochen hatte.«

*

»Heimat, das ist, was in die Kindheit scheint und worin noch niemand war.« Kannte Mathilde das berühmte Bloch-Zitat nicht? Nein. Und es sagte ihr nichts. Meine

Heimat ist die Mark Brandenburg, und ich bin überglücklich, weil sie nun endlich wieder zu uns gehört. Sie haben, lieber Amos, keinerlei Beziehung zum Osten. Sie sind so überaus südwestdeutsch.

Dann müßte ich ja Südwestdeutschland als Heimat empfinden, oder nicht? Amos überführte Mathilde des unlogischen Denkens.

Und warum tun Sie es nicht? Vermutlich doch, weil Sie Ihre Heimat nie eingebüßt haben und deshalb deren Wert gar nicht ermessen können. In Südwestdeutschland war während des Kriegs gar nichts los.

Wir hatten Bombenangriffe, Totalausbombung. Ich war noch ein Kind, als ich schon Waffen in die Hand nehmen mußte.

Daraufhin kam von Mathilde nur das nivellierende Gebrummel, das sie bei Interesselosigkeit, Ungültigkeit eines Arguments anwendete.

Liebe Mathilde, sagte Amos, der sich zur freundlichen Anrede überwand, weil ziemlich lang kein Scheck mehr eingegangen war. Die Wahrheit ist, daß mir die Nazis Begriffe wie »Heimat« und »Vaterland« für immer versaut haben. Daran wird sich nichts ändern.

Amos las, was Jeanie ihm soeben auf einem Zettel niedergeschrieben und neben das Telephon gelegt hatte: »Ihr Anwesen ist hübsch. Die Straße ist okay, viele Gärten, Bäume, nicht weit zum Wald.« Unterdessen hatte Mathilde ihm Selbstgerechtigkeit vorgeworfen. Amos kritzelte eine Antwort für Jeanie: »Das Haus ist eine Bruchbude.«

Wieso bin ich selbstgerecht, wenn ich erkläre, daß ich, als jemand der schreibt, mich keiner Diktatur inclusive Zensur unterworfen hätte, um mich hinterher noch als Märtyrer aufzuspielen. Ich hätte nicht vierzig Jahre lang dort drüben in meiner muffigen kleinen bequemen Nische gehockt, mich um einiger Privilegien willen domestizieren lassen, angepaßt, und irgendwas Utopisches von der Idee des Sozialismus zwischen den Zeilen geraunt.

Wie können Sie das von sich wissen?

Ich weiß es eben. Das sagt mir mein Instinkt. Ich war schon in der Nazizeit voller Rebellion.

Sie waren ein Kind.

Kinder können auch Widerstandskämpfer sein.

Mathilde setzte wieder das abschlägige Gebrummel ein, und dann sagte sie: Es ist die Erfahrung des erwachsenen Menschen, die Ihnen fehlt. Die Erfahrung von Schmerz und Verlust.

Man kann an die Stelle der Erfahrung die Phantasie setzen, sagte Amos. Und den Instinkt. Man kennt seine Idiosynkrasien.

Wen bitte? fragte Mathilde gereizt.

Antipathien, Animositäten. Das, was einem widersteht, erklärte Amos. Ich kann mich doch leicht in jemanden hineinversetzen, der schreibt, stimmts? Da ich selber schreibe. Gut. Und wenn ich schreibe, dann darf ich auch nicht das leiseste innere Stimmchen zaghaft und warnend jammern hören: Sags nicht! Laß das besser weg! Nimm die Kurve zum Aufbauenden, mach eine Kehre und rufe das Positive des Staatsgefüges, in dem du lebst, deutlich aus.

Sie haben eben niemals diese bitteren Konflikte aushalten müssen. Und es fehlt Ihnen, ich wiederhole mich, die Beziehung zum Osten, zu den preußischen Tugenden, beschwerte sich Mathilde.

Wechseln wir das Thema, schlug Amos vor. Nehmen wir die derzeitige deutsche Selbstzufriedenheit und betrachten wir sie im Spiegel des Auslands. Jeanie und ich, wir lesen regelmäßig die wichtigsten ausländischen Zeitungen.

Amos dachte kurz mit leichtem Schrecken, Mathilde könnte antworten: Aha, weil ich die finanziere. Aber Mathilde veranstaltete nur ihr alles zubuddelndes Gebrummel, das sie diesmal mit ein paar Worten ergänzte: Das Ausland, das Ausland. Was kümmert uns das Ausland.

*

Es war so furchtbar heiß, Mathilde fühlte sich benebelt, und die Gedanken mischten sich mit Erinnerungsfetzen, während sie bei fast geschlossenen Rolläden versuchte, die Tageszeitung zu lesen. Das Ausland! Warum schielte Amos zu den Mißgünstigen hinüber, die den Deutschen ihr Vereinigungsglück nicht gönnten, weil sie ihnen auf immer und ewig ihre Vergangenheit übelnehmen wollten und einen Argwohn gegen die deutsche Zukunft kultivierten? So sah Mathilde die Lage, und sie fand, einmal müsse Schluß sein mit deutscher Kriegsschuld, beziehungsweise mit deren andauernder Heraufbeschwörung. Beeinflußte Jeanie ihren Amos? Seine Frau war Engländerin, was Mathilde bisher, nach Anfangsschwierigkeiten, hingenommen hatte. Zum einen störte eine Konkurrentin sowieso, also hätte jede Ehefrau, welcher Nationalität auch immer, gestört. Zum andern konnte Mathilde Engländer nicht gut leiden. Sie waren solche Snobs, sie hatten die Demokratie gepachtet, sie dachten an ihr

Empire und nicht europäisch, sie mochten die Deutschen nicht, und dann: Oscar Wilde und diese Leute, Bloomsbury, alles ein wenig pervers.

Wie bitte? Sie sind ungern ein Deutscher? Mathilde verscheuchte eine Wespe und verlor die Fassung zum zweiten Mal, jetzt beim Erinnern. Amos, mit der Unlust, ein Deutscher zu sein, kam ihr asozial vor, heimatlos, unzuverlässig, staatenlos, asylantenhaft, leichtfertig, verkommen, homosexuell, polnisch, labil, in Gefahr, kommunistisch ... oder einfach schrecklich links kam er ihr vor, schrecklich unerreichbar plötzlich nach Jahren der Vertrautheit: ein Fremder. Alles, was sie verachtete, wovor sie sich fürchtete, schien er in sich zu vereinen, wenn er bekundete, er sei nicht gern deutsch. Oder so, sagte er, um Ihren Schock zu mildern, liebe Mathilde: ich mache mir nichts draus, ich denke möglichst nie drüber nach, es ist mir egal. Liebe Mathilde! Mit der zwischen ihnen üblichen höflich-herzlichen Anrede hatte Amos die Speerspitze gepolstert. Aber man hatte doch seine Wurzeln! Etwa nicht? Amos machte seine Wurzeln in der Liebe zu seinen Eltern aus, sonst nirgendwo. Andere brauche er nicht. Aber die deutschen Wurzeln, tief drin steckend in deutscher Kultur, im Land der Dichter und Denker und der Komponisten, die waren nun wahrhaftig nicht die schlechtesten. Es handelte sich um weltberühmte Wurzeln. Mathilde verehrte eine Menge Deutscher. Goethe, Fontane, Johann Sebastian Bach, Albrecht Dürer, deutsche konservative Spitzenpolitiker, Bismarck, den alten Fritz. Nun sagen Sie, mein lieber Amos, was ist mit Goethe? Was können wir beide, Sie, liebe Mathilde, und ich, was können wir beide dazu, daß Goethe gelebt hat? Was haben wir damit zu tun? Für uns fällt keinerlei Verdienst ab, wenn bedeutende Menschen unserer Nationalität bedeutend waren. Ob er denn aber wenigstens sich als Weltbürger empfinde? Eigentlich auch nicht, der Begriff sei ihm etwas zu verwaschen, und er werde mißbraucht. Weltbürger? Eine Verlegenheitslösung, eine Ausrede. Also spüren Sie doch die Einbindung in die Tradition der Vorväter? Auch nicht. Und unsere Vorväter, liebe Mathilde, waren nicht Goethe und nicht Beethoven.

Mathilde war jetzt wieder genau so enttäuscht wie neulich beim Wortwechsel. Sie selber hatte immer geglaubt, am Ruhm der ganz großen Deutschen sei sie beteiligt. Sie war beleidigt. Sie war gern und mit Überzeugung eine Deutsche. Wäre sie auf den Philippinen geboren worden oder auf Sumatra, dann hätte sie das Gefühl gehabt, nichts zu sein. Nun mußte sie an ihren Neffen Volker denken. Volker war ein paar Jahre jünger als Amos und hatte als Politiker Karrière gemacht. Er stand nun schon so weit oben, daß man ihn beinah jeden Abend in den Fernsehnachrichten sah und sogar auch, im Wortwechsel mit neugierigen Journalisten, hörte. Einmal, aber da wußte Amos noch nicht, daß Volker ihr Neffe war, der da auf dem Bildschirm soeben vom Schutz des ungeborenen Lebens redete, hatte Amos ihn einen Wichtigtuer genannt. Man sehe ihm an, wie großartig und feierlich er sich fühle, gleichzeitig geringschätzig gegenüber Frauen ohne Respekt vor Embryonen. Mathilde hörte wieder Amos im Originalton, und der war keineswegs gepflegt: Wie stolz dieser Streber seinen Worten hinterherlauscht! Warum grübeln alle diese Männer nach Stammtischart über

Schuld, Strafe, Sühne und Frauen? Dieser geht ja noch, er ist wenigstens jung, er steht noch mitten im menschlichen Triebleben. Am schlimmsten sind diese geilen Greise, diese einstmaligen Schwängerer. Die Männer sind doch die Hauptverantwortlichen, ohne Männer keine schwangeren Frauen, aber kein einziger ihrer Gedanken streift auch nur ihre eigene Straffälligkeit ... Schutz des ungeborenen Lebens, daß ich nicht lache. Vor dem Leben sollte man die Ungeborenen schützen, und was heißt Leben? Es heißt: ganz bestimmt sterben. Man sollte sie also vor dem Tod schützen. Doch sie sollen unbedingt geboren werden. Schützen wir doch alle diese entstehenden zukünftigen Spießer, Rechthaber, Krakeeler, Streithammel, Kritiker. Was solls denn werden? Ein Bübchen oder ein Mädchen? Ein Bankkaufmann oder eine Friseuse? Schützen wir die potentiellen Arbeitslosen, Krebskranken, Masseusen. Volker aber, Mathilde war sich da sicher, empfand, jede werdende Mutter trage etwas Heiliges mit sich herum. Amos hingegen zeterte und spottete weiter: Was entsteht denn da in diesem ballonförmigen Leib? Wird das eines fernen Tages eine weitere Matrone, mißgünstig und neidisch beim Altwerden? Oder wächst hier ein kommender kleiner Triebverbrecher heran? Volker aber erschauerte vor dem Wort »Leibesfrucht«.

Mathilde seufzte und stand vom Sofa auf. Volker entsprach entschieden mehr ihren Vorstellungen von dem, was sie »Benimm« nannte, viel mehr als Amos. Aber Volker hatte nie Mathildes schönes strenges Profil gerühmt und ihr dichtes Haar gelobt. War er nicht womöglich ziemlich stur in persönlichen Dingen? Völlig anders Amos. Mathilde spürte, wie ihr Seelenleben zusammen mit ihrer in der Nachmittagshitze durcheinandergebrachten Gedankenwelt eine Kehrtwendung machte.

*

Du hättest dich nie auf diese jungen Leute einlassen sollen, nie dermaßen.

Otti Lerch, beim turnusmäßigen Sonntagsbesuch im Empiresessel, nahm ein zweites Stück Kuchen und sah zufrieden aus.

»Diese jungen Leute« waren auch schon über fünfzig, nein, Jeanie erst kurz davor. Aber auf Mathilde wirkte Amos wie ein jugendlicher Liebhaber. Otti hatte ganz recht, Generationen schienen zwischen ihm und ihr zu liegen. Und doch, oder deshalb: er war das große Los, und sie hatte es gezogen.

Ausnahmsweise saß für eine knappe halbe Stunde heute auch Mathildes Cousine Maja in der Runde. Kuchen lehnte sie ab. Statt der angebotenen Tasse Kaffee bat sie um Mineralwasser. Maja war so alt wie Mathilde und Otti Lerch, aber im Unterschied zu den beiden dreimal geliftet, das Haar blondiert. Dünnes Haar, es bekam zu viel Chemie ab nach Mathildes Überzeugung. Majas Gesicht sah wie ein Gefrierschrank aus. Sie konnte kaum lächeln, lachen gar nicht. Auch das Sprechen fiel ihr nicht leicht, sie redete mit gespitzten Lippen, um die stark gespannte Haut in den Mundwinkeln zu schonen, und nun sagte sie:

Mathilde, wenn dein junger Freund dir so viel Ärger macht, warum gibst du ihm nicht den Laufpaß?

Otti Lerch mischte sich ein: Laß ihn schmoren. Ruf

ihn nicht an, schreib ihm keinen Brief, laß dich nicht von ihm besuchen, denn das wird er tun wollen, er zappelt doch im Netz, dein Goldfisch, weil er wieder wie vorher von dir verwöhnt werden will.

Maja tat so, als kenne sie sich auf diesem Terrain aus, aber soviel Mathilde und Otti wußten, hatte sie, trotz aller kosmetischen Anstrengungen, keinen jungen Freund. Mathilde dachte: Was mich verjüngt, ist ein Mensch. Ich brauche keine Chirurgen und Friseure. Und währenddessen gab Maja zu bedenken, ob nicht Mathilde ein wenig mehr für ihre äußere Erscheinung tun solle. Ich weiß wohl, daß die jungen Leute in uns die menschliche Reife verehren und unseren Schatz an Erfahrungen, und doch, Maja kicherte, wobei sie sehr ernst aussah, weil sie ihr Gesicht nicht bewegen wollte, und doch, sie mögen auch ... nun eben: Schönheit. Die Erfahrung macht uns auf eine gewisse Weise schön, sie spricht aus unseren Augen, aber rings um die Augen können wir rein äußerlich betrachtet eine Menge tun. Und dann, meine Beste, ich weiß nicht, wie ich es dir beibringen soll, und ich hätte es nie erwähnt, wenn nicht – nun ja, wenn nicht mit deinem jungen Herrn Ritter diese Probleme aufgetaucht wären ...

Was meinst du denn, fragte Mathilde, der schon lang nicht mehr wohl zumute war, die Angelegenheit schob sich immer mehr auf ein falsches Gleis. Nur heraus damit, schieß los.

Diese Hosen, sagte Maja. Sie sind nicht vorteilhaft, nicht für dich. Es sind erstens Hosen ohne Schick, ich meine, sie sind nicht gut geschnitten, sie passen dir nicht. Und zweitens gehörst du zu dem Frauentyp, der sich fürs Tragen von Hosen nicht eignet. Du hast mehr die Figur für Kleider und für Röcke und Blusen. Nimm mir das nicht übel. Ich habs schon immer gedacht. Und, wie gesagt, ich hätte es nie erwähnt, wenn nicht... Kurzum: Du solltest dich mehr so wie Otti anziehen. Vielleicht nicht ganz so, du, liebste Otti, machst ein bißchen zu sehr auf alte Dame, wenn wir schon mal dabei sind.

Diese Hosen sind bequem, sagte Mathilde. Sie fand Maja ziemlich kränkend. Sollte sie aus Rache über Haare reden, die durch dauerndes Zum-Friseur-laufen immer fadenscheiniger wurden, und über eingefrorene Tiefkühltruhengesichter bei Frauen, die sich liften ließen?

Gib ihm den Laufpaß, sagte nun auch Otti. Maja hat recht, ich meine, falls du nicht den ganzen Aufwand treiben willst, dem jungen Mann auch äußerlich zu gefallen. Was ich übrigens für ziemlich unwürdig halte. Alle diese Ratschläge, Maja, ich weiß wirklich nicht.

Macht damit, was ihr wollt, sagte Maja. Ich muß weiter, hab mich schon verspätet. Es war nett, euch beide zu sehen. Maja stand auf, und Mathilde mußte ihr innerlich zugestehen, daß sie eher der Hosentyp war, ziemlich dünn und einen Kopf größer als Mathilde.

An der Haustür sagte Maja: Macht dieser Herr Ritter sich womöglich Hoffnungen, dich zu beerben? Beim leisesten Verdacht: Vergiß nicht, daß diese Liegenschaft nach dem letzten Willen deiner Mutter, meiner unvergessenen Tante Rosi, in der Familie bleiben soll. Soviel man hört, schenkst du dauernd schon Sachen weg und so weiter. Na, nichts für ungut. Jedes Wort aus meinem Mund ist gut gemeint und zu deinem Besten.

Mach dich nicht verrückt. Und denk immer dran: Du sitzt am längeren Hebel. Puh, diese fürchterliche Hitze! Ich werde froh sein, wenn ich die paar Schritte bis zum Taxistand geschafft habe. Machs gut, Kleines.

Als »Kleines« empfand Mathilde sich auf dem Rückweg zu Otti Lerch ins dämmrige, stickige Wohnzimmer, klein, gedrungen, untersetzt, knollig, nicht geeignet für das Tragen von Hosen. Und was war das mit dem längeren Hebel, stimmte das denn? Saß sie denn am längeren Hebel, an was für einem denn? War denn sie es, die sich Zeit nehmen konnte? Gut, sie hatte das Geld, Amos aber war fast zwanzig Jahre jünger.

*

Amos kam ins Atelier und hörte, wie Jeanie zu jemandem am Telephon sagte: Ich bin ja nicht seine Mutter.

Nun redete wieder die Person am anderen Ende der Leitung, dann wiederholte Jeanie: Ich bin nicht seine Mutter. Für seine Erziehung bin ich nicht zuständig. Es tut mir wirklich leid, das Ganze. Wir Engländer vermeiden Gespräche über Politik, und das halte ich für klug. Aber Sie beide, Sie sind da in einen typisch deutschen Konflikt geraten.

Typisch deutsch, Jeanie hat recht, uns beide, Mathilde und mich, jeden auf seine Weise als typisch deutsch zu tadeln. Amos war stolz auf seine Frau, die sich jetzt höflich von Mathilde verabschiedete, denn längst war Amos klar, mit wem sie da telephonierte.

Sie hat also angerufen, stellte er fest.

Ja, natürlich, sie wars, die angerufen hat, ich doch nicht. Jeanie klang sanft, aber auch etwas zerstreut, so als habe sie wenig Lust, mit Amos dieses Telephonat durchzuhecheln. Und schon hüpfte sie wieder vor dem Gemälde vor und zurück und zur Seite, den frisch in Farbe getauchten Pinsel in der Hand. Amos setzte sich auf den ehemaligen Beifahrersitz ihres ersten gemeinsamen Autos, der im Atelier als Sessel diente. Er dozierte:

So leicht wie in Psychothrillern sind Psychopathen gar nicht zu erkennen. Ein Psychopath ist nicht immer offenkundig ein Psychopath, der heimlich Damenunterwäsche sammelt und öffentlich seiner Umgebung aus der Bibel Moral und Verdammnis einpaukt und der sein Gärtchen in Ordnung hält und sein Auto putzt und anschließend die Pornohefte studiert, die er unter seiner Bettdecke hortet. Ein Psychopath ist oft jemand, von dem andere sagen: Was für ein netter, ganz normaler Mensch, ein guter Bürger.

Und wen genau meinst du? fragte Jeanie.

Amos wußte es auch nicht, jedenfalls noch nicht und erst recht nicht genau.

Doch nicht etwa die gute Mathilde? Jeanie lachte. Ich finde, die gute Mathilde ist ziemlich einfach und verständlich konstruiert. Sie geht ihren geraden Weg unangefochten. Sie weiß, was gut und was schlecht ist.

Sie bildet sich ein, es zu wissen, widersprach Amos.

Das kommt für sie selber auf eins heraus, Jeanie war nicht zu irritieren. Versöhnt euch, damit endlich Ruhe ist.

Ich glaube, dafür ist es jetzt schon zu spät, sagte Amos. Und nach einer Pause fuhr er vorsichtig fort: Wenn sie die Satire liest, die ich über sie schreibe, dann ists sowieso aus für immer. Ich bin bald fertig damit.

Dann wirst du diese Satire eben besser nicht veröffentlichen, Jeanie blieb wie gewöhnlich ganz ruhig.

Amos betrachtete eine Zeitlang ihre Gymnastik vor

der Staffelei, dann sagte er: Du treibst doch deinen Aufwand auch nicht für die Schublade.

Ich kränke auch keinen damit, antwortete Jeanie.

Amos wußte plötzlich eine Abart von Entschuldigung, die er bei Mathilde vorbringen könnte, und die so aussah: Jeanie ist so wundervoll englisch, sie hat mich zurechtgerückt. Es tut mir leid, liebe Mathilde, daß ich Sie verletzt habe. Amos würde das »wundervoll Englische« an Jeanie, das Mathilde als äußerst störend empfände, mit irgendwelchen Komplimenten ausgleichen, etwas über dichte und interessant schimmernde Haare oder über ein energisches Kinn, schönen Augenausdruck. Jetzt gleich wollte er Mathilde einen Brief schreiben. Jeanie und er waren schließlich kurz davor, das Konto zu überziehen. Diese dumme deutsche Einheit, wie sie die Leute entzweite. Zurück an seinem Schreibtisch grübelte Amos zuerst aber wieder über seiner Antwort auf eine Umfrage zum neugeschaffenen deutschen Nationalfeiertag. Er scheiterte an einem Ausweg, der um das Wort »hätte« herumführte. In seiner Antwort kam zweimal »hätte« vor: »Wenn Beethoven das gewußt hätte, seine Verwendung für den 3. Oktober, dann hätte er die Neunte nie geschrieben.« »Liebe und verehrte Mathilde, gerade eben hat ein Lichtreflex auf dem Vorhang mich an den eigentlich ja allerdings unvergleichlichen Schimmer auf Ihrem dichten vollen schönen Haar erinnert. Und ich phantasierte mir die übrigen Mathilde-Zutaten drumherum. Wie gut, daß ich Ihnen diesen spontanen Eindruck schildern kann, ganz so wie vor unseren Meinungsverschiedenheiten, denn Jeanie ist so wundervoll englisch, sie hat mich aus meinem infantilen Trotz, in den ich wie eingesperrt war, mit ein paar gelassenen Worten gerettet.«

Ha! Nicht schlecht! Infantiler Trotz ... Mathilde würde in sich gehen. Amos war zufrieden, dann dachte er wieder über die Vermeidung des zweiten »hätte« nach. »Hätte Beethoven gewußt, und so weiter, dann *WÄRE* er nie bereit gewesen, die und so weiter und so weiter zu schreiben.« Das wars. Kein Wort zu viel. Und auch Mathilde läse diese Zeitungsumfrage und seine Antwort, aber bis dahin wäre sie längst wieder in ihn und in ihr herrliches Haar verliebt.

*

Erhitzt und erschöpft stieg Mathilde aus ihrem Taxi. Seit vierzehn Tagen quälte sie sich mit einer umständlichen Zahnbehandlung herum, und, noch schlimmer, die Katze Killi war krank. Neulich war ein kleiner Brief von Amos gekommen, wohin hatte sie den nur gelegt? Das fragte sie sich manchmal, vergaß es schnell wieder vor lauter Sorgen und Zahnschmerzen, und Killi brauchte dauernd Medikamente. Wechselnde Diagnosen des Tierarztes: Herzschwäche? Emphysem? Beides? Auch die anderen Katzen verloren Haare, sie stellten ihre gewohnten Streifzüge ein, waren lustlos. Und dazu die Hitze – kein Ende in Sicht. Jemand aus der Nachbarschaft, der neidische Besitzer einer der verdorrten Gärten, telephonierte mit Mathilde, um ihr aufs Unfreundlichste zu erklären, sie verschwende Wasser, das Wasser werde noch rationiert, weil egoistische Leute wie sie nicht darauf verzichten könnten, ihre Gärten zu sprengen. Trübe Zeiten. Mathilde dachte an Amos' Brief, war der nicht ganz nett gewesen so auf den ersten Blick, sie hatte ihn ja nur überflogen, wo mochte er stecken? Aber sie vergaß diese Überlegungen sofort wieder, denn nun knickten die Hinterbeine der Katze Lea ein, ach, sie schienen alle krank zu werden. Als Mathilde an diesem Abend anderthalb Minuten lang ihren Neffen Volker auf dem Bildschirm sah, hörte sie ihm kaum zu, er gefiel ihr wie immer, aber sie beschloß, ihn zu enterben. Sie hatte ihm zu seinem Geburtstag gratuliert, in einem richtigen Brief diesmal, weil sie ihren Kummer über ihre Zahnbehandlung und die Katzen loswerden wollte, doch wer nicht antwortete, das war der Neffe Volker. Sie sah ja ein: Politiker hatten kaum Zeit für private Korrespondenzen, doch warum in aller Welt rief er nicht schnell einmal bei ihr an? Mathilde beschloß, einen Termin mit dem Notar auszumachen. Nur müßte sie vorher genau überlegen, über wie viele von den zehn kleinen Negerlein sie noch kommandierte. Sie hatte doch sicher schon mindestens fünf über Bord geworfen. Wo steckte denn bloß dieser nette Brief von Amos? Und was stand darin? Ihm könnte sie vielleicht den Rettungsanker zuwerfen. Der Neffe Volker sah übrigens nicht mehr so gut aus, von einem Tag auf den andern, fand Mathilde, war er dicker geworden, das Gesicht machte einen verschwollenen patzigen Eindruck. Amos bliebe immer schlank, er war der Typ dafür.

*

Die Satire war fertig. Sich selber hatte Amos in einen Hans-Georg verwandelt, aus Jeanie war Mabel geworden, und für die Hauptperson, Amos' treue alte Gönnerin Mathilde, kam ihm jetzt der Vorname Margaretha ideal vor. Margaretha Odin. Glorreiche Idee, sie nachträglich noch zu adeln. Amos machte sich die Mühe, viele kleine »von« ins Manuskript zu flicken. Margaretha von Odin. Eine kleine Schmeichelei für Mathilde. Trotzdem, es handelte sich um eine hauchdünne Tarnung, Jeanie hatte recht.

Du hättest wenigstens ihre Katzen weglassen sollen. Jeanie stöhnte fast.

Aber sie passen so gut zu ihr, sagte Amos.

Jeanie stöhnte lauter. Wenn man bedenkt, daß du ein Anwärter für ihr hübsches Anwesen sein könntest. Entschuldige dich bei ihr und veröffentliche das nicht.

In der Kunst muß man alles riskieren, sagte Amos großspurig, er war stolz auf seine Worte. Man muß alles aufs Spiel setzen, auch Freundschaften, ja die engsten Bindungen, und erst recht irgendwelche Erbmassen. Häuser und Grundstücke. Abgesehen davon, Mathilde ist eisern, sie wird uns beide überleben. Aber zurück zur Kunst: Wer auch nur eine Spur weniger radikal denkt, der kann es gleich aufstecken.

Ich finde nicht, daß man unbedingt Menschen kränken muß, sagte Jeanie, während sie rabiat eine rote Stelle auf dem Gemälde ausdehnte.

Du bist gut dran, sagte Amos mit der Absicht, gemein zu sein. Wenn du diese merkwürdige Farbexplosion da nachher »Klippen bei Mont Topaze« nennst, kannst du sicher sein, daß sie die Beleidigung stumm ertragen.

Ich bin bei der Serie »Standpunkte« und dieses hier wird »Standpunkt 3« sein, erklärte Jeanie von oben herab.

Amos überlegte, womit er ihre Standpunkte kränken

könnte, oder inwiefern ein Standpunkt gekränkt wäre, wenn er sich so wie bei Jeanie porträtiert sähe, aber es fiel ihm nichts ein. Mit versöhnlicher Stimme riet Jeanie ihm:

Schreib lieber wieder Gedichte. Mit Gedichten bist du genauso gut dran wie ich.

Du weißt genau, vorerst kann ich keine Gedichte schreiben. Die Zeit ist nicht danach, sagte Amos.

Bist du jetzt erst aufgewacht? Die Zeit war genau genommen nie danach, oder seit langem nicht mehr. Ach, ihr Deutschen. Irgendwie hats auch dich erwischt, das deutsche Nationaltheater. Jeanie irrte sich eigentlich nie, fand Amos.

Nicht jedes Kunstwerk rechtfertigt alles, sagte Jeanie.

Du meinst meine Margaretha-von-Odin-Satire? Warum hast du so süffisant »jedes« betont? Du hältst diese Geschichte nicht für ein Kunstwerk, stimmts?

Amos verließ Jeanies Atelier und schmetterte die Tür ins Schloß, um ihre Antwort nicht zu hören.

*

Nach ein paar kräftigen Gewittern, die Mathilde Schneidermanns Dahlien und Cosmeen verwüsteten, kam es zu einem Temperatursturz. Ende August, und man mußte heizen! Das war nun auch wieder nicht das Richtige.

Begraben und vergessen, nicht wahr?

Mathilde schnüffelte und schnupperte, als wolle sie das Klima ihrer Stimmung testen. Es war ein gutes Klima. Schnüffeln und leichtes Schniefen kannte Amos bei ihr längst als Ausdruck für Behagen. Mathilde hatte ihrem jungen Freund nach einem Telephonat – Amos hatte sie angerufen, nicht sie ihn, er wollte wissen, wie es den Katzen gehe – das Taxigeld für die Hin- und Rückfahrt in einem Brief geschickt, alles in allem knapp dreißig Kilometer, und nun saß er ihr wie in besten früheren Zeiten in ihrem Wohnzimmer gegenüber, aus der Verandatür fiel das Nachmittagslicht auf seine schlanke Gestalt, sein dunkelbraunes Haar, und nun gab sie ihm noch einen Sherry. Der Katze Killi ging es mit Hilfe der Medikamente gut, und die anderen streiften wieder durch den Garten und legten sich in die Sonne. Amos hatte Mathildes Kaffee, den Apfelstrudel und vor allem ihre Strickjacke gelobt. Sie stehe ihr ausgezeichnet, sie habe Sinn für Farben. Mathilde vergaß ganz, daß diese neue Strickjacke so ähnlich braun-beige war wie alle ihre anderen älteren.

Zur Gesellschaft rauche ich mal eine mit, sagte sie. Rauchen wir die Friedenspfeife. Mathilde lachte. Beim Lachen wurde ihre Stimme tief. Kriegsbeil begraben. Die Friedenspfeife wird geraucht. Wie die Kinder, wenn sie Indianer spielen.

Amos lachte mit. Er schlug vor, politische Themen in Zukunft zu vermeiden. Mathilde sagte: Einverstanden. Nur das noch: Was haben Sie am 3. Oktober vor?

Am 3. Oktober?

Ja! An unserem neuen Nationalfeiertag!

Es fiel Mathilde nicht auf, wie lahm Amos antwortete, er wisse es noch nicht, er werde wahrscheinlich arbeiten, in seinem Beruf sei das nun einmal so, die Arbeit ziehe sich wie ein Lindwurm durch die Existenz eines Künstlers ...

Ah, Künstler! Mathilde klatschte in die Hände, ihre

Zigarette ruhte im marmornen Aschenbecher. Künstler sind und bleiben mir das reinste Wunder. Ich muß wieder an Ihre satirische Erzählung denken. Wie lieb von Ihnen, sie mir schon vor der Drucklegung zu geben. Ihre Einfühlung, Sie Bewundernswerter! Es ist wirklich so …

Amos sagte: Ich habe Ihnen diese Satire geschickt, damit Sie nicht denken, ich machte irgendwas hinter Ihrem Rücken. Oder: Ich hätte ein schlechtes Gewissen.

Mathilde verstand überhaupt nicht, was Amos damit sagen wollte, sie brummelte ein bißchen und griff dann überschwenglich nach dem Faden, den Amos merkwürdigerweise abgebrochen hatte: Es ist wirklich so, als würden Sie meine alte Schulfreundin kennen. Diese schreckliche Margaretha von Odin aus Ihrer Erzählung ist ganz sie, ganz meine Schulfreundin Bettina. Übrigens auch Adel, ziemlich alter Adel sogar. Besser hätte man sie nicht treffen können. Politisch denken wir zwar ähnlich, und das wissen Sie ja, Sie Lieber, und ganz von weitem erinnern Sie ja wohl doch an diesen Hans-Georg, den ich allerdings, was seine Manieren betrifft, unausstehlich finde, nein, Sie haben nicht seine Manieren. Schlechte Manieren. Aber zurück zu dieser Margaretha von Odin. Wie unversöhnlich sie ist! Ja, die arme Bettina! Ich denke oft und sage es ihr auch, wie unnötig schwer sie sich das Leben macht. Freundschaften sind so wichtig! Man muß tolerant sein, man muß verzeihen können. Nicht wahr? Meine arme alte Schulfreundin hat nur noch Feinde, ich bin die einzige, der sie halbwegs vertraut.

Im Gegenlicht erkannte Mathilde den Gesichtsausdruck ihres jungen Freundes schlecht, aber im Gesamteindruck kam er ihr nicht so entspannt vor wie sonst.

Bedrückt Sie etwas, lieber Amos? Haben Sie Sorgen? Oh, ich Säumige! Wie lang ist es doch nun schon her, daß ich Ihnen einen Scheck zukommen ließ! Wissen Sie, diese Hitzeperiode hat mich furchtbar mitgenommen.

Mathilde redete in Amos' abwehrende Satzbruchstücke hinein, nun erzählte sie ihm von den Katzen, von den neidischen Nachbarn, von der Rettung ihres Gartens vor der Dürre, brach ab, lachte, rief: Plötzlich fällts mir auf, ich rede ja ganz wie Ihre schreckliche aristokratische Heldin! Amos rühmte sofort den Garten, und Mathilde, weiterhin heiter, stellte fest, der Hans-Georg aus der Satire hätte an dieser Stelle mit Margaretha geschimpft. Amos, verwirrt, fand Mathilde souverän. Hielt sie ihn zum Narren? Jeanies Spruch kam ihm in den Sinn: Der Klügere gibt nach.

Mathilde fuhr damit fort, Amos die Satire zu erzählen, die er ihr, um seine Unschuld zu beweisen, zu lesen gegeben hatte: Sollte ihm das gelungen sein? Höchst sonderbar, auch unwahrscheinlich. Nur Katzen hat sie nicht, sagte Mathilde, meine arme Schulfreundin, sie wuchs mit Hunden auf, wissen Sie? Aber über ihrem Testament grübelt sie genau so wie in Ihrer Geschichte, woher haben Sie das bloß? Genial, einfach genial. Ich selber bin ja leider ebenfalls gezwungen, immer wieder Testamentsänderungen in Erwägung zu ziehen, heute mehr denn je ...

Mathilde wußte plötzlich nicht mehr weiter. Sie saß stumm da, dann nahm sie einen Zug aus ihrer Zigarette, sie verschluckte sich, und daraufhin mußte sie ziemlich lang husten. Weil Amos ihr auf den Rücken klopfte, eine Aktion, die sie stark bewegte, völlig ablenkte und schließlich rettete, vergaß sie, nach dem Anfall, diese gesamte Satire und jede naheliegende Parallele. Erschöpft und erhitzt, und um nicht zu zählende Jahre verjüngt, dankte sie Amos: Sie haben mir das Leben gerettet, mein lieber Freund. Ohne Sie, weiß Gott, ich hätte ersticken können. Ja, ganz sicher, ich wäre erstickt, ohne Sie.

Das Biotop

Jetzt gleich, nicht mehr lang, ziemlich sofort werde ich etwas sagen. Der Stadtverordnete Helmut Kehr sah seine Frau, die Staatssekretärin im Ministerium für Wirtschaftliche Zusammenarbeit, Irmgard Kehr-Laubach, nicht mehr allzu häufig, schon gar nicht zur Abendessenszeit am gemeinsamen Eßplatz, einem bartresenähnlichen Mobiliar zwischen Küche und Wohnzimmer. Man saß dort ziemlich unbequem auf hochbeinigen Mischlingssitzmöbeln, teils Stuhl, teils Hocker, deren niedrige Lehnen Herrn Kehr nicht einmal bis zum Kreuzbein reichten.

Jetzt wollte er seinen Satz sagen. Seine Frau aß – er dachte: sie mampft – ihr Rührei sonderbar interessiert, reichlich gierig, was Herr Kehr erstaunlich fand, denn gleichzeitig las sie Zeitung. Dennoch, und zwar bei jedem Bissen, blickte sie die Ladung auf ihrer Gabel kurz an, aber mit einem energischen Ausdruck, vor dem Entschluß, die ansehnliche gelbe Fracht in ihren schnell aufklappenden Mund zu schieben. Ihr Mann mußte an die Frau denken, die er kürzlich auf einem Bahnsteig beobachtet hatte, als sie ein Brötchen aß. Sie war ausgehungert, sie brauchte dieses Brötchen sofort und dringend. Aber auch sie beäugte, bevor sie hineinbiß, das Gebäckstück jedesmal intensiv.

Nun sag ich meinen Satz, beschied Herr Kehr, als allerdings dummerweise Isaak durch die Wohnzimmertür eintrat, also hinter dem Rücken seiner Eltern, die dem Küchenteil zugewandt saßen. Sie brauchten sich nicht nach ihm umzudrehen, um zu wissen, wer ins Zimmer gekommen war: unverkennbar Isaak, weil er die Tür zuschmetterte. Außerdem hatte sich Frau Dreiheller, die Haushilfe, schon vor einer Stunde verabschiedet. Isaak, der einstige Liebling, vor einundzwanzig Jahren ein Goldschatz, den die Kehrs im ersten Ehejahr gehoben hatten, damals in ihrer philosemitischen Zeit, in der sie dauernd nach Israel gefahren waren und sogar einmal für acht Wochen in einem Kibbuz mitgearbeitet hatten. Und Irmgard hatte ihren Mädchennamen noch nicht als feministisches Schlepptau hinter sich hergetragen, allerdings schon verdächtig fanatisch haufenweise Vorlesungen und Seminare besucht, und sogar beim Stillen des wundervollen Isaak in Büchern aus der Fakultätsbibliothek gelesen.

Dicke Luft? erkundigte sich Isaak. Auskunft schien er keine zu erwarten. Die Frage war seine kameradschaftliche Art, seine Eltern zu begrüßen. Deshalb blieb auch jede Antwort ohne tiefere Bedeutung.

Die Luft wird dick durch eine Frage wie diese, sagte seine Mutter, die vieles zur gleichen Zeit zu tun gewohnt war und deshalb, um Isaak in seine Schranken zu weisen, weder die Zeitungslektüre noch ihr Essen mit den schnellen kleinen aufmerksamen Blicken auf die Gabelladungen unterbrach.

Wie sie mampft, was für ein unästhetisches Mampfen, dachte Herr Kehr wieder, und er spürte seiner Frau gegenüber eine Wagenladung Groll und Gehässigkeit – wirklich, im ganzen Körper spürte er das. Nun aber, sofort, auf der Stelle sag ich was, beschloß er, diesmal erfolgreich; während Isaak sich mit dem Rühreirest auf der Pfanne und einer Flasche Ketchup in einen der Wohnzimmersessel fallen ließ, wurde Herr Kehr seinen Satz los:

Ich habe heute etwas erreicht.

O fein, sagte seine Frau. Sie klang zerstreut, hatte aber seine Botschaft – schon aus Routine im Zurkenntnisnehmen – mitbekommen.

Isaak ließ sich mit einem Geräusch, das Meckern und Grunzen kombinierte, vernehmen, bevor er feststellte: Interessiert die Ma ganz gewaltig, was du erreicht hast, stimmts, Pep?

Herr Kehr empfand nicht zum ersten Mal die Bezeichnungen »Ma« und »Pep« als überholt. Sie gehörten in Isaaks Kleinkindzeiten, erfüllten damals, lustig und zärtlich, eine Funktion. Welche denn? Die des heiteren liebevollen Einvernehmens innerhalb der kleinen Familie. Nun kamen »Ma« und »Pep« ihm geradezu als Ausdruck der Fremdheit, lieblos, gefühlsentleert vor. Zwei Spitznamen, etwas höhnisch von Isaak aus den guten Zeiten in die verschlechterte Gegenwart transportiert.

Herr Kehr setzte sich durch. Ich habe erreicht, daß in Zukunft der Nordpark nicht mehr Nordpark heißen wird. Nordpark, das ist nicht länger haltbar. Diese paar schäbigen zerrupften Quadratmeter können als Park nicht überzeugen.

Du sprichst von der Stadtverordnetenversammlung?

fragte Frau Kehr-Laubach. Lesen und Essen mußte sie nicht weiter unterbrechen.

Ja, und zuerst redet man gegen eine Wand. Die meisten bleiben stur. Aber ich habe sie endlich alle rumgekriegt.

Schweigen. Herr Kehr wartete ein paar Sekunden und wiederholte mit großer Lautstärke: Ich habe sie endlich alle rumgekriegt. War nicht leicht.

Fein, lobte seine Frau. Mit dem diesmaligen Begutachten ihres Gabelbissens gab es ein Problem, denn synchron dazu wendete sie eine Zeitungsseite und schnickte die Zeitung in die erwünschte Façon.

Isaak schaltete sich durch verschiedene Fernsehprogramme und würde wohl so bald nicht mehr mit seinen Eltern sprechen.

Herr Kehr war am gestrigen Nachmittag durch den dürftigen Nordpark gestreunt, dem zwischen Goethe-Ring und Autobahn immer mehr Terrain durch mittelständische Betriebe und Kleinindustrieansiedlungen abgesäbelt worden war. Eine Toyota-Niederlassung grenzte an neue Wohnblocks und ein lang hingestrecktes, einstöckiges Fitness-Center. Fremdartig dunkle, vielleicht türkische oder kurdische Kinder, oder die Kinder albanischer Asylanten – der Stadtverordnete Kehr fand, er müsse das eigentlich wissen – versuchten, sich auf einer heruntergekommenen Wiese zu amüsieren. Auf schwer zu identifizierenden Spiel- und Klettermonstern aus Plastik, häßlich rot und orange angestrichen, turnten sie herum, und weil sie Kinder waren, konnten sie wahrscheinlich sogar ihre öden engen Wohnquartiere vergessen. Die einzigen freundlichen Gesichter, die Herr Kehr bei seinem Rundgang zu sehen bekam, waren die Kindergesichter. Die Kinder lachten ihm zu, und mehr als bei sich zu Haus fühlte er sich geduldet, nein, noch mehr: willkommen.

Das dürftige abgewetzte Grün, die noch verbliebenen Büsche, abgenagte kleine Bäume und Herbstlaub im Unterholz, der üble kleine und dennoch liebenswerte, in seiner Erbarmungswürdigkeit sogar schöne Nordpark, er rührte den bedrückten, amtlich hierzu nicht aufgeforderten Wandelgänger, den Stadtverordneten, von dem jeder Kollege wußte: Er braucht ein Erfolgserlebnis. Neben dieser Ehefrau, die ihn, den langsamen Kriechspurfahrer, auf der äußersten linken Bahn überholt und weit hinter sich gelassen hatte, mußte er ja wohl – von den stattlichen Finanzen abgesehen, von denen seine Erfolgsfrau ihn profitieren ließ – ein unterjochtes nießbraucherisches beschädigtes Knechtsdasein durchmachen.

Und wie soll der Nordpark in Zukunft heißen? Die Staatssekretärin war nun satt.

Meine Frau, mein einstiger Schatz – wie kommts und seit wann tut sie das, daß sie sich nach dem Essen dermaßen hochbefriedigt und gründlich den Mund in einem größeren Umkreis abwischt? Macht sie das nur zu Haus?

Nord-Biotop, antwortete ihr Mann, der Vater Isaaks. Dieser Sohn Isaak war gegen alle Logik der Physik – lautes Stimmendurcheinander versetzt mit Musikeinlagen tönte aus dem Fernsehapparat – der Unterhaltung seiner Eltern gefolgt. Krachend lachte er, es klang garstig. Biotop! Seine Mutter lachte gemäßigter.

Biotop! Mein Armer! Wenn das bloß nicht, ähnlich wie der Name Nordpark, wieder eine Beschönigung ist.

Biotop ist in, wehrte sich Herr Kehr. Kleine Grüngebiete kann man getrost so nennen. Ich habe Vogelnester da drin gesehen. Das entsprach den Tatsachen nicht. Herr Kehr wollte sich weiter verteidigen, aber das Interesse seiner Familie war erloschen. Weil es besser war, etwas zu tun, besser als auf der unbequemen Barhockerimitation herumzuhängen, stand er auf und räumte Geschirr in die Küche. Familie! Er hätte gern geflucht oder Geschirr zerschmettert. Scharf drehte er sich zu seiner berühmten Frau um, die sich soeben am Telephon zurechtkuschelte, sie verlagerte dabei ihr Gewicht im Sessel nach links, dem Telephon zu, nachher, wenn sie spräche, würde sie sich gemütlich zurückwälzen, und dann betrachtete er Isaak, der die Rühreipfanne ausleckte und eine Rockgruppe unterstützte, indem er rhythmisch mit seinen Beinen stampfte. Herr Kehr sagte, während er dachte, Irmgard hat einen stattlichen Hintern gekriegt: Wenn das dort kein Biotop ist, was sind dann wir?

Keiner versteht dich, armer Schatz, du sprichst in Rätseln, sagte seine Frau, die im Registrierblock für Telephonnummern den gewünschten Anschluß gefunden hatte und nun wählte. Lange Nummer, Ferngespräch.

Dann sind wir keine Familie, längst nicht mehr. Diesmal hatte Herr Kehr gerufen, so laut, daß selbst Isaak erstaunt zu ihm hinblickte.

Wir waren mal ein Biotop, darin gab es Unterschlupf auf Gedeih und gegen Verderb, wir waren eine Familie – bis unser kleiner Platz ausgelichtet wurde.

Herr Kehr verwirrte sich, seine Metapher entschwand, und Irmgard Kehr-Laubach warf ihm – sie sagte gleichzeitig »Hallo, lieber Doktor Essling, guten

Abend« – eine Kußhand zu. Zusätzlich, sobald sie diesem Doktor Essling zuhörte, schob sie die Lippen vor, was aussah, als wolle sie ihren Mann fernküssen. Er aber dachte: Sie mampft, mampft, mampft.

So scheußlich er sich auch im Nordpark gefühlt hatte, plötzlich packte ihn ein Verlangen, dorthin aufzubrechen.

Wir müssen diese Akten nochmals gründlich durchgehen, sagte Frau Kehr-Laubach. Könnte nicht Frau Doktor Meyer-Schweig… stell den Ton leiser, Isaak!

Isaak! Fünf Jahre hatte er damit verplempert, sich in falschen Freundschaftszirkeln herumzudrücken, und beinah wäre er, zwar kurzfristig, aber immerhin, und das mit diesem eindeutig bekennerischen Vornamen, ein Rechtsradikaler geworden, aus purer Langeweile.

Der Stadtverordnete Helmut Kehr beeilte sich auf dem langen häßlichen Fußweg nordostwärts den Goethe-Ring entlang. Gegen den scharfen Ostwind hatte er seinen Mantelkragen hochgeschlagen, was wenig half, denn der Wind traf ihn frontal ins Gesicht. Dauernd redete er sich den Sinn dieser Wanderung ein. Bei jedem Schritt wollte er umkehren. Aber er ging weiter und lobte sich dafür, weiter seiner Idee entgegen, dem armseligen angeknacksten Grünrest, dem Biotop. Er bemühte sich darum, an frühere Zeiten zu denken, weil er sich wünschte, sentimental zu werden. Die liebliche Irmgard von früher mit dem prächtigen Isaakchen am Strand von… Wie hieß denn noch die kleine Bucht in der Nähe von Haifa, wie hieß denn gleich dieses Dorf? Herr Kehr bekam weder die Namen noch die dazu gehörenden Bilder zusammen, alles verwischte sich schnell, und was er sah, war eine mampfende

Politikerin, eine majestätische Kränkung, diese Matrone. Und Isaak mit der Bratpfanne, die er lieblos auf dem Teppich abstellte, zu faul für die paar Schritte in die Küche und wieder zurück zum Sessel vor dem Fernsehapparat. Also will ich leiden, entschied Herr Kehr. Aber er empfand nichts, gar nichts. Mit der Sentimentalität erging es ihm ebenso wie mit der Erbitterung: Er scheiterte. Gar nichts los. Vielleicht ist tatsächlich mit mir gar nichts los, oder doch nur sehr wenig. Er bemerkte nur sein sehr schnelles Gehen wider Willen nnd den Ostwind, und vor allem einen grandiosen unförmigen Überdruß, höchstwahrscheinlich ein Gefühlszustand für immer.

Später, im jetzt in der Nacht düsteren Naturrudiment, das nicht mehr lang »Nordpark« hieße – auf sein Betreiben hin, wegen seiner Idee – entdeckte er ein Paar, Mann und Frau. Herr Kehr umrundete in angemessenem Abstand die Bank, auf der die beiden saßen, und malte sich die Bedingungen ihres Treffens aus. Es mußte heimlich geschehen. Jeder schäbige Platz zum Verstecken mußte ihnen recht sein. Übrigens fanden sie ihn nicht schäbig, sie liebten diese Bank, die Öde erschien ihnen romantisch. Ein Biotop, auch für diese zwei. Herr Kehr lachte in sich hinein. Das Paar weckte ihn richtig auf, es machte ihn so neugierig, daß er sich näher wagte. Sie wären ineinander vertieft genug und würden ihn nicht bemerken.

Das glaube ich aber nicht, hörte Herr Kehr jetzt den Mann sagen. Seine Stimme klang verärgert.

Ist aber wahr, sagte die Frau.

Erzähl mir nichts. Ich warne dich. Nicht mal einen so gutmütigen Trottel wie mich kann man fortgesetzt hinters Licht führen. Vom Lügen hab ich die Schnauze voll.

Und es ist trotzdem wahr, sagte die Frau.

*

Kommen wir zum Anliegen des Kollegen Kehr. Sie haben für eine Umbenennung des Nordparks plädiert? Wie lautete nochmal Ihr Vorschlag?

Der Stadtverordnete Helmut Kehr, neunundvierzig, partienweise noch schlank, Ehemann der für die Verhältnisse der 99000 Einwohner zählenden Stadt etwas zu berühmten Politikerin Irmgard Kehr-Laubach, bedeutete mit einer Handbewegung, der Fall sei für ihn erledigt, er lege keinen Wert mehr auf seine Idee vom Biotop.

Aber der Kollege Kehr hat doch recht, wandte die Stadtverordnete Mingler ein. »Nordpark« klingt weiß Gott zu gigantisch für dieses giftige kleine Quartier.

»Biotop« aber erst recht, sagte Herr Kehr, ziemlich schroff vor Enttäuschung.

Ein Biotop ist doch nichts Gigantisches. Frau Mingler sah Herrn Kehr aus ihrem lustigen runzligen kleinen Gesicht mit neugierigen Augen an.

Es ist aber etwas Schönes, und dort gedeiht etwas, sagte Herr Kehr. Seit er reden konnte, fühlte er sich nicht mehr ganz so abgestorben, nicht mehr ganz so abgemeldet und ausgebuht. Er belebte sich und fuhr fort: Das Stückchen Elend dort oben bei der Autobahn verdient gar keinen Namen. Es braucht keinen. Für so was Totes gibts gar keinen Namen.

*

Ah, gemütlich zu Haus, wie behaglich! Die Staatssekretärin Irmgard Kehr-Laubach rieb sich die Hände, sie pflanzte sich in die Mitte der Couch.

Ein Wochenende begann, keine Tagung stand auf dem Programm, und die Staatssekretärin blätterte sich durch einen Stapel Zeitungen, und weil sie sich noch nirgendwo festgelesen hatte, fragte sie freundlich ihren Mann: Ist es nicht schön zu Haus? Stimmts nicht? Wo steckt denn heute abend unser Herr Sohnemann?

Sohnemann! Was für eine furchtbare Sprache hatte diese Frau sich zugelegt! Herr Kehr betrachtete sie wie aus einer riesengroßen Entfernung und sah eine Fremde dort sitzen, selbstzufrieden und im Begriff, sich zu einer Dampfwalze auszudehnen.

Isaak? Wo soll er schon sein? Was geht mich das an? Oder dich? Und ich finds hier überhaupt nicht gemütlich. Ich finds hier todlangweilig, und wenn es nicht langweilig ist, dann ist es beklemmend und schnürt mir die Kehle zu.

Herr Kehr war stolz auf sich, weil er endlich mutig den Weg zur Wahrheit eingeschlagen hatte.

Wie nett, sagte seine Frau vergnügt, und während sie mit einem Filzstift Zeilen eines Artikels markierte, konnte sie gleichzeitig stark lächeln und »da hast du mal wieder völlig recht« zu ihrem Mann sagen. Es ist so wichtig, das Gespräch innerhalb der Familie.

Wir drei, wir sind wie der Nordpark, total abgewetzt und kurz vorm Ende, sagte Herr Kehr.

Kannst du mal einen Moment lang nichts sagen? Frau Kehr-Laubach bat ihren Mann liebenswürdig. Sie mußte sich von nun an leider konzentrieren.

Neues aus der Hirschen-Apotheke

Während Otmar Pollock aus Abneigung gegen kranke Menschen und weil er wußte, daß auf deren körperliche und seelische Hinfälligkeit Verlaß war, morgens gern aufstand und dem Tag in der Apotheke guter Dinge entgegensah, trieb Rosita Pollock die Erwartung an, als Apothekerin hätte sie eines Tages das Glück, einen süchtigen Bittsteller abzuweisen. Sie hielt Otmar für den besseren Menschen von ihnen beiden, denn sie glaubte, das Motiv für seine Liebe zum Beruf sei ihm unbekannt. Außerdem war er der glücklichere Mensch. Er hatte nämlich Hobbies. Eins davon war der Impfschutz für tropische und subtropische Länder. Es kam allerdings zu kurz.

Die Leute machten kaum Fernreisen, Otmar konnte viel zu selten seine ausgeklügelten Prophylaxe-Zeittabellen erläutern, noch viel weniger aber gerieten sie auf Abwege. Bekannte Gesichter braver Bürger tagtäglich, lauter Stammkunden, die ihre ordnungsgemäß ausgestellten Rezepte über die Theke der Hirschen-Apotheke reichten, wenn sie nicht überhaupt als Liebhaber von Otmars *PRO FIT*-Abteilung den Laden betraten. Weil das Impfschutz-Hobby nicht genug Genuß abwarf, hatte sich Otmar ein Ersatzvergnügen besorgt. Beim Überlegen, worin dies wohl bestehen könne, war er auf seine Feindschaft gegen Genußmenschen gestoßen, gegen Unvernunft allgemein. Alter Gesundheitsapostel, beschimpfte Rosita ihren Mann insgeheim. Kommt immer irgendwie auf seine Kosten. Apropos Kosten: *PRO FIT* lief bestens. Die Preise waren selbstgemacht, die Produkte ebenfalls, zumindest in ihrer Zusammensetzung. Otmar mischte die verschiedenen Lieferungen der Großisten neu, und er tat es geschickt. Die Unkosten für Leerpackungen hielten sich in Grenzen. Die Bilanz stimmte, sie stimmte Otmar fröhlich.

Rosita seufzte sich durch die Eintönigkeit. Sie verkaufte soeben eine Dose Gelatine-Drink und begleitete dann eine rundliche Kundin in die *PRO FIT*-Abteilung, um sie dort über die speziellen Heilwirkungen von Otmars Bio-Öko-Kram zu informieren. Das Leben ist langweilig, dachte sie, und: Ich brauchte eine Freundin. Oder einen Freund. Jemanden, der abhängig von mir ist. Ja, wirklich, das ist sehr gut für die Haare, sagte sie zur Kundin und hoffte, die Kundin würde nicht vom Produkt, das sie in ihren Händen abzuwiegen schien, zu Rositas Haaren aufblicken: Dem Produkt sah man gar nichts an, Rositas Haaren aber sah man an, daß etwas mit ihnen nicht stimmte. Es machte ihr längst keinen Spaß mehr, mit *PRO FIT*-Waren die Kundschaft zu betrügen. Nicht einmal Otmar nahm Substanzen aus seiner Gesundbeterküche zu sich.

Rosita ließ Leinsamen durch die Maschine laufen, die Kundin wollte ihn geschrotet, und der Brummton schläferte sie ein. Sie erkannte: Ich komme nicht auf meine Kosten. In der Apotheke nicht, nicht zu Haus morgens, abends, am Wochenende, nachts auch nicht, in meinem gesamten Leben komme ich nicht auf meine Kosten, ich möchte zum Beispiel einmal überdimensional ausschlafen. Rosita überlegte. Andere Beispiele für mehr Lebensgewinn müßten doch schnell zu finden sein, aber daß Otmar an allem schuld war, das 1,78 Meter große, 68 Kilo schwere Hindernis, drückte jeden anderen Gedanken nieder. Otmar der Frühaufsteher, Morgenmensch, Otmar, der sich bei Tisch beherrschen konnte, sonst auch, Otmar, das Vorbild.

Der Leinsamen war fertig. Rosita verschloß die Tüte. Wir haben beide das gleiche Verdauungsproblem, dachte sie, als die Kundin sich verabschiedete. Und die gleichen Haarprobleme. Das Leben ist einfach umwerfend!

Aber nach dem unerwarteten Glücksfall sagte Rosita sich immer wieder ihre alte Erfahrung vor: Wenn man überhaupt nichts erwartet, dann geschieht etwas. Das Unvorhergesehene, das heimlich Gewünschte, das Wunder. Man darf es bloß nicht erwarten. Wenn man gar nicht beabsichtigt, einen Mantel zu kaufen, dann sieht man das ideale Stück plötzlich in einem Schaufenster hängen. Man darf nur nichts suchen, dann findet man. Wer suchet, der findet nicht. Als Rosita beim Stammkunden Stich abkassierte – langweiliges Diabetiker-Zubehör – betrat eine Frau die Apotheke, auf die Rosita doch immer noch setzte. Diese Frau Anfang Vierzig könnte für eine Überraschung gut sein. Wenn auch via Rezept holte sie alle vier Wochen einen handfesten Tranquilizer ab. Rosita wartete schon ziemlich lang auf den Tag, an dem der Frau die Dosis nicht mehr genügen würde. Dieser Tag mußte kommen, und weil Rosita heute nur mit der üblichen Öde gerechnet hatte, war ausgerechnet heute der Tag. Die Frau machte einen nervösen Eindruck. Oder hatte Rosita sich getäuscht? Die Frau legte ihr Rezept auf den Teller fürs Wechselgeld und sagte bis jetzt gar nichts. Rosita machte kehrt, sie ging an die Schubladenwand mit den Medikamenten, Otmar kam ihr in den Sinn. Otmar arbeitete an der Erfüllung seines Lebenstraums mit. Er ließ die Dinge nicht laufen. Er dachte nach, und schon kam er auf eine neue Idee für noch mehr Glücksgewinn in seinem Leben. Zur Zeit las er abends alles über die Insel Bali, womit er Rosita, die sich durch seichte Fernsehprogramme schaltete, ein Schuldgefühl andrehte: zusätzlicher Gewinn für Otmar.

Rosita legte die beiden Packungen mit dem Tranquilizer auf die Theke und sagte: Ihr Arzt meint es nicht gut genug mit Ihnen. Zum Glück war sie mit dieser Kundin allein. Aber sie redete trotzdem mit gedämpfter Stimme, denn im Nebenraum arbeitete Otmar am Computer – wieder ein Hobby – und die beiden jungen Auszubildenden waren auch nicht fern.

Wie meinen Sie das? fragte die Frau.

Ich meine, das hier – Rosita tippte auf die eine Pakkung – das wird mittlerweile eine zu niedrige Dosis sein. Es wird zu schwach sein. Zehn Milligramm Wirkstoff.

Hurra, es klappt! sang es in Rosita, die gewiß so aufgeregt war wie die Frau, als die sagte: Ich wollte sowieso fragen, ob ich Sie einen Moment allein sprechen könnte. Die Frau sah sich in der Apotheke um. Irgendwo hier, wo uns niemand zuhört.

Im aufs äußerste angespannten Vorgefühl von Abenteuerlichkeit schob Rosita die Frau vor sich her in die zweite Reihe zwischen den Regalen der *PRO FIT*-Abteilung.

Hier sind wir ungestört. Was gibts denn?

Sie hatten recht: Ich komme mit dem Mittel nicht mehr über die Runden. Ich weiß, Sie dürfen das nicht, Sie müssen Rechenschaft drüber ablegen oder so was, aber könnten Sie eine Ausnahme machen? Mir ohne Rezept irgendwas Stärkeres dazugeben? Oder einfach eine Packung mehr von meinem Medikament?

Rosita genoß es. Sie spielte die extrem Bedenkliche, sie simulierte ihre Gewissenspein und die ganze Skala apothekerhafter Skrupel, bis sie, mit einem tiefen Ausatmen und mild lächelnd, in die Rolle der Erlöserin schlüpfte: Also gut. Für diesmal. Ich dürfte es nicht, aber ich bin nun mal ein Mensch, der einem frierenden Bettler nicht auch noch den Mantel auszieht.

Von Rosita versorgt, bedankte sich die Frau fast zu laut, Rosita machte: Psssst! Sie begleitete die Kundin bis zur Tür und schärfte ihr ein: Mein Mann darf davon nichts wissen. Sprechen Sie mit Ihrem Arzt. Alles Gute!

Die nächsten Wochen waren gerettet, denn selbstverständlich kam die Frau wieder, Rosita und sie wurden Freundinnen, und wie Rosita damit zurechtkäme, vor Otmar die Unstimmigkeit zwischen Rezepten und abgegebenen Medikamenten zu erklären, wußte sie auch schon. Sie war in einer glücklichen Phase. Die eine der beiden Auszubildenden sah viel zu hübsch aus, was Rosita täglich störte, während Otmar täglich davon profitierte. Also sagte Rosita eines Abends, als Otmar alles über Bali wußte und sich Java zuwenden wollte: Du hasts anscheinend noch nicht gemerkt, aber seit Wochen fehlt Noxium 50. Und ich weiß auch, warum. Die kleine Kathrin klaut es. Hast du je ihren Freund gesehen? Übel, wirklich.

War Krankheit eine Niederlage, so war die Sucht Schmach und Schande: Otmar entließ Kathrin zügig. Damit war der Zeitpunkt gekommen, auf den Rosita, beim Entschluß, Pharmazie zu studieren, hingehofft hatte. Endlich konnte sie einen von ihr abhängigen Menschen enttäuschen. Und auf sie fiele kein Makel. Im Gegenteil. Rosita überzeugte sich und, das nahm sie für gewiß, auch die neue Freundin, bei einem ernsthaften Gespräch: So geht es nicht weiter, meine Liebe. Höchste Zeit, alles dem Arzt einzugestehen. Eine Entziehungskur ist gräßlich, aber ich besuche Sie. Mit einem kleinen chemischen Trost, damits nicht gar zu schlimm wird. Ich kann niemandem schaden, ich kann nicht dabei zusehen, wie jemand sich ruiniert. So wenig, wie ich Hilfe verweigern kann.

Was war denn das? Rositas neue Freundin lachte! War sie denn übergeschnappt? Ach, vermutlich stand sie gerade jetzt unter der Wirkung ihrer Überdosis und erfaßte deshalb den Ernst der Lage nicht. Eine Kundin störte die beiden in ihrer Abgeschiedenheit bei den weniger gefragten Produkten von *PRO FIT*. Die Kundin hielt zwei Tüten in Rositas Sichtweite. Sie wollte wissen, welches Präparat empfehlenswerter sei. Mit Blick auf Rositas Kopf fügte sie hinzu: Ich habe Ihr Haarproblem, genau Ihres. Rosita spürte einen allgemeinen Schwund, es war so, als sauge ein von Otmar gebasteltes Gerät ihr alle Vitalität aus dem Körper, von Kopf bis Fuß. Dieses hier, erläuterte sie, beruht auf Hirsebasis, das andere auf Birkensamenbasis. Sie dachte an Otmar und daran, daß morgen abend wieder »Termin« wäre. Er würde versuchen, in Rosita die Samenzelle für einen Erben der Apotheke zu plazieren – auch ein Hobby: das Errechnen günstiger Daten – als sie zur Kundin sagte: Ob Hirse oder Birke, taugen tun beide nichts. Sehen Sie mich an, aber nein: Sie haben mich ja schon begutachtet.

Die Kundin war beleidigt und entschied sich für das Präparat auf Hirsebasis. Rositas neue Freundin, von der heute Gefahr ausging, lachte immer noch. Bravo, lobte sie. Das war Mut. Und mutig war es auch, mir das Noxium zu geben. Aber damit ist nun Schluß. Hier habe ich alle die angesammelten Packungen. Wissen Sie, ich habe einen Test gemacht, über Apotheker-Ethik und so was. Rosita, Sie waren die große Ausnahme. Durch Sie habe ich am meisten profitiert. Mit Ihnen wars interessant. Ich brauchte dringend einen Kontrast in dem Einerlei der sturen Ablehnungen. Natürlich bleibt alles anonym. Ich habe für einen Roman recherchiert. Also, keine Angst! Sie sind ja ganz blaß geworden.

Rosita wußte nicht wohin mit der kleinen Plastiktasche voller Noxium 50. Das war ein räumliches Problem. In ihrem Gefühlsleben ging es jedoch total unordentlich zu. Sie wäre gern wütend geworden. Man hatte sie reingelegt. Sie zwang sich ein Lächeln ab. Der Freundin, die ihr soeben verlorenging, mußte sie große herzliche Erleichterung vortäuschen.

Wie gut für Sie! Süchtige Menschen sind so schlimm dran, sie leben überhaupt nicht richtig, nicht mit uns anderen. Sie rechnen und zählen ab und wissen nicht, wie es weitergehen soll. Ich freue mich wirklich sehr für Sie.

Die beiden Frauen verabredeten sich für den nächsten Mittwoch im »Roma« – alles wie immer –, aber Rosita wußte, sie würde nicht kommen. Mach aus allem das Beste, hieß eins von vielen Leitmotiven aus Otmars Schatztruhe für Lebenskunst. Noch am Abend dieses Tages fing Rosita mit Noxium 50 an.

Zwei Unbelehrbare

Stimmt das wirklich? Leo untersuchte ein wenig scheinheilig seinen Marmeladentoast, auf dem es nichts zu entdecken gab, aber er tat so, damit er weder seine Frau ansehen noch hinüber ins Nachbargrundstück mit dem Haus der Filbichs blicken mußte.

O ja, das stimmt. Und ob das stimmt.

Xanthe sprach laut, mit bösem Triumph in ihrer gurgelnden hohen Stimme, die Leo immer an die kullernden Zurufe von Tauben erinnerte.

Von wem, bitte, hast du es erfahren? wollte Xanthe wissen.

Leo fühlte sich längst nicht mehr wohl am Frühstückstisch. Xanthe hatte wieder viel aufgetan und auch die Dekoration nicht vergessen – in diesen Wochen österlichen Nippes – und Leo verspürte keinen Appetit.

Es spricht sich in der Nachbarschaft herum. Wie du weißt, stehen sich die Filbichs gut mit den Nachbarn. Im Unterschied zu uns, fügte Leo nach einem Schluck Tee hinzu.

Ja, es stimmt, ich grüße ihn nicht mehr, gurrte Xanthe. Das hat er nun davon.

Bastian Filbich wird nicht daran sterben, dachte Leo. Er und Bastian hatten wenig Kontakt miteinander, denn Leo verließ das Haus nicht mehr oft. Als Feuilletonredakteur im Ruhestand saß er doch weiter am Schreibtisch, sammelte seine Kritiken für eine Buchveröffentlichung, schrieb außerdem neue, er reagierte auf das, was sich durch Anfragen oder seine eigenen Vorschläge ergab. Bei den wenigen Gelegenheiten einer Begegnung zwischen den Nachbargrundstükken hatte er Bastian Filbich immer für einen netten, aufgeweckten, sogar höflichen Mitmenschen gehalten. Und die junge Filbich empfand er als ästhetische Bereicherung in der reichlich überalterten Anwohnerriege. Ausgesprochen hübsche Person, die »Juli« gerufen wurde. Drolliger Name, wahrscheinlich eine Abkürzung. Um Werner Filbich kümmerte Leo sich nicht. Man sah ihn kaum. Alles in allem: Gegen die Filbichs kein Einwand.

Anders Xanthe. Schon als die Filbichs nebenan einzogen, war ihre Stimmung auf den Tiefpunkt gesunken. Sie waren zu jung und unbesonnen für die Wohngegend, fand sie. Sie machten das Viertel unsicher, sie wuselten herum, zu jeder Tages- und Nachtzeit waren sie mit irgend etwas beschäftigt. Sie knallten die Autotüren zur Unzeit. Fuhren ab und kamen an, gerade wie es ihnen paßte. Zwei Autos, natürlich! Bei Juli Filbichs vielen Jacken und Hosen und Mänteln kam Xanthe mit dem Zählen nicht mehr mit. Und Bastian hätte sie neulich fast mit seinem Fahrrad angefahren. Damit das nicht wieder passierte, störte er, indem er wie ein Verrückter klingelte, selbst wenn Xanthe überhaupt nicht auf dem Weg war.

Ich sagte ihm, dieses Bäumchen geht an der Nordostseite niemals an, es geht ein, aber er hat wieder nicht auf mich hören wollen und weiter an dem Loch für die Wurzel gegraben, sagte Xanthe. Er ist so unbelehrbar, in allem unbelehrbar.

Dann gibs doch auf, sagte Leo. Gib alles auf, deine Tips, den Bastian, alles. Manche Menschen haben was gegen gute Ratschläge. Menschen wie ich, dachte er, gegen gute Ratschläge von Menschen wie Xanthe. Aus Versehen bestrich er sich schon wieder einen Toast, diesmal mit Orangenmarmelade.

Während Xanthe vor Ärger keine Zeit mehr hatte zum Essen. Sie rief: Weißt du, was er mich gefragt hat, ist schon Wochen her, und ich wollte dich damit verschonen. Er hat mich gefragt, wie ich zu meinem Vornamen gekommen bin. Er hat gesagt, Xanthe, so hießen in Schottland Hunde. Es wäre dort ein Hundename.

Das fand er doch sicher lustig und hat es nett gemeint, sagte Leo, der nach der Zeitung griff. Den Teller mit dem Toast schob er in die Tischmitte, womit er die Symmetrie von Xanthes Ostergebilden verdarb. Er wollte jetzt rauchen und nichts mehr hören.

Er hat damit geprahlt, wo er schon alles war, Schottland, Italien, Spanien, aber ich habe ihn natürlich weit überholt. Links überholt. Xanthe hörte sich jetzt mehr wie eine Elster an.

Leo lachte gutmütig, aber gutmütig fühlte er sich nicht. Am liebsten hätte er Xanthe eine runtergehauen. Stell dir vor, er hätte dich gefragt, ob Xanthe von Xanthippe abstammt, hm? Der schottische Hundename ist doch völlig harmlos. Denk an Hasso, Hasso Lindner. Im Deutschen gibts da auch Überschneidungen.

Leo vermutete, im Bekanntenkreis heiße Xanthe so: Xanthippe Müller-Ehrenberg. Xanthippe, blondes Pferd. Aber Xanthe war schwarz gefärbt – und was für ein Tier? Eine verbitterte kleine Wühlmaus? Xanthippe, Frau des Sokrates, zu Unrecht Inbegriff des zänkischen und launenhaften Eheweibs. Aber Leo war nicht Sokrates, und Xanthe entsprach diesem Inbegriff, keineswegs zu Unrecht. Xanthe, die Giftspritze. Alte nachbarliche Freundschaften welkten dahin. Die Leute waren Xanthes Gezeter über die Falschparker, spielende Kinder, die Hundebesitzer, das Klima, die Stadtverwaltung, Neuralgien, über alles und jedes und Bastian Filbich leid. Es ist ein alter keltischer Name.

Xanthe klang pampig. Sie fing an, den Tisch abzudecken. Bei ihrem Hin und Her zwischen Eßplatz und Küche machte sie, in Leos Umkreis, immer wieder kleine Anmerkungen, Bastians Unbelehrbarkeit betreffend. Akazien verwechsle er mit Robinien. Er sei eigensinnig, vor allem in sämtlichen Gartenangelegenheiten wolle er nichts dazulernen. Und darum werde auch aus dem Nachbargarten nichts Gescheites. Wenn Leo der tägliche Anblick dieser Murkserei da drüben nichts ausmache: gut für ihn. Sie jedoch sei nun einmal eine Ästhetin. Alles Unschöne beleidige ihre Augen.

Dann dieser schreckliche Aufbau von alten Kartons und Holzkisten links von der Garageneinfahrt. Ich bat ihn, diese häßliche Ansammlung wegzuschaffen. Vergebens. Und so weiter, vieles mehr. Das Maß ist voll. Ich grüße ihn nicht mehr, ja, das stimmt.

Grüßt er dich trotzdem noch? fragte Leo. Über den ersten Absatz des Leitartikels war er immer noch nicht hinausgekommen.

Ich sehe nicht hin, also weiß ich es nicht, antwortete Xanthe.

Du würdest es aber hören, einen Gruß hört man, wollte Leo einwenden, und doch wieder nichts davon wissen, nicht mehr das Mindeste, folglich blieb er stumm. Er beabsichtigte, Xanthes Problem zu vergessen. Es war zugleich lächerlich und tief deprimierend. Er mußte es hinter sich lassen. Was auch gelang. Er fing an, sich neugierig aufs Durchlesen seiner zwei Seiten zu freuen, das Resultat seines gestrigen Arbeitsfriedens. Auf den konnte er sich verlassen. Xanthe respektierte Leos Ruhezone, seine Schreibtischwelt, sie verteidigte sie ja, nicht zuletzt gegen Bastians Fahrradgeklingel, das Türzuknallen, andere Umtriebigkeiten. Wobei es sich leider um eine Überreaktion handelte. Wohin war sie entschwunden, die fröhliche gesellige Xanthe von früher? Ihr Gesicht war eingetrocknet, verschrumpelt. Leo mußte an eine Trockenpflaume denken.

Xanthe stand in ihrer superperfekten Küche und war in fürchterlich schlechter Verfassung. Sie spürte, wie tief sie im gesamten Geviert absank, in tiefste Unbeliebtheit. Sind das die Wechseljahre, hatte sie sich gefragt, als sie Ende Vierzig war und diese rätselhafte Griesgrämigkeit in ihr aufkam. Nun, es konnten nicht die Wechseljahre sein, denn, von seltenen Aufhellungen abgesehen, war es bei Bitterkeit und Granteleien und Krakeelertum geblieben, und bald würde sie siebzig. Es ist wahrscheinlich eine larvierte Depression, sprach sie sich Mut zu, denn durch eine schwere neurologische Störung fühlte sie sich rehabilitiert.

Mit einem Achtel von dem Vergnügen, das sie offiziell bekundete, schaute sie in ihren blütenreich strotzenden Frühlingsvorgarten, der vom Rang einer Abbildung aus ihrem Gartenlexikon war, wartete ab, bis mehr Vergnügen sich in ihr ausbreitete – aber da kam Bastian des Wegs, und Xanthes Welt wurde wieder trübe, ganz schauerlich. Leo meinte, sie mache sich lächerlich, indem sie sich mit Bastian Filbich auf eine Stufe stellte, in ihm einen Konkurrenten sah. Nahm sie ihn damit nicht so ernst wie keiner sonst auf der Welt? Sie hätte ihm gern eine kleine Bosheit zugerufen, irgendwas über die Primeln, man stelle sich vor, nicht einmal eure Primeln blühen! Nicht einmal Primeln, die Unverwüstlichen! Aber sie grüßte ihn ja nicht mehr. Dort schlenderte er des Wegs, an ihrer Hausfront vorbei, schien guter Dinge zu sein wie immer, und Xanthe beobachtete ihn eifersüchtig. Plötzlich blickte er, ehe sie zurückweichen konnte, in die Richtung ihres Küchenfensters, erwischte sie beim Spionieren, und tatsächlich, wie grauenhaft, wie peinlich, er winkte ihr zu! Unbelehrbar, war er das nicht wirklich? Er grüßte sie noch immer.

Mißmutig und deprimiert, den Bauch am Arbeitstisch abgestützt, haßte Xanthe vor sich hin, ins Blaue hinein, alles und jedes, aus dem Stegreif, ein kleines bißchen auch sich selber – meine Depression, korrigierte sie sich – vor allem aber ihn, Bastian, den freundlichen arglosen kleinen Kerl, der seine Schultasche schwenkte, ihren neunjährigen Rivalen. Sie verstand mehr vom Garten, sie hatte mehr Länder als er besucht, aber er nahm ihr nichts übel, er grüßte sie. Er war es, der sie überholt hatte, links überholt, nie mehr zu bezwingen.

Kubanische Straße Nr. 12

Mir liegt ja so was auch ganz und gar nicht, und ich könnte es nicht, ich könnte niemanden vor die Tür setzen... aber die Straße gefällt mir, mir gefällt das ganze Viertel, weißt du? Es ist eigentlich genau meine Gegend. Hier hätte ich längst wohnen sollen. Belinda seufzte. Sie sah aufgeregt und erhitzt und glücklich aus. Mark fand, so interessiert habe er sie lang nicht mehr erlebt. Sie waren viel herumgelaufen, aber immer wieder zum Zentrum ihrer Aufmerksamkeit zurückgekehrt: Nr. 12 in der Kubanischen Straße. Von Anfang an hatte schon allein die Adresse Belinda inspiriert. Nun saßen sie in einer kleinen Gaststätte, um sich aufzuwärmen und dabei eine Strategie zu entwikkeln. Belinda schwärmte sogar, obwohl sie sich nach jedem Schluck schüttelte, für den Kaffee. Er war dünn und schmeckte eigenartig. Den Kuchen bezogen die Inhaber bereits aus dem Westen, was Belinda bedauerte.

Daß ich mich in der Kubanischen Straße und ringsherum im ganzen Quartier so großartig fühle, muß irgendwas mit meiner Kindheit zu tun haben. Als wir Kinder waren, haben wir eine Zeitlang so ähnlich gewohnt. Es ist dermaßen märkisch, was meinst du? Es ist doch märkisch, oder?

Ihr habt niemals hier oben gelebt, du träumst ja, sagte Mark, den Belindas schwelgerische Stimmung ansteckte.

Sie sah heute nachmittag besonders hübsch aus, und Mark fühlte sich, nach fünf Jahren Ehe, frisch verliebt. Es war sein Onkel, den sie kürzlich beerbt hatten. Und Marks Onkel war der Originalbesitzer von Nr. 12 in der Kubanischen Straße gewesen.

Die Wohnstraßen sind wie kleine Alleen. Und das Kopfsteinpflaster! Uralt! Und in den Gärten die vielen alten Bäume. Dann: Diese Passage mit den Birken! Fast ein kleiner Wald. Bei uns wäre das längst abgeholzt und eine der üblichen doofen Anlagen. Bei uns sehen auch die Gärten total anders aus. Mit einer Rasenfläche und blöden kleinwüchsigen Coniferen. Außerdem, hast du bemerkt, wie still es ringsherum ist?

Natürlich hatte Mark das bemerkt. Sie beide brauchten jetzt einen Schnaps. Der Gastwirt brachte Korn. Belinda schmatzte ein bißchen, nachdem sie das Getränk vorsichtig und mit einem schelmischen Ausdruck probiert hatte, aber dann war nichts Exotisches, nichts Sozialistisches festzustellen. Sie meinte, man müsse aufpassen, daß nicht eines Tages alles genau so schmecke und rieche wie zu Haus.

Du hast dich doch immer drüber lustiggemacht, wenn diese DDR-Menschen...

Ex-DDR-Menschen, unterbrach Belinda, FNL-Menschen, und sie lachte Mark an.

Du hast dich drüber lustiggemacht, wenn sie drauf

bestanden, etwas aus ihren vierzig eingesperrten Jahren solle erhalten bleiben.

Na ja, ihre angebliche menschliche Wärme und all der Kram, die Solidarität, die Bescheidenheit. Belinda sah sich im einfachen Gastraum um und sagte: Diese Bescheidenheit wie hier drin haben sie damit ja nicht gemeint.

Dann redeten sie wieder über Nr. 12. Das Grundstück hatte gerade die richtige Größe. Kiefern standen darauf, auch ein paar Büsche und Laubbäume, die jetzt im Winter kahl waren und deshalb nicht identifiziert werden konnten. Das Haus lag ziemlich weit zurück von der Straße, leicht erhöht auf einer Aufschüttung, die, alpinumartig bepflanzt, im Sommer schön anzusehen wäre. Es war kein besonders großes Haus, schon vom ersten Stockwerk an abgeschrägt und mit einer engen Mansarde unter dem Dach. Es müßte renoviert werden, aber wirklich heruntergekommen sah es nicht aus.

Es ist gerade richtig für zwei, sagte Belinda. Zeit für einen Seufzer, in dem sich Lust und Bedenklichkeit vermischten. Ein begehrlicher Seufzer. Im Film seufzten Frauen so, wenn ein Pelzmantel oder ein Collier sie anlockte.

Ob sie wirklich eine nette alte Dame ist? fragte Belinda. Ob wir das Haus und alles überhaupt genießen können, wenn es so weit ist? Ich hoffe, sie ist nicht besonders nett. Ich habe nicht vor, sie bedauern zu müssen. Belinda fragte sich, ob es möglich wäre, mit der Zeit die alte Dame völlig zu vergessen.

Wir können mit ihr in Kontakt bleiben. Du könntest sie regelmäßig besuchen, schlug Mark vor. Komm, packen wir's an. Es wird jetzt früh dunkel.

Und außerdem fing es an zu schneien. In Kinderlaune klatschte Belinda in die Hände. Ich bin sicher, daß ich es nur hier und nirgends sonst so herrlich finde, wenn es schneit. Plötzlich weiß ich auch, warum mich die Gegend an früher erinnert. Als Kind las ich immer wieder die Monika-Bücher. Es waren zwei oder drei Bände. Und Monika wohnte in einer Straße wie der Kubanischen. Oh, es ist einfach wundervoll, wenn man sein Ideal gefunden hat und wenn das sogar wie eine Heimkehr ist.

Aber zehn Minuten später, kurz bevor sie den gelblichen Klingelknopf am dunkelbraunen Gartentor drückten, waren Belinda und Mark etwas nervös. Diskret hatten sie ihren Volvo nicht in der Kubanischen Straße parkiert. Sie sagten sich, es treffe ja keine Unbemittelte, die unrechtmäßige Eigentümerin war recht wohlhabend und zudem nicht unvorbereitet. Brieflich hatte Mark sie sofort nach der Testamentseröffnung über die neue Lage informiert, und für seine bestimmten, immer aber liebenswürdigen Formulierungen Belindas Lob eingeheimst. Natürlich versuchte die alte Dame, die Angelegenheit auf die lange Bank zu schieben. Sie spielte auf Zeitgewinn.

Sie läßt uns hier im Schnee stehen, sagte Belinda, als ein Brummton signalisierte, das Gartentörchen sei jetzt zu öffnen. Im Vorgefühl künftigen Besitzes genoß Belinda jeden Schritt auf dem Kiesweg, der sich zwischen niedrigen Hecken bis hinauf zum Haus wand.

Vor dieser bedeutungsschweren Exkursion in die Kubanische Straße hatte sie zu ihrer Freundin Petra gesagt: Du kennst ja unsere politische Einstellung: größte Skepsis. Daß nun ausgerechnet Mark und ich von dem deutschen Einheitsmelodram profitieren würden, hätte ich nie gedacht. Fragt sich nur, ob nicht euer persönliches Melodram draus wird, war Petras Antwort, und Belinda diagnostizierte: Sie ist neidisch.

Die alte Dame war klein, nicht schlecht gekleidet, und sah etwas mürrisch aus, aber ihre Physiognomie unterlag vermutlich nicht mehr ihrem Willen, sondern war schlicht Zeitgeschichte. Alte Damen tranken Likör, also überreichte Mark eine Flasche Cointreau, und Belinda kommentierte, während sie es gleichzeitig bereute: Wer Sorgen hat, hat auch Likör. Belinda bemerkte, daß die alte Dame vergessen hatte, den Reißverschluß ihrer sandfarbenen Hose hochzuziehen, und als sie ihr einen behutsamen stummen Hinweis gab, lustig, quasi von Frau zu Frau, wie Belinda fand, stellte das winzige Malheur die Weiche günstig. Mit Kaffee und Kuchen bewirtet zu werden, kam für Belinda und Mark unerwartet. Um nicht taktlos zu sein, griffen sie zu, obwohl sie sich vorhin in der kleinen Gaststätte, und auch noch an derselben Kuchensorte, zu satt gegessen hatten. Und aus dem gleichen Grund verkniff sich Belinda das Bewundern: Wie geschaffen für mich ist dieser Sitzplatz hier am grünen Blick, jubelte es in ihr; sie blickte sich im Zimmer um und richtete es mit ihren eigenen Möbeln ein, während sie es Mark überließ zu erklären, der Weg über die Behörden sei umständlich und von einer Entschädigungszahlung statt Rückgabe des Hauses hielten sie ganz und gar nichts. Die alte Dame hatte etwas von einem neuen Gesetz gehört: Selbst bei Eigenbedarf des Besitzers sei alten

Leuten ein Umzug unzumutbar. Erst ab achtzig Jahren, korrigierte Mark höflich, und das ist ein Gerichtsurteil, das nur für Mieter und nur im Westen gilt. Belinda rief: Sie sind eine junge ältere Dame! Man kann es nicht glauben, daß Sie sechsundsiebzig sind, Sie wirken viel viel jünger. Belinda kannte sich damit aus, was Frauen gefiel. Sie blickte die alte Dame geradezu schwärmerisch an. Jetzt kann ich es gut verstehen, daß mehrere Menschen sich förmlich darum reißen, mit Ihnen zusammenzuleben, sagte sie.

Mark hatte über die alte Dame Erkundigungen eingezogen. Eine Freundin noch aus Kinderzeiten war bereit, ihr ein Parterrezimmer zu überlassen. Und dann gab es noch einen Bruder mit Frau, zu denen die alte Dame vielleicht übersiedeln könnte. Einen begeisterten Eindruck hatte keiner der Betroffenen auf Marks Anfragen erweckt. Aber immerhin, er und Belinda, sie würden niemanden obdachlos machen. Belinda lobte bald den Kuchen, bald die Strickjacke und auch die Frisur der alten Dame. Mark lehnte zurückhaltend ab: Nein, vielen Dank, Sie sollten uns nicht das Haus zeigen. Belinda war von Mark beeindruckt. Er sah vornehm aus und verhielt sich auch so. Die alte Dame wirkte zwar noch bedrückt, aber sie taute doch auf. Wir sind ihr sympathisch, stellte Belinda fest. Oh, wie gemütlich es in die märkische Dämmerung schneite. Belinda erzählte: Bei uns im Westen ist es mit den Immobilien hoffnungslos geworden. Schamlose Preise. Man kann von Wucher sprechen. Die schäbigsten Katen bieten sie als kleine Paradiese an, und unter einer Million braucht man gar nicht erst nachzufragen. Also mußten wir aufgeben. Diese Million haben wir nicht. Zum

Glück sind wir mobil, wir arbeiten freiberuflich, wir arbeiten fürs Fernsehen ... halt, da habe ich eine Idee. So wie Sie aussehen, richtig telegen, möchte ich Sie in einem meiner Features drin haben. Es könnte übrigens dieses Sujet sein, unser Thema: Wie wir drei uns einigen. Wie es kampflos zugeht.

Das Fernsehen! Es hatte sich als Lockvogel noch immer bewährt. Auch die alte Dame zeigte Wirkung. Zum ersten Mal lachte sie laut auf, dann zündete sie, zu spät assistiert von Mark, eine Filterzigarette an. Wenn es sich bei der Zigarette nicht um ein westliches Produkt gehandelt hätte, wäre Belinda nicht länger unschlüssig darüber gewesen, warum es im Haus eigenartig roch. Die Hände der alten Dame erinnerten Belinda an rohe Koteletts. Die Zigarette war zu fragil für diese Hände, und sie ruhte im Aschenbecher, wenn die alte Dame nicht gerade einen Zug nahm. Sie lachte nochmals und sagte: Ich soll ins Fernsehen! Schauspielern kann ich bestimmt nicht.

Oh, Sie werden sich wundern, beteuerte Belinda.

Und erst recht Ihre Angehörigen und der Freundeskreis, ergänzte Mark.

Aber so ganz kampflos wird es nicht zugehen, sagte die alte Dame. Über die Rechtslage bin ich mir im klaren, ich habe mit meinem Notar gesprochen, und der rät mir von schnellen Entschlüssen ab. Zumal – also ich habe vorgestern mein Testament revidiert, das Haus und das Grundstück gehören mir gar nicht mehr. Ich habe die gesamte Liegenschaft meinem Neffen und seiner Frau vererbt. Diese beiden wären dann ihre Partner in dieser Angelegenheit. Keinen Kuchen mehr? Aber noch etwas Kaffee?

Belinda und Mark lehnten mit Dank ab. Belinda war plötzlich übel geworden. Ihr Zustand besserte sich, als Mark sagte: Dieser Vorgang beim Notar war natürlich null und nichtig. Zu vererben gab es längst nichts mehr, nicht wahr? Man kann nicht vererben, was einem nicht gehört.

Belinda bewunderte Mark für seine Selbstbeherrschung. Geduldig unterrichtete er die alte Dame über ihre Rechte. Die alte Dame gab zu, den Notar nicht über den Verlust ihres Eigentums aufgeklärt zu haben.

Ich sah da eine letzte Chance, sagte sie. Ich beabsichtige nicht, zu meiner Freundin zu ziehen.

Ein Bruder ist ja wahrscheinlich auch die viel wohligere Adresse, sagte Belinda, die der alten Dame ansah, daß sie auch keine Lust zu einem Leben mit ihrem Bruder hatte. Sie wollte bleiben, wo sie war. Kein Wunder, dachte Belinda und beeilte sich mit ihrem nächsten Satz: Wir sind ja keine Unmenschen, wir überlegen uns Ihre Zukunft mindestens so genau wie unsere eigene.

Mark fügte hinzu: Meine Frau fände hier in diesem Haus keinen Frieden, wenn sie denken müßte, wir hätten Sie brutal verpflanzt. Rausgeworfen. Rechtslage hin, Rechtmäßigkeit her. Sie ist so gefühlvoll. Aber Sie, liebe gnädige Frau, Sie sollten bedenken, daß die Zeit nicht mehr gar zu fern ist, in der Sie ...

Noch machen Sie einen fabelhaft jugendlichen Eindruck, rief Belinda.

Mark fuhr fort: Aber eine Zeit kommt, in der es besser ist, nicht allein ein Haus zu bewohnen. Es ist dann ratsam, in Gesellschaft zu sein. Da, wo Hilfe möglich ist.

Mein Bruder ist älter als ich, und meine Freundin ist so alt wie ich, sagte die alte Dame.

Der Lahme hilft dem Tauben und der Blinde hilft dem Lahmen, gibt es nicht so eine Parabel? Belinda fand sich nicht sehr geschmackvoll und erfand mühelos eine alte Frau: Allein im Haus, bricht sich fünf Rippen und ein Bein beim Sturz auf der Treppe, hilflos bleibt sie tagelang liegen, unfähig, aufzustehen und irgend jemanden zu verständigen.

Belinda mußte an sich selber denken. Für einen Ortswechsel war es höchste Zeit. Marks und ihre Eltern wurden plötzlich radikal alt. Die bekamen einen Altersschub nach dem anderen. Und am Beispiel ihrer Mutter hatte Belinda erfahren, was alte Eltern speziell für die Töchter bedeuteten, die in der Nähe der Alten lebten: Hausbesuche, Pflege, Besorgungen, Opfer, Sorgen. Ende des Privatlebens. In der Kubanischen Straße wären Mark und sie ungefähr dreihundert Kilometer von den Eltern entfernt.

Die alte Dame stand auf. Es war dunkel geworden und sie brauchte elektrische Beleuchtung. Wie viel gemütlicher wird das demnächst bei uns sein. Belinda begutachtete die cremefarbene Öde, in die das einfallslose Oberlicht das Zimmer tauchte. Da und dort werden wir kleine Lampen haben. Sie merkte, daß ihr Kopf glühte. Sicher hatte sie ein ganz rotes Gesicht. Mark hingegen sah weiterhin vornehm und blaß aus.

Den Umzug organisieren übrigens auch wir für Sie, sagte er.

Weil die alte Dame sich nicht wieder hinsetzte, standen nun auch Belinda und Mark auf.

Sie müssen mich entschuldigen, aber unsere Unterhaltung hat mich doch angestrengt, sagte die alte Dame.

Und doch war es ein netter Nachmittag, oder nicht? sagte Belinda, der einfiel, daß sie der alten Dame zu lang schon kein Kompliment mehr gemacht hatte. Vertraulich berührte sie, aber ganz kurz, das krause Haar der alten Dame. Verzeihung, die Versuchung war zu groß. Phänomenales Haar!

Geschmeichelt brummelte die alte Dame etwas vor sich hin, das Belindas Lob zum Schein zurückwies. Es hat gewirkt, frohlockte Belinda, als die alte Dame darauf bestand, Mark und sie zum Gartentor zu begleiten. Nur »Ich will mir noch etwas Zeit lassen«, das hätte sie nicht sagen sollen. Unzufrieden schlüpfte Belinda in ihren Mantel und überlegte, was bis zum Abschied noch zu retten wäre. Im Flur war der undefinierbare Hausgeruch beinah penetrant. Und doch fühlte Belinda: Ich muß hier in allernächster Zukunft einziehen. Ich gehöre hierhin.

*

Bleibt der Schnee etwa liegen? Hui! Es ist ganz schön heimtückisch glatt! Belinda hörte sich außerdem immer wieder »Hoppla!« rufen. Das wußte nicht einmal Mark, und Belinda nähme ihr Geheimnis mit ins Grab: Mit Absicht nämlich war sie auf dem leicht abschüssigen Weg zum Gartentor hinterrücks gegen die alte Dame gestoßen. Der Aufprall hatte die kleine Person kopfüber in die niedrige Hecke geworfen.

An ihrem Sitzplatz mitten im Ideal, zu dem sie auch manchmal »mein Original« oder »mein Zentrum« sagte, gab Belinda sich jetzt einen Ruck, mit dem sie sich aus der Novembernacht ihres ersten Besuchs in der Kubanischen Straße holte, und war wieder in der Gegenwart. Es war Januar, und wie damals schneite es heute wieder. Ganz vorsichtig, nach trockenen Wochen – günstig für die Umzüge – ganz so wie damals. Wahrscheinlich mußte sie deshalb an die alte Dame denken, was sonst nicht einmal geschah, wenn sie ihr einen kleinen Kartengruß ins Magdalenen-Hospital schickte. Die schrieben sich so nebenher, und Belinda gingen hundert andere Dinge durch den Kopf bei den üblichen herzlichen Worten: »Es hätte noch schlimmer ausgehen können, und wie beim Innenminister bestehen ja Chancen, daß Sie eines Tages ohne Rollstuhl auskommen. Im Frühjahr fangen hier die Renovierungsarbeiten an. Keine Sorge, an den Kosten brauchen Sie sich nicht zu beteiligen. Das haben Mark und ich beschlossen. Auf bald, hoffentlich. Ich habe immerzu vor, Sie einmal zu besuchen, aber zur Zeit sind unsere Terminpläne ziemlich dicht besiedelt...«

Immer noch wirkte ein Gang durchs Quartier mit seinen stillen, baumreichen Gärten und weiter, bis zu einem kleinen moosgrünen See, zurück durch das Birkenwäldchen und dann unter Kiefern wieder in die Kubanische Straße auf Belinda euphorisierend. Du hast dich geirrt, sagte sie zu Petra am Telephon. Wir sind hier glücklich. Keine Spur von Melodram. Mark ist auch glücklich, aber ich bin es auf eine besondere Weise. Manchmal besuchten Mark und sie noch die kleine, zum Glück weiterhin eher armselige Gaststätte, in der sie sich im November für ihren Besuch gestärkt hatten. Und eine besonders nette alte Dame war sie ja auch nicht, die Alte. Sie wollte nicht aus dem Haus.

Parallel zu den laufenden Ereignissen – in Nr. 12 gab es immer noch etwas umzuräumen, Belinda las die Monika-Bände aus ihrer Kindheit wieder, als Mark bundesweit für ein Feature über das Thema »Unsere Milch und der Profit« recherchierte, regelmäßige Telephonate mit den alten Eltern, die alte Dame übte das Laufen an einem Gerät mit drei Gummirollen und würde demnächst bei Bruder und Schwägerin in zwei Zimmer einziehen – parallel dazu arbeitete Belinda an einem Drehbuch. Von weitem besehen handelte es sich um ihr Thema, aber Belinda dichtete die viel zu ideale Wirklichkeit um. Das Schöne eignete sich nicht für die Kunst. Denn Belinda befeuerte das bisher unbekannte Gefühl, diesmal handle es sich bei dem, was sie schrieb, um Kunst. Ihre Hauptperson hatte, am Ziel ihrer Wünsche, gar nichts davon, jemanden reingelegt zu haben, um ihren Willen durchzusetzen. Während Belinda an ihrem Sitzplatz mit dem märkischen Blick und bei leichtem Schneefall glücklich war, drückte ihre Hauptperson das Bewußtsein nieder, sie habe ein altes Ehepaar vertrieben, und merkwürdig fremde Sätze fielen Belinda ein. So dachte die Hauptperson: Glücklich ist man immer nur auf Kosten anderer. Mein Glück ist das Unglück der anderen. Und deshalb ist mein Glück mein Unglück.

Ach, die Ärmste! In einer Schreibpause mußte Belinda lachen. Sie wunderte sich darüber, wie leicht ihr das Schreiben über einen Menschen mit schlechtem Gewissen fiel. Von jetzt an blieb der Schnee auf den beiden hohen Kiefern am Zaun der Kubanischen Straße liegen. Belinda fühlte sich als Belinda und gleichzeitig wie eine Fremde. Was für ein reizvoller Platz zum Wohnen. Aber plötzlich roch das Haus wieder. Nun, das kam manchmal vor. Dann mußte man nur ein bißchen lüften und durfte ein paar Zigaretten mehr rauchen als sonst.

Rennpferde

Ich weiß nicht, ich weiß nicht. Diemuth ließ ihren Kopf hin und her schaukeln, sie machte ein bedenkliches Gesicht. Es fiel ihr nicht leicht, der Freundin den Spaß zu verderben. Waren sie zu weit gegangen? Jetzt müßten sie das Rad zurückdrehen, oder wie man das nannte; Diemuth sah sich am Ruder eines kleinen Schiffs angesichts hoher Brandungswellen.

Melanie sah so hübsch aus, wie immer, wenn ein Brief von diesem Mann kam. Ihre Augen glitzerten und ihre Gesichtsfarbe war so rosa wie nach dem zweiten Glas Wein. Dazu kam eine spezielle Heiterkeit, eine angeregte Stimmung, und die war für Melanie so wichtig, so nützlich.

Reg dich doch nicht auf, Diemuth, sagte Melanie. Ich brauche ja nicht auf seine Bitte einzugehen.

Dieser Brieffreund, Rezzo Kutscher, hatte sich bislang mit einem Portrait Melanies begnügt, das Photo aus den sechziger Jahren in seiner schönen poetischen Sprache gewürdigt. Diemuth bekam trotz aller Heimlichtuerei der Freundin mit, daß Melanie immer einmal wieder diese Seiten hervorkramte. Vor allem anderen hatte es ihr Rezzo Kutschers Passage über ihre Schläfen und die Augenbrauen angetan. Augenbrauen wie Vogelschwingen: Diemuth fürchtete, Herr Kutscher habe den Vergleich bei irgendeinem Schriftsteller gestohlen. Ihr kam das Bild ziemlich bekannt vor.

Und nun verlangte er nach dem ganzen Körper. Äußerst problematisch.

Was tun wir, Melanie?

Ja, Diemuth, was tun wir?

Die Freundinnen teilten sich in den Rest der Zitronenspeise, kratzten ihre kleinen Schüsseln aus und leckten die Löffel ab. Diemuth stellte das Geschirr aufs Tablett und trug es in Melanies Küche, die Diemuth in Schuß hielt. Als sie nach dem Spülen mit Kaffee zurückkam, für jede von ihnen eine winzige Biedermeiertasse, sagte Melanie:

Elinor sieht mir ähnlich, ich meine, so wie ich damals war. Findest du nicht?

Ich weiß, worauf du hinauswillst, sagte Diemuth. Aber es kommt mir gefährlich vor. Alles kommt mir mehr und mehr sehr gefährlich vor.

Elinor war Melanies Nichte, und besonders ähnlich sah sie ihr nicht.

Machen wir lieber jetzt unseren kleinen Ausflug, schlug Diemuth vor. Sie hatten den Kaffee getrunken und ihre Zigaretten geraucht. Das muß ja nicht alles heute schon entschieden werden. Wir sollten es überschlafen. Vielleicht antwortest du überhaupt ein wenig zu postwendend. Männer sollte man etwas kurz halten, ich glaube, es ist gut, wenn man sie ein bißchen zappeln läßt.

Ihr Stammplatz für eine Rast, die Bank im Rondell, war heute besetzt, also zogen sie weiter.

Wird es dir auch nicht zu viel? fragte Melanie rücksichtsvoll und doch froh, weil sie heute mehr zu sehen bekäme als sonst. Wahrscheinlich würden sie bis zum Gestüt kommen. Melanie bewunderte Pferde. Sie sagte: Du sagst es, wenn es dir zu viel wird, ja?

Mach ich, antwortete Diemuth, der es jetzt schon zu viel war. Und dann fing Melanie wieder mit der Photoangelegenheit an: Elinors Gesicht ist nicht sehr deutlich auf dem Photo, wo sie in unserem früheren Garten in der Hängematte baumelt. Man sieht ihren Körper gut drauf.

Und es ist ein schöner Körper, dachte Melanie. Zu diesem Körper konnte sie wundervolle Kommentare aus Rezzo Kutschers schöpferischer Feder erwarten. Würde sie vergessen können, daß seine Verehrung in Wahrheit einer anderen gälte? Beim Wiederundwiederlesen empfände sie die stolzen Wonnen, mit denen seine Sätze über ihr Gesicht sie beglückten? Aber das war ihr Sechzigerjahre-Gesicht. Melanie hatte nicht vor, jetzt in eine trübe Stimmung zu geraten.

Das könntest du vielleicht machen. Du könntest dieses Photo schicken.

Diemuth, die es gut mit Melanie meinte, bekam verfrüht auf Tee und Mürbgebäck Appetit. Es handelte sich um einen dringend nötigen, ein lebenswichtiges Ritual erhaltenden Appetit, doch sollte er sich erst gegen halb fünf einstellen. Sicher wollte Melanie die Pferde sehen. Diemuth sprach laut, denn Melanie war auf ihren Spazierwegen immer ein Stück vor ihr:

Es bleibt natürlich riskant. Riskant wars von deinem ersten Brief an.

Im Aufsatz habe ich schon als Schülerin geglänzt,

rief Melanie vergnügt nach hinten. Ich freue mich schon auf die Pferde. Hoffentlich ist nicht wieder dieser Beinamputierte da.

Laß ihn doch. Wahrscheinlich beneidet er Geschöpfe mit vier Beinen, wo er selber nur noch eins hat. Diemuth unterdrückte die Bemerkung, der Beinamputierte und Melanie besäßen gewisse Ähnlichkeiten.

Mich stört er, sagte Melanie. Ich kann mir nicht helfen, ich finde so ein hochgestecktes Hosenbein unästhetisch. Warum nimmt er nicht den Rollstuhl?

Das Schwitzen, die Anstrengung des Gehens, Melanies unbefangene und nicht sehr menschenfreundliche Angewohnheit, manchmal einfach das Nachdenken zu unterlassen! Diemuth seufzte laut. Nicht mehr lang, und mir platzt der Kragen, dachte sie.

Du schnaubst schon wie ein Pferd. Melanie lachte. Kannst du noch? Würdest du lieber umkehren?

Das würde ich allerdings, gab Diemuth zu. Vor allem jetzt, wo ich ihn schon von weitem erkennen kann, deinen Liebling, den Beinamputierten. Da vorne auf dem Querweg hüpft er schon herum.

Also gut, machen wir kehrt, entschied Melanie. Ich habe sowieso jetzt eine Idee für meine Antwort an Rezzo Kutscher. Ladies first gilt diesmal nicht, werde ich schreiben. Zuerst schicken Sie eine Photographie. Oder so: Ladies first, ja, so ists besser. Zuerst bekommt die Lady ein Photo zu Gesicht. Auch Ihr Portrait nämlich hat mich neugierig auf den ganzen Mann gemacht. Findest du das anzüglich?

Ziemlich, sagte Diemuth. War es gut, daß Melanie den mißmutigen Ausdruck im Gesicht ihrer Freundin, die hinter ihr ging, nicht sehen konnte? War es auf die

Dauer hilfreich, Melanie immer und ewig zu schonen? Vielleicht nicht. Etwas patzig sagte Diemuth: Dein Störenfried, der Einbeinige, du solltest ihn bemitleiden. Er kat keinen, der ihn in einem Rollstuhl herumkutschiert. Er nicht. Jeweils gab Diemuth dem Personalpronomen einen besonderen Akzent.

Man kann nicht ständig vergleichen und bedenken, wie viel besser als andere man dran ist, man kann nicht immerzu gerecht sein, Diemuth. Auf die Ärmsten dieser Welt wird man, nimm nur die Schreckensnachrichten aus der gestrigen Tagesschau, man wird auf sie eigentlich geradezu wütend. Melanie philosophierte bequem vor sich hin, und Diemuth schnaufte und schwitzte hinter ihr her. Wütend, ja, und zwar, weil sie unser Gewissen belasten. Weil wir, durch sie gestört, immer wieder unsere Vergnügungen und daß wir genug zu essen haben und all das, ein Dach über dem Kopf, weil wir ihres Elends wegen uns selber als unmoralisch empfinden sollen. Also, was kann ich dazu, daß es auf diesem Globus nicht gerecht zugeht? Ich könnte mal solche Gedankengänge in einen Brief an Rezzo Kutscher reinbringen. Ja, das sollte ich.

Du hast auch dein Päckchen zu tragen, sagte Diemuth. Ich wollte dich mit diesem Beinamputierten nicht verletzen.

Hast du gar nicht, und von meinem Päckchen wird Herrn Kutscher gegenüber kein Wort verloren. Melanie klang streng und entschlossen.

Ich weiß, ich weiß, beruhigte sie Diemuth. Aber ich weiß nicht, wie das demnächst mit euch beiden weitergeht.

Das ist ja das Spannende daran, rief Melanie, die

wieder ganz lustig geworden war. Es ist wie in einer Fernsehserie, man weiß nicht, was die nächste Folge bringt. Außerdem kann man jederzeit Schluß machen.

Es wird doch darauf hinauslaufen, daß er dich eines Tages treffen will. Eine pure Brieffreundschaft wird ihn mit der Zeit langweilen. Und dann braucht er Zunder, irgendwas Neues, warnte Diemuth.

Aber Melanie wiederholte, man könne plötzlich Schluß machen. Einfach Schweigen. Aus und vorbei. *DALLAS* hat auch eines Tages aufgehört, sagte sie.

Aber dies ist nicht *DALLAS*, sagte Diemuth. Nur noch zwei Straßen, und sie hätten das Gartentor zu Melanies Haus erreicht. Tee und Mürbgebäck, gut, es mußte zuerst noch von ihr hergerichtet und der Tisch gedeckt werden, aber schon tat es seine besänftigende Wirkung. Diemuth besann sich wieder darauf, daß es galt, Freude und ein wenig Kribbeln von Neugier und Spannung in das Leben der Freundin zu bringen. Suspense! Also, Schluß mit der Kritik.

*

Rezzo Kutscher genoß seine Eroberung, die schwärmerische und wahrscheinlich sogar ein wenig zum Schlüpfrig-Koketten tendierende Melanie Bruch. So betörend, wie er ihr geschrieben hatte, fand er ihr Gesicht zwar nicht, aber ihre Komplimente an seine Adresse vermittelten ihm die bindende Kraft der Lobhudeleien. Er hatte zu selten Glück damit, eines seiner kleinen Gedichte unterzubringen, überregional schon gar nicht, obwohl er mit dem Feuilletonredakteur seiner Heimatzeitung beinah befreundet war. Die Publikation von »Abend am Meer« nahm eine Schlüsselfunktion ein. Von diesen zwei Versen ergriffen, hatte vor einem halben Jahr Melanie Bruch nicht mehr schweigen können. Auch was seine Leserbriefe betraf, war Rezzo nie verwöhnt worden. Er hoffte jedesmal auf Reaktionen, vergebens. Seit Melanies erstem Brief hatte sich die Lage geändert. Seine Attacken gegen die Zudringlichkeit der Radfahrer, seine flammende Verteidigung des Ludwigsgartens, diverse andere Proteste und Plädoyers und Appelle ans Gewissen der Stadtverordnetenversammlung trafen bei Melanie in ein Zentrum, worin ihre eigene Empörung angesiedelt, aber sprachlos geblieben war. »Sie sind mein Sprachrohr«, hatte sie im ersten Brief geschrieben. Mittlerweile drehte sich ihre Korrespondenz kaum noch um städtische Angelegenheiten, sie war sehr persönlich geworden. Rezzo ging gern auf Melanies Anzüglichkeiten ein. Wie das alles eines Tages endete – lieber nicht dran denken. Lieber, so lang das aufrecht zu erhalten war, genießen, daß etwas Lebendiges, Spannendes, Gefährliches über seinen Alltag am Schreibtisch der Angestellten-Versicherung hinauswies. Unter einem Schild, in das die Buchstaben W – Z eingelassen waren, saß er zwischen Formularen, blickte zu Kunden auf, beantwortete Fragen, half weiter, gelegentlich auch am Telephon, und empfand, seit er hin und wieder kleine Einfälle für den nächsten Brief an Melanie notierte, kaum mehr, daß er ein rein reaktives Leben führte.

Das könnte sie sein, dachte er, Melanie, sie könnte diese ziemlich hübsche Frau sein, und blieb vor dem Schaufenster eines Antiquitätenladens neben ihr stehen, froh über seine Anonymität. Er hatte ihr eine Photographie seines Schwagers geschickt, eine aus früheren Zeiten. Keine Frau, der er begegnete, und manche könnten Melanie Bruch sein und waren es auch in seinen Phantasien, keine würde jemals plötzlich vor ihm stehenbleiben und sagen: Entschuldigen Sie bitte, aber Sie müssen Rezzo Kutscher sein. Auch seinem Schwager würde so etwas selbstverständlich nicht passieren, denn erstens lebte der Schwager in Brasilien, und zweitens: schlank war er nicht mehr. Die imponierende Haarlocke fiel ihm nicht mehr in die Stirn, sie stand als dünner Stipsel von seinem nun blanken Schädel ab. Rezzo lachte in sich hinein. Er mußte an das Märchen vom Rumpelstilzchen denken.

Beim Abendessen im *SALERNO*, seinem Stammlokal, machte er sich ein paar Notizen für ein Gedicht über dieses kleine Ungeheuer, den Rumpelstilzchen-Gnom. Es war Mittwoch, und Roberto wußte, daß er heute Spaghetti Vongole haben wollte. Größere Mengen einzukaufen, war für Rezzo zu mühselig, folglich aß er im *SALERNO*. Er würde das Rumpelstilzchen als unglückliches Wesen darstellen. Über diese Grundidee kam Rezzo nicht recht hinaus. Ihm war auch mehr nach Briefprosa zumute, und er schrieb sich auf seinen Merkblock: Pferde! Reitsport! Zu lang hatte er Melanie nicht mehr von seinen regelmäßigen Ausritten auf dem Rennpferd Suleika berichtet. Melanie bewunderte Pferde, ganz so wie er, und am meisten die Rennpferde. Das war nun wirklich eine interessante Ähnlichkeit. Rezzo gönnte sich heute abend eine Grappa nach dem Essen, so gründlich freute er sich auf seinen Brief an diese Frau, und das war jetzt gleichbedeutend mit der Freude aufs Nachhauskommen. Vor den Zeiten mit Melanie ein völlig unbekanntes Gefühl.

Melanie legte eine Patience, als Diemuth mit dem Teetablett ins Zimmer trat.

Du schreibst ihm heute noch nicht? fragte Diemuth und fügte gleich eine gute Zensur hinzu. Melanie meinte, Diemuth habe wohl recht, man dürfe Männer nicht zu auffällig anbeten.

Anbeten? Ich hoffe, das tust du nicht, sagte Diemuth.

Ich kanns nicht recht ausdrücken, sagte Melanie. Es ist irgendwie so, ich habe mich selber lieber, seit ich mit ihm korrespondiere. Ich kann mich seitdem akzeptieren.

Meine Liebe, meine Arme. Diemuth sprach nicht aus, was sie dachte. Wieder bekam sie Angst vor dem vermutlich dicken Ende.

Warum habe ich nie daran gedacht, rief Melanie plötzlich. Sie mußte lachen. Ich hab nie daran gedacht, mit ihm zu telephonieren.

Ich weiß nicht, ob das klug ist, sagte Diemuth.

Warum soll es nicht klug sein? Und was heißt überhaupt: klug? Melanie lachte immer noch.

Diemuth fragte sich, ob Melanies Stimme jung genug klänge, um zum Photo aus den sechziger Jahren zu passen. Sie sagte: Nun ja, mit dem Telephonieren gingest du einen Schritt weiter. Laß alles besser so wie es ist.

Diemuth war gereizt, woran Melanies heitere Sorglosigkeit nichts änderte. Wieder mußte sie auf dem heutigen Spazierweg bis in die Nähe des Gestüts pilgern, dann umkehren, weil der Beinamputierte von Melanie gesichtet wurde. Herrliche Lebewesen wie die Rennpferde und ein Krüppel dazu, welch mißlungene Komposition, hatte Melanie bekundet, und Diemuth verkniff sich alle die naheliegenden Korrekturen des Hochmuts, der die Freundin Behinderten gegenüber blind machte.

Tee und Mürbgebäck waren zwar eine Hilfe, aber Diemuth beschloß trotzdem, heute früher als sonst aufzubrechen.

Gut, geh nur, du brauchst auch mal ein bißchen Privatleben, erklärte Melanie und versuchte mild und großzügig zu lächeln.

Privatleben! Diemuth stieß einen mürrischen Laut aus. Das heißt eben ab und zu staubsaugen, meine Kontoauszüge durchsehen, und überhaupt da und dort Ordnung machen.

Ich weiß, ich weiß, meine Liebe. Sofort hörte Melanie sich an wie eine Leidende. Ich könnte dieses Leben nicht führen, gäbe es dich nicht. Ich weiß es jeden Augenblick.

Ich machs gern, sagte Diemuth knapp.

*

Ach, verdammt, als er eine Verschnaufpause einlegte und vom Querweg aus zurück über die Wiesen schaute, erkannte er dieses leidige Frauengespann. Hoffentlich schafften sie es auch heute nicht, bis zum Gestüt vorzudringen. Sie kamen wirklich schlecht vom Fleck. Die herrlichen Pferdeleiber wollte er ungestört studieren, und er war doch auch mittendrin in einem Gedicht mit dem Arbeitstitel »Galopp durch das Abendland«, das der Rennpferdliebhaberin sicherlich mächtig imponieren würde. Beim Warten auf Inspiration konnte er wirklich keine Gesellschaft wie diese gebrauchen. Wenn es zu einer Begegnung kam, blickte die Frau im Rollstuhl so verbissen durch ihn hindurch, als wäre er aus Luft – aus schlechter Luft. Die Frau, die den Rollstuhl mühsam chauffierte, sah freundlich aus, als bäte sie für ihre Patientin um Vergebung, aber ihre Perücke saß schief, und beide Frauen waren alt. Zu seiner Erleichterung kehrte das Gespann um, und Rezzo Kutscher nahm neuen Schwung für die nächsten Hüpfschritte auf dem rechten Bein.

*

Nun gut, ich gehe dann. Diemuth riet Melanie längst mehr zu Freundschaften mit Leidensgenossen, die außerdem im Alter paßten. Der jugendliche kerngesunde Rezzo Kutscher, der ebenso gut reiten wie dichten und Leserbriefe verfassen konnte und sich in kaum noch verhohlener Verliebtheit an eine junge Frau – Melanie Bruch aus den sechziger Jahren – heranschrieb, der allein brachte das Glitzern in ihre Augen und die rosa Farbe auf ihre Wangen.

Ich gönne es ihr, ich gönne es ihr von Herzen, murmelte Diemuth in Melanies Küche, wo sie alles fürs morgige Frühstück in Melanies Reichweite zurechtstellte.

Im Wohnzimmer ließ sie die Läden herunter, obwohl es noch hell draußen war.

Sitzt du bequem? fragte sie, und dann schob sie den Rollstuhl unter die Leselampe.

Zum Wohl allerseits

Der Jugendrichter Norbert Schott war kein junger Mann mehr und doch für eine geduldige erfinderische Liberalität bekannt, durch die sich die Älteren selten auszeichneten. Was auch immer an kriminellen Handlungen auf seinen Tisch kam, er konnte es aus milieubedingten gesellschaftlichen Zusammenhängen herleiten, dann verstehen, schließlich in gnädiger Milde als Bagatelle erkennen, und alles das tat er mit Leidenschaft.

Seit das mit ihrer Mutter passiert war – Raubüberfall kleineren Formats auf die alte Dame – mußte Sybilla Schott, die Frau des Richters, mit grimmigem Kummer entdecken, daß sie ihren Mann nicht mehr gut genug leiden konnte. Nicht gut genug für eine gute Ehe. Ihren Mann als Berufstätigen. Als Privatmensch schon noch? fragte sie sich und hörte schnell auf mit dem Nachdenken, denn die Antwort fürchtete sie. Wenn der Richter beruflich sanft handelte, empfand er zu wenig Mitleid mit den Opfern. Norbert Schott hatte seiner Toleranz kein einziges barmherziges Wort über den seiner Schwiegermutter zugefügten Schock abgetrotzt.

Heureka, ich habs, rief Billa.

Sie saßen zu dritt im Wohnzimmer der Schotts. Norbert unterhielt sich mit Dirk Feinert, dem Sozialtherapeuten, seinem Lieblingsfreund. Sie erlebten ihre Klientel gemeinsam. Zuerst kam der Richter dran, sprach sein Urteil, danach übernahm in vielen Fällen Dirk Feinert die sozialisierende Betreuung. Ich profitiere noch und noch von ihm, verkündete der Richter gern immer einmal wieder. Dirk legt die Wunden offen und er verbindet sie. Dirk Feinert war siebzehn Jahre jünger als Norbert Schott.

Billa hatte sich in ihrem Sessel ein paar Meter von den Männern weggerückt und frönte ihrer Liebhaberei, dem Zeichnen. Norbert sah in ihrem Bleistiftgestrichel mehr und mehr robbenhaft aus, und Dirk ähnelte bis jetzt einer seltsamen Topfpflanze. Seine untere Gesichtshälfte bedeckte ein kurzgehaltener Bart, der schon grau wurde. Norbert schien den Jüngeren nachzuahmen. Seine Bartversuche erinnerten Billa beim Zeichnen plötzlich stark an Schwanzflossen. Heringsfarbenes Grau.

Was heißt das, dein Heureka, was hat es zu bedeuten? Der Richter blickte mit gnädig-gereiztem Blick wie für ein Kind, das man wohl oder übel von Zeit zu Zeit zu Wort kommen lassen muß, zu seiner Frau, auf nichts besonders Erfreuliches gefaßt. Er fand sie in den letzten Wochen oft schwierig, sie benahm sich komisch, vertrat andere Ansichten.

Deine Liberalität ist unter anderm ein Altersproblem, erklärte Billa.

Keine weiteren Fragen.

Des Richters Mißbehagen durchschaute nur seine Frau. Dem Freund mußte er als bestens aufgelegt erscheinen. Beide Männer gaben sich amüsiert wie über ein drolliges Haustier, skurrile Sybilla, man tat gut daran, die Sperenzien eines solchen Hausgenossen einfach als unvermeidliche Störung hinzunehmen.

Deine milden Urteile haben eine verjüngende Wirkung auf dich. Du fühlst dich jung dadurch, daß du die Leute laufen läßt. Billa strichelte an Dirks Portrait herum – mehr und mehr verlor er das Fasrige, Pflanzenhafte, bald hätte sie zwei müde graue Matjesfilets auf ihrem Zeichenblock.

Seit der Geschichte mit ihrer Mutter betrachtet die gute arme Billa unsere Einstellung skeptisch, ja, auch die deine, erklärte der Richter dem Sozialtherapeuten, der es längst wußte, oft gehört hatte, und verstand, so wie er alles verstand und in der Lage war, einzuordnen. Sie wird uns noch reaktionär, fügte der Richter hinzu. Sein Freund beruhigte ihn mit einer Epistel über die Schwierigkeit des Individuums, im Fall des persönlichen Betroffenseins Prinzipien die Treue zu halten und von sich selber abzusehen, um weiterhin gesellschaftlich zu denken.

Opfer und Täter trifft gleichermaßen Schuld. Es gibt Opfer, welche die Tat provozieren. Und Sybillas Mutter war so ein Opfer. Während Billa den Augen ihres Mannes mit kräftigeren Strichen ein kugelförmiges blödes Glotzen verpaßte, mußte sie wieder hören, die jungen Kriminellen, die ihre Mutter angegriffen hätten, litten unter Perspektivelosigkeit, Identitätsbrüchen, Desorientierung, unter dem Verlassensein von staatlichen, kirchlichen, kulturellen Institutionen, Angebotsdefiziten.

Ich weiß, ich weiß, sagte Billa, der Staat hat meine

Mutter angerempelt, und die Kirche hat ihr den Scheck aus der Tasche geklaut, das Portemonnaie hat der Kulturreferent an sich gerissen. Es waren gar nicht eure bedauernswerten Typen.

Die beiden Freunde sahen sich sehr ähnlich beim bedenklich-ironischen Blick des einen auf den andern, gemeinsam hoben sie ihre Biergläser, gleichzeitig mit den Augenbrauen.

Und wann darf man das Werk der Künstlerin bewundern? Dirk Feinert hatte mit der gönnerhaften Freundlichkeit gefragt, die er den Eltern seiner Schutzbefohlenen antat; an seine Patientenkundschaft hingegen schmiedeten ihn Aufgeschlossenheit, Interesse.

Wenn ich mit den Zwiebeln fertig bin, antwortete Billa.

Zwiebeln? Ich dachte, du portraitierst uns?

Diesmal machte der sonst so bewunderte Sozialtherapeut sogar auf seinen Freund und Schüler, den Richter Nobert Schott, einen unbedarften Eindruck: Bei Billa weiß man nie, orakelte er, seherisch aus Erfahrung. Sie ist der Typ für Kapriolen.

Demnach ebenfalls jung geblieben. Ihr zwei seid Meister im Jungbleiben. Der Sozialtherapeut lachte, halb beruflich, er schien nicht weiter vergnügt zu sein. »Alt geworden, jung geblieben«, zitierte er und fragte: Ist das nicht Eichendorff?

Kann sein, sagte der Richter muffig. Er fand es psychologisch nie sehr gelungen, wenn der Freund den Altersunterschied zwischen ihnen herauskehrte. Ein Einfühlungsmangel.

Mörike, sagte Billa.

Na, von mir aus, wer auch immer, Billa, ich stelle bei deinem Mann keinerlei Notwendigkeit fest, gleichsam in einen Jungbrunnen zu springen, um seine Lebenshaltung aufzufrischen, zum Beispiel seine Liberalität.

Der Richter hörte dem Sozialtherapeuten jetzt wieder gern zu.

Dein Mann *ist* jung. Kopf, Herz und alle sechs Sinne, sie sind jung. Sogar der siebte. Ha ha.

Die Männer wechselten ihre Position, wuchteten sich aus den Sesseln und nahmen am Tisch mit dem Schachbrett Platz. Vorhin waren sie dort in einem Problem steckengeblieben.

Billa brauchte sie gar nicht mehr als Modelle. Jungbrunnen. Im trüben Gewässer sah Billa ihre beiden Matjesheringe obenauf treiben, schwimmunfähig. Sie arbeitete mit einem weicheren Stift an den kleingehackten Zwiebeln. Bei einem Blick auf die Freunde merkte sie, daß ihr Mann beleidigt aussah. Er konnte sich nicht konzentrieren, also hatte Dirk ihn mit einem gelungenen Zug in Schwierigkeiten gebracht, taps taps taps wichen seine Bauern weit zurück hinter die Frontlinie, und sie, Billa, war schuld daran. Deshalb wunderte es sie nicht, daß er, aus Mangel an Einfällen für seine Schachfiguren, sich an sie wandte:

Du kannst dir also dein glorreiches Heureka an den Hut stecken. Mein Verständnis für die jungen Straftäter dient nicht der Ablenkung davon, ob ich nun fünfzig oder sechzig bin. Man hats oder man hats nicht.

Wie du meinst.

Wenn du bei Tisch unserer Unterhaltung gefolgt wärst, hättest du meine geradezu bubenhafte Begeisterung mitbekommen.

Hab ich, hab ich.

Doch, sie hat dich beobachtet. Es ist Billa immer recht, wenn es zwischen uns beiden nicht um Berufliches geht, diagnostizierte der Sozialtherapeut und irrte sich nach Psychologenart. Irrte sich gründlich. Billa hatte die Freunde albern gefunden. Bald bestätigten sie sich in ihrer Begeisterung für Hochgeschwindigkeitszüge, bald für Berlin und ihre Vision von Berlin als künftiger Welthauptstadt. Als Billa jetzt wieder zu einer Feindseligkeit gegen den Berlinenthusiasmus ansetzen wollte, indem sie ihn mit den wahren Problemen des Planeten Erde verglich (dadurch werde dieser Enthusiasmus kindisch, großmannssüchtig, verwerflich, so sagte sie), riet ihr Mann:

Gibs auf. Wir wissen, daß du Schwierigkeiten hast.

Er meinte, seine Frau litte unter einem grundsätzlichen Problem, das darin bestand, sich mehrheitlichen Stimmungen und Meinungen anzuschließen. Speziell, wenn es sich um deutsche, nationale Stimmungen und Meinungen handelte. Über Berlin mußte man sowohl geschichtlich als auch emotional denken, wenn es nach ihm ging. Das Leben ist so umständlich, konnte seine Sybilla seufzen, und zwar aus banalen Anlässen, das arme Ding, und wenn der Richter sein Anrecht auf eine komplette Mahlzeit mit Suppe, Hauptgang plus vernünftiger Nachspeise geltend machte, auf eine Mahlzeit, für deren Zubereitung alle vier Kochplatten des Herds aktiviert wurden, dann beispielsweise kam sie ihm mit dieser Umständlichkeit des Lebens. Des Richters Liberalität und seine Toleranz erlitten Knackse im Zusammenleben mit Billa, und das störte ihn sehr. Sogar Selbstverständlichkeiten wie das Putzen von Schuhen, das Fingernägelschneiden, das Reinigen der Waschbecken, triviale Gebote der Notwendigkeit, über die andere Frauen kein Wort verloren, brachte Billa dazu, litaneihaft zu philosophieren; sie hielt diese Selbstverständlichkeiten für schrecklich mühselig, oder, schlimmer: der Mühe nicht wert.

Sie ist trotzdem künstlich, sie ist dein Programm, die Jugendlichkeit. Billa mischte sich wieder ein. Die Freunde, nochmals aufs Berlinthema gestoßen, hatten ein multikulturelles Traumziel und Politiker, die Weltklassekultur hautnah erlebten, angeschwärmt und sich darauf geeinigt, daß trotz des japanischen und französischen Vorsprungs der deutsche Hochgeschwindigkeitszug eines baldigen Tages als Weltranglistenerster dastehe und die Amerikaner als die Reingefallenen, weil sie sich für die texanische Strecke zwischen San Antonio und Houston gegen den Auftrag an die Deutschen entschieden hatten.

Der Sozialtherapeut in Dirk bildete sich dann aber Billas Recht auf seine Pflicht zu belehren ein:

Billa, die jungen Menschen, die deine Mutter bestohlen haben ...

Wohlgemerkt, ohne tätlich zu werden, griff der Richter ein.

Keine Körperverletzung, richtig, fuhr Dirk fort, diese jungen Menschen leben im sozialen Abseits, sie sind die Vergessenen unserer Konsumgesellschaft. Klar, daß sich in ihnen Aggressionspotential staut. Als Versager sind sie nur Lückenbüßer, Stellvertreter ...

Ja ja ja, für den Staat, die Kirche, die Gesellschaft, was immer die Gesellschaft sein mag. Vor Dirks Mund ekelte es Billa immer. Er sah den zu kleinen Schamlippen einer alten Frau ähnlich. Ringsum waren die kräuseligen Haare knapp geworden. Eine Vulva mit Glatze: Billa versuchte sich an einer Nebenskizze. Es entstand eine kleine Nebensonne rechts unterhalb der beiden befreundeten Heringe, für die sie ihre Feinarbeit an den Zwiebeln vergaß. Sie mußte an Tobias Nagler denken, einen jungen Bildhauer aus ihrem Freundeskreis. Kürzlich hatte er Billa in sein Atelier getrickst und vor einem dunkelexkrementfarbenen blockartigen Gebilde mit halslos aufgesetztem kleinen Kopf und auseinanderklaffenden Beinstümpfen ohne Füße gesagt: Das ist sie. Billa erkannte Tobias Naglers chronisch zeternde heimtückische Vermieterin. Noch sei sie aus Wachs, erfuhr sie, aber er werde sie ausstellen, in Bronze als Symbol für böse alte Frauen. Tobias' kleine Tochter stand dabei und deutete auf die Mitte zwischen den weit außen angesetzten Beinstümpfen, fragte: Ist das ihr vorderer Popo! Tobias streichelte ihr verschwitztes blondes Haar und lachte bedrückt, aber auch hämisch froh. Er hatte die Vermieterin mit Schamlippen gestraft, die wie eine Beißzange aussahen.

Der Richter richtete, den Text kannte Billa im Schlaf:

Sybillas Mutter ist das Opfer schlechthin. Schußlig und weltfremd und im richtigen Alter, nämlich hochbetagt, so verläßt sie ihre Bankfiliale, sie gleicht einem Sender, sie signalisiert jedem Kind ihre Unschuld, die eine Mitschuld ist. Die Botschaft lautet: Ich bin gutmütig, meine Zeitungen lese ich oberflächlich, über die Kleinkriminalität bin ich nicht informiert. Sie wirkt nun mal verdammt wehrlos. Ich wiederhole: Folglich fragt es sich doch sehr, ob das überhaupt noch Unschuld ist. Diese geborenen Opfer sind Mittäter, zugegeben, daß sie das nicht beabsichtigen. Aber zu gewissen Straftaten inspirieren sie, sie lenken diese Taten auf sich.

Zufriedener Gesichtsausdruck wie stets beim Dozieren, oder doch nicht? Nicht ganz, nicht nur zufrieden. Er hat ängstliche Augen, dachte Billa. Er wird jetzt richtig alt.

Mutig mutig, brillant analysiert, lobte der Sozialtherapeut. Du könntest etwas für unsere Sondernummer der »Sozial-Depesche« schreiben. Thema so in etwa: »Fünf nach zwölf: Jugend in der Sackgasse.«

Mutig? Billa nahm Maß am Gesicht ihres Mannes. Er hat keine selbständige Meinung. Also ist er feige. Mir gegenüber fällt ihm alles verdammt schwer, was mit Gnade zu tun hat. Vor der einfachen Arglosigkeit meiner alten Mutter fürchtet er sich wie der Nachbarshund, diese riesige Dogge, vor einem winzigen Pekinesen. Jeden Gangster, der meine Mutter hinterhältig anfällt, könnte er höchstpersönlich beauftragt haben.

Während die Freunde, grüblerisch bei einem neuen Konzentrationsanlauf übers Schachbrett gebeugt, bis zu Billas nächster Störung schwiegen, schlug sie ein paar Blätter vom Zeichenblock um und probierte auf einem neuen leeren Blatt, die zwei als menschliche Lebewesen zu zeichnen. Sie dachte an Tobias Naglers Vermieterin und seine Rache an ihr. Aber Körper bekam sie nicht gut hin, nur die ausgebeuteten, feuchten, schlappen Teesäckchen zwischen den Beinen gelangen bestens. Die beiden netten, von ständigen Überfällen erschöpften Frauen fielen Billa ein, ihren US-Shop gaben sie nun definitiv auf.

Die Frauen vom US-Shop geben auf, erzählte Billa.

Spielen wir Schach oder hören wir uns den neusten Klatsch an?

Der Richter klang nicht feindselig, er lachte sogar. Wahrscheinlich befand er sich sowieso wieder auf der Verliererseite. Es war nicht sein Schachabend, nicht heute. Billa war gestern beim Ausverkauf, nach allem, was sie angeschleppt hat, könnte man denken, sie hat den Ausverkauf allein bewerkstelligt.

Sie geben auf, weil sie die dauernden Einbrüche und sonstiges Randalieren leid sind, alle diese Belästigungen. Die ganze Straße ist unsicher. Billa kam in Fahrt. Sie arbeitete wieder am Heringsmotiv, zweiter Versuch. Eine Spielhölle und zwei Trinkhallen, alles in der einen kurzen Straße. Und immer dieselben Marokkaner treiben sich beim US-Shop rum. Einen Geschäftsführer, weil er Anzeige erstattet hat, den haben sie krankenhausreif geschlagen. Auf so etwas wollen die zwei Frauen nicht warten. Sie haben Angst, wahrhaftig.

Es handelt sich um zwei nicht mehr junge Damen mit dem Charme welker Fleischpflanzen, übergärig, erläuterte der Richter dem Sozialtherapeuten, der aufgeregt über den nassen kleinen Mund züngelte, aber es sah lahmer aus als bei einer Schlange, und zu sagen fiel ihm auch nichts ein.

Sie sind müde, die zwei, kein Wunder, sagte Billa.

Ermattetes Fleisch, aber solche Schenkel. Der Richter malte eine breite Form in die Luft und zwinkerte mit dem siebzehn Jahre jüngeren Freund, der mit Anzüglichkeiten nie etwas anfangen konnte.

Die Polizei ist überhaupt keine Hilfe, haben sie mir

erzählt, berichtete Billa. Bis sie erscheint, haben sich die Marokkaner längst verdrückt. Und wenn sie schon mal geschnappt werden – drei Tage später lungern sie wieder vor dem Laden rum, wegen eines einzigen billigen T-Shirts schlagen sie die Schaufensterscheibe ein.

Billa erinnerte sich daran, daß der Entschluß, das Geschäft aufzugeben, den Frauen Mut gemacht hatte. Sie nehmen uns das nicht übel, bitte, wenn wir so reden, bitte, aber leider ist es ja Ihr Mann, der Jugendrichter, der diese Kriminellen schon nach drei Tagen wieder auf solide Leute losläßt. Es ist die Justiz, nicht wahr?

Dirk meinte, Billa müsse die armen Teufel verstehen, und Norbert warf ihr gar primitivste Ausländerfeindlichkeit vor. In diesem Moment wurstelte er sich durch ineinander verwickelte Empfindungen. Da war die Sehnsucht – unangenehm, wie recht Billa hatte – mit der Jugend des Freundes zu wetteifern. Und wie viel bedeutete ihm sein Ruf als liberalster Richter. Nur stand ihm die Gabe des Allesverzeihens, der die Gabe des Allesverstehens vorausging, seiner Frau gegenüber nicht zu Gebote. Zu seiner Überraschung, verdrießliche Überraschung, verstand er auch empörte Geschäftsinhaber. Demzufolge müßte er doch auch Billa verstehen!

Es sind Gangster im Kleinformat, ich kenne die Probleme des Viertels, Gangsterchen. Dirk lachte.

Wenn sie einen festen Wohnsitz nachweisen können, was sonst sollten wir tun, als sie freizulassen, ergänzte ihn Norbert. Und es folgte eine verständnistriefende Exegese, Analyse des sozialen Umfelds und dergleichen mehr. Die Heringe des zweiten Versuchs glichen Monstern, halb Fisch, halb Pflanze.

Die Männer widmeten sich nochmals ihrem Schachbrett, sie spielten so gut oder schlecht, wie Mischwesen aus seegrasumhangenem Tang eben spielen konnten, und als plötzlich, einem schweren Ausatmen des schwülen Tags gleich, ein Gewitterschauer niederging, hätte Sybilla sich beinah wohlgefühlt. Wie aus Versehen fühle ich mich nicht wundervoll, was für eine dumme Sache. Wenn sie sich vor den beiden in einer unsichtbaren Kapsel verschlösse, müßte es äußerst gemütlich sein. Sie dachte: Seit das mit meiner Mutter passiert ist, hoffe ich auf ein Verbrechen an Norbert, am Obermixer von Opfer und Täter. Ihm selber muß etwas passieren, damit er wenigstens meine arme unrentable, total unsensationelle Mutter mit seiner Suada über die bedauernswerten Verbrecher verschont. Damit er wenigstens ein paar Prozent Mitgefühl auf die leeren Konten der Opfer überweist.

Billa zeigte den Freunden bei Dirk Feinerts Abschied ihre Portraits. Matjesfilets mit Zwiebeln. Sie zeigte die erste, harmlosere Version. Die kleine Obszönität rechts unten beachteten beide nicht. Matjesfilets? Gute Idee. Ob jetzt nicht die Zeit dafür sei? Frische Importe aus Scheveningen. Übrigens billiger als in Holland selbst. Sehr gute Idee. Angenehm, daß die Künstlerin sich nicht Richter und Sozialtherapeuten vorgeknöpft habe.

Am nächsten Tag besuchte Sybilla Schott die Frauen vom US-Shop. Bei ihnen fragte sie sich ins Innere der Spielhölle durch: Wie man zum Chef gelange? Das erwies sich als nicht besonders schwierig. Aber der Chef betrachtete Billa mürrisch. Er hatte ein gelbliches Gesicht voller Narben, und Billa kam sich wie in einem Kriminalfilm vor.

Was heißt hier: erledigen? Welchen Job? Ich bin keiner, der Jobs vermittelt.

Am Ausgang war es dann erstaunlich leicht, zwei grinsende Burschen anzuheuern. Billa bat um einen nicht allzu brutalen Überfall und beschrieb Ort, Zeit und ihren Mann. Sie handelten eine Summe aus, und Billa fand die Burschen eigentlich ganz sympathisch, sie waren nicht anspruchsvoll. Anzahlung. Sie fühlte sich routiniert und ein bißchen benommen, wie im Rausch, wenn sie sich einen wundervollen Mantel oder, so wie neulich, eine Amethystkette kaufte. Restzahlung nach erfolgtem Tathergang. Wieder: Ort, Zeit, Datum.

Als der Jugendrichter Norbert Schott aus der Unterführung auftauchte, angelandet auf der obersten Stufe der Rolltreppe, erinnerte er wieder an ein Fischwesen, pflanzlich umgarnt, fand Billa, die ihn unter den Arkaden eines Kaufhauses gut im Blickfeld hatte. Freundlich erstaunt knickte er unter dem rechten Schwinger eines der Burschen ein, wartete mit demselben verblüfften hingebungsvollen Ausdruck auf den Empfang des nächsten Schlags, während er gleichzeitig versuchte, dienstbeflissen nach seiner Brieftasche zu greifen. Aber da sackte er vollends zusammen. In diesem Augenblick tat er Billa leid. Später nicht mehr. Passanten hatten zuerst hin- und dann schnell weggeschaut, alles spielte sich genau so ab, wie der Richter es kannte und chronisch verzieh. Irgendwas schien er verlautbaren zu wollen. Ja, er rief irgendwas. Billa stand zu weit entfernt, um auch nur ein Wort zu verstehen. Sie setzte sich in Bewegung, ganz nach Plan. Um die Grausamkeit nicht auf die Spitze zu treiben, war der nächste Programmpunkt ihr zufälliges Vorübergehen am Tatort, dann Erkennen, Helfen. Sie brauchen ein Ventil, unsere Gesellschaft ist so, gut, daß du da bist, keuchte der Richter.

Und wie denkst du jetzt darüber?

Des Richters Kollege hatte den Raubüberfall mit Körperverletzung in Noberts Sinn gnädig behandelt.

»Denn sie wissen nicht, was sie tun«, antwortete Norbert sybillinisch.

Alt geworden, jung um jeden Preis geblieben, sagte Billa. Es gibt Matjes mit Zwiebeln, kündigte sie an.

Auch der Sozialtherapeut Dirk Feinert war da. Norberts Gesicht sah wie ein vielfach zugeklebter Briefumschlag aus. Norbert selber ging so mit Briefumschlägen um. Er brachte es nicht über sich, benutzte Couverts der verschiedenen Formate wegzuwerfen, seine Sammlung dieser lazarettmäßig bepflasterten Couverts war größer als sein privater Posteingang. Er zog jetzt eine Grimasse, sah böse aus.

Kann ich nicht ein Mal pro Tag eine Mahlzeit haben, zu deren Herstellung du alle vier Kochplatten einsetzt? Sofort genierte er sich mit seinem ältlichen Gemecker vor seinem jungen Freund und startete einen Lachversuch.

Alles verstehen, heißt alles verzeihen, sagte Billa.

Sie hat recht, fand Dirk, wohl mehr, um Frieden zu stiften.

Nur, daß ichs nicht verstehe, knurrte der Richter.

Aber es ist die Saison für Matjes, erinnerte ihn der Freund.

Das Lazarettgesicht des Richters hellte sich auf.

Und sogar im Sonderangebot, sagte er, bevor er fast

zu schwärmen anfing, und er erholte sich bei der Erinnerung an sein eigenes schlimmes Erlebnis. Selbsterfahrung bringt eine Menge. Durch Theorie allein ist das nie zu schaffen, glaub mir, mein Freund. Der glaubte es ohne zu zögern und leckte die winzige Mundöffnung, schon schien er zu überlegen, wie er sich zu einem ähnlichen Unfall verhelfen könnte.

Statt eines Desserts legte Billa den Freunden ihre Zeichnung der zwei Männerkörper vor und servierte dazu Genever. Sie hatte das Blatt beschnitten, und man sah nur die Rümpfe, die morschen Baumstämmen ähnlichen Beine und die Teesäckchen. Der Richter beendete als erster das Raten:

Das sind zwei Galgen.

Du hast zwei Verbrecher aufgehängt, ergänzte der Sozialtherapeut.

Ach so? Billa war überrascht. Dann mußte sie lachen.

Mehr ihr zuliebe, mehr aus Höflichkeit als aus Interesse, wollte immerhin der Sozialtherapeut wissen, ob sie sich geirrt hätten? Er war ja schließlich, bei aller Freundschaft, immer noch der Gast bei den Schotts. Keine Galgen? Keine Verbrecher?

Man kann es auch so sehen, sagte Billa.

Künstlern gegenüber bedarf es oft einer liberalen Toleranz, die derjenigen im Engagement für unsere jungen Straftäter verwandt ist, urteilte der Richter. Prost! Zum Wohl!

Zum Wohl allerseits, rief der Sozialtherapeut.

Fährt sie mit?

Erkennst du denn die Zeichen nicht?

Endlich hatte Berthold seine Frau gefunden. Donna hörte nicht auf, hübsch zu sein, auf ihre Weise, und Berthold gab es innerlich zu, diesmal weniger stolz als bedrückt. Ihre jungen Freundinnen hatten recht. Sie umschwärmten Donna, himmelten sie an. Allerdings in letzter Zeit doch recht sporadisch. Beim Huldigen konnten die zwei jungen Frauen mittlerweile ziemlich lange Pausen ganz gut ertragen.

Donna stand grüblerisch vor ihrem Kleiderschrank. Klar, sie überlegte sich eine praktische und zugleich attraktive Kombination für den Fall der Fälle. Sofern sie die Einladung annähme. Berthold spürte einen Klumpen in der Kehle. Er wußte, Donna hatte große Lust zu dieser Reise.

Was für Zeichen soll ich erkennen?

Donna ging in die Knie. Sie hockte vor ihrem Schuhsammelsurium und begutachtete es.

Statt einer Antwort fragte Berthold nach dem Zweck von Donnas Ermittlungen im Kleiderschrank. Wie sinnlos! Wollte er sich denn durch irgendwelche

Ausreden abfinden lassen? Würden die Ausreden ihn reizen oder beschwichtigen?

Nur so, sagte Donna, man muß ab und zu überprüfen, was da ist und was fehlt.

Warum wich sie ihm aus? Warum brachte sie das Thema Reise nicht aufs Tapet? Und warum verhielt er selber sich ebenso?

Und was aussortiert werden müßte, sagte Donna. Sie richtete sich auf. Als sie stand, mußte sie sich an der rechten Schranktür festhalten. Puh, diese Hitze. Es ist einfach zu heiß für alles. Mir ists total schwindlig.

Da waren sie wieder, die Zeichen, die Donna doch erkennen müßte. Ihren ungefähr zwanzig Jahre jüngeren Freundinnen würde vermutlich beim Aufstehen nicht schwindlig.

Ich müßte zu den hellen Jeans eine tropenfarbene Bluse haben, sagte Donna. Diese hier kann ich nicht mehr tragen. Der Kragen ist völlig veraltet.

Warum gestand sie immer noch nicht ein, daß sie sich schon mit Ines und Katja unterwegs sah, jetzt vielleicht in einem Coffee shop mitten in der heißen, wüstengelben Einöde von Nevada. Die Nacht im Motel hatte sie nicht erfrischt, aber sie war guter Dinge. Ines ließ vorne an der Tankstelle die Reifen des Leihwagens kontrollieren, Katja und Donna schrieben Ansichtskarten, sie alle drei waren erschöpft und erhitzt und unternehmungslustig, vollgestopft mit Erinnerungen an Salt Lake City und neugierig auf die Weiterfahrt. Nächstes großes Ziel: Los Angeles. Sie sagten immer nur L.A. dazu, und San Francisco, das demnächst dran käme, nannten sie S.F. Berthold merkte, daß er, wenn er das Benehmen der Frauen affektiert und angeberisch fand, nicht nur abgestoßen war. Er war voller Skepsis und neidisch. Ihn hatten Ines und Katja nicht eingeladen, aber das machte ihm nichts aus. Die beiden hatten sich auf Frauen eingeschworen. Männer, einige wenige Auserwählte, fanden sie sympathisch, nett »als Person«, was immer das heißen mochte.

Am Nachmittag räumten Berthold und Donna endlich Donnas Geburtstagtisch ab, und der Satz »Erkennst du die Zeichen nicht« kam Berthold wieder in den Sinn. Obwohl alles noch so dastand wie vor acht Tagen, der volle Reichtum und Überschwang zu Donnas Ehren, fand Berthold die Geschenke plötzlich schäbig. Alle hätten sie mehr für Donna ausgeben können, ihn selber eingeschlossen. Der Glanz war weg. Am 17. schien doch der Platz für die vielen kleinen und größeren Gaben nicht ausgereicht zu haben. Merkwürdig. Es war ein blöder Geburtstagstisch.

Auffallend viel Nährcreme und so Sachen. Sachen für die Gesundheit. Selen. Vitamine, sagte Berthold. Fast taktlos, oder?

Aber Donna schien es heiter zu nehmen. Sie lachte.

Diese Nährcremes werden mich überleben.

Donna hielt Berthold einen Spielzeugwagen hin. Es war ein hölzerner Western-Planwagen, die Anspielung ihrer jungen Freundinnen auf die Reise quer durch Utah, Nevada runter zum Pacific. Ein Zettel klebte an der Deichsel, darauf stand in Katjas Druckbuchstabenschrift, umsäumt von kleinen Herzen: Beachte die Reisegesellschaft. Im Innern des Planwagens war diese Reisegesellschaft zusammengerutscht: eine Menge Marienkäfer aus Schokolade, eingewickelt in Marienkäferhaut aus Silberpapier. Donnas lustiges strahlendes Gesicht versetzte Berthold einen Stich. Mitten durchs Herz, dachte er.

Ihre Art Humor ist überhaupt nicht meine, sagte Donna. Ihr Humor ist mir völlig fremd. Sie lachte. Ich habe noch nie die Sachen komisch oder drollig gefunden, die diese zwei komisch oder drollig finden.

Aber du tust so als ob, sagte Berthold.

Wo stellen wir den auf? Er ist wirklich niedlich, dieser Planwagen, sagte Donna.

Er wird verstauben wie all der andere Kram, der rumsteht, sagte Berthold.

Er hielt, im Gegenzug, Donna eine Karte unter die Augen. Auf der Vorderseite wünschten reliefartige bunte Buchstaben »Happy Birthday«. Darunter hatte Ulla geschrieben: Bitte wenden. Die Rückseite war Ullas Geschenk. Berthold las: »Gutschein für eine Totalbehandlung bei Figaro Toni incl. Typberatung.« Ja, das war wirklich ein blöder Geburtstagstisch. Es war sogar ein gemeiner Geburtstagstisch.

O ja, mein Gutschein, rief Donna vergnügt. Wann sollte ich mit Ulla zu diesem Wunderfriseur gehen?

Berthold sah ihr an, daß sie plante: So ungefähr acht Tage vor meiner Reise wäre es günstig, damit ich mich, falls dieser Toni mich stark verändert, an mich gewöhnen kann. Und folgerichtig sagte Donna:

Ich müßte mich ja ein bißchen in meine neue Schönheit einleben, ich meine, falls ich mitführe.

Du solltest diesen Gutschein auf der Stelle zerreißen, sagte Berthold. Merkst du denn gar nichts? Schon die Apothekensachen und die Nährcremes waren nicht sehr taktvoll, aber absolut taktlos ist dieser Gutschein.

Ich glaube nicht, daß du dich in weibliche Ideen versetzen kannst.

Donna kam Berthold ein bißchen verletzt vor. Du weißt nicht, wann Frauen es gut meinen, wie Frauen normalerweise miteinander umgehen, in aller Offenheit. Ulla ist eine Freundin.

Weibliche Ideen? Diese hier ist eine einzige Kritik daran, wie du jetzt aussiehst, vor dieser Totalbehandlung. Berthold klang böse und höhnisch. Er war wütend. Mehr als über Ulla und über die Marienkäferchen und den Planwagen und Ines und Katja war er wütend über sich. Er wollte doch gar nicht seine liebe und noch immer zuversichtliche Donna betrüben, wirklich nicht. Warum konnte er nicht anders?

Ich habs doch von dir selber gelernt: Frauen sagen zu Frauen »Siehst du aber gut aus in diesem Kleid oder mit dieser Frisur«, wenn sie insgeheim schadenfroh triumphieren, weil sie die andere ganz scheußlich finden. Das weiß ich von niemand anderem als von dir, Donna.

Ach so, na ja, es stimmt wohl im allgemeinen. Donna machte eine Pause, aber dann fiel ihr ein, Berthold, als ihr Mann zusätzlich parteiisch, könne eine gute von einer schlechten Absicht nicht recht unterscheiden. Und Ulla sei wahrhaftig eine Freundin.

Ha, Freundin! Ausnahmsweise reagiere ich mit meinem weiblichen Chromosomenanteil. Und der mißtraut erst recht Freundinnen.

Berthold genoß seinen Triumph über Donnas Argumente nicht. Sie tat ihm leid. Ihre aufgekratzte Stimmung war dahin. Einsilbig verstaute sie die vielen nützlichen Geschenke dort, wohin sie gehörten, in die

Küche mit dem geschroteten Leinsamen, ins Bad mit den Nährcremes. Nur der Western-Planwagen blieb auf dem abgeräumten Geburtstagstisch übrig. Fährt sie mit? Berthold lauschte dieser Frage den restlichen Tag immer wieder nach. Wenn die Antwort *JA* lautete, hätte er nicht gewußt, warum ihn das ärgerte. Es stimmte doch: Er gönnte Donna jede denkbare Freude.

*

An den nächsten Tagen stieg der Thermometer stetig, die Nächte waren stickig und nicht erholsam.

Und das erst Anfang Juli, das kann ja heiter werden, die Hitze wird noch eskalieren, sagte Donna.

Ines und Katja hatten lang nichts von sich hören lassen. Am 2. August würden sie nach Salt Lake City abfliegen. Donna war seit zwölf Jahren nicht mehr in den USA gewesen. Ausgerechnet in Salt Lake City hatte sie damals zusammen mit einem Photographen einen Bericht über Mormonenfamilien für das Magazin einer Wochenzeitung fabriziert, und deshalb fühlte sie sich für Salt Lake City zuständig. Sogar Freunde von ihr lebten dort. Donna erinnerte sich gut an die mit niedrigen, schattenspendenden Bäumen dicht bestandene Vorstadtstraße und an das gelbangestrichene kleine Haus der Freunde. 4135 South Shanna Street. Sie tranken Kaffee aus Wien zusammen – der erste wundervolle Kaffee, seit ich durch Amerika ziehe, hörte Donna sich loben – und aßen Kürbiskuchen, pumpkin pie, sagte Donna lieber, den Amy selbst gebacken hatte, und bewunderten das Baby. Ich kenne die grausig-wundervolle Route zum Salt Lake, hatte Donna ihren beiden jungen Freundinnen erzählt. Kein Hindernis weit und breit, ich meine, so gut wie gar kein Verkehr, und trotzdem zog John den riesigen klimatisierten Schlitten genau nach Vorschrift langsam wie ein Schiff durch das trockene Meer, links und rechts der Fahrbahn flache hellgraue Einöde, ja, wie ein Meer. John war Germanistikprofessor an der University of Utah, und Amy leitete ein Haus, in dem man sich um gescheiterte Frauen kümmerte. Und dann liegt plötzlich dieser Salzsee vor euch, du merkst es kaum, wo er anfängt, vorher sah alles genauso aus, auch ohne See, flach und weißlich, aber nun ist da das Wasser, keine Bewegung. Ich kann euch sagen: Es ist einmalig. Auch gespenstisch. Donna hörte sich beim Erzählen zu, das von ihr als Renommieren gedacht und bei den Freundinnen auch gut angekommen war. Aber sie haben nicht meine Art, die Dinge zu sehen. Sie amüsieren sich über kleine Wüstentiere, sie finden sie niedlich, ich nicht, sie müssen über verfettete Frauen und irgendwelche Sonderlinge, Säufer und ihre Geschichten lachen, irgendwo auf einer heißen Holzveranda mitten in der Nacht, während ich das alles ernst finde, und wahrscheinlich ist mir das Motel zu schäbig und ich werde nicht mehr mittrinken wollen, sondern schlafen. Im Leihwagen werde ich bei jeder Zigarette, die ich rauchen will, fragen müssen: Machts was aus, wenn ich jetzt mal ganz schnell eine ganz kleine Zigarette paffe? Ines war Nichtraucherin und bekam Kopfweh, wenn geraucht wurde, und Katja konnte gut darauf verzichten. Und morgens komme ich schwer in Gang, dachte Donna. Sie zählte ab, wie viele Beutel Leinsamen sie für fünf Wochen mitnehmen müßte. O nein, das würden zu viele, und außerdem wäre es peinlich, wenn bei einer Flughafenzollkontrolle, eingeklemmt zwischen die Freundinnen, ihr Kofferinhalt offenbar würde. Verdauungsprobleme müßten anders gelöst werden. Ich muß auch endlich Medikamente abzählen. Donna vernahm innere Befehle. Sie konnte sich nicht dazu aufraffen, sie auszuführen. Es war einfach zu heiß für alles. Sie stellte den Ventilator an, setzte sich so in den Sessel, daß der laue Wind sie zwischen Kinn und Schultern umsäuselte, und versuchte, »Goodbye to the First Golden Era« zu lesen. Ines sprach fließend Englisch und auch Katja beherrschte es ziemlich gut. Donna glänzte mit nichts weiter als einer eindrucksvollen Aussprache, sie begann immer recht schwungvoll mit Resten aus ihrem Englischrepertoire, aber dann mußte sie aussetzen, und vor allem: die Reaktionen auf ihre Eröffnungen, die verstand sie nie. Ich bin aus der Übung, sagte sie sich. Auch in bezug aufs Fliegen mit allem Drum und Dran, mit den Check-ins und den richtigen Schaltern und Warteräumen und Boarding cards, ich bin provinziell geworden, eine träge Landpomeranze, auf Schritt und Tritt werde ich mich vor den zwei jungen Frauen blamieren, obwohl ich ganz gut bin im So-tun-als-ob, ich kann mich ganz gut salopp geben und verstellen. Und doch, ich werds spüren, daß die zwei mir unaufhörlich überlegen sind. Warum sah sie auf einmal alles, was sie im ersten Überschwang für vorteilhaft gehalten hatte, nun als Nachteil? Lag das an Bertholds fast unscheinbaren, ameisenfüßigen, winzigen Anmerkungen zu dieser Reise? Zeigten sie Wirkung, Fragen wie diese: Und deine Nerven? Vergiß nicht, deine Medikamente in Silberfolie einzuwickeln, sie vertragen nur bis zu 25 Grad. Reisefieber hätte ich ja nicht, so lautete damals ihre Antwort. Aber ihre Nerven blieben doch ihre Nerven. Und die Hitze? Du verträgst sie ja schon hier nicht, wo du dich dauernd zwischendurch abkühlen und ausruhen kannst, aber unterwegs ... sieh zu, daß die zwei die Sache nicht zu strapaziös machen. Dort wird es dauernd weit über 30 Grad heiß sein. Donna hatte gesagt: Ja, richtig! Aber 30 Grad und der Duft des Abenteuers! Suspense! Der amerikanische Westen, die Wüste! In der Fremde sind 30 Grad und mehr was ganz anderes als zu Haus. Jedoch nicht, wenn man zwei um fast zwanzig Jahre jüngeren Menschen hinterherhinkte, dachte Donna jetzt.

Vom Summen des Ventilators war sie ins Dösen gekommen. Nichts bequemer, als die Mitreise abzublasen. Und wie weich wäre ihre Stimmung, wenn sie Berthold, gleich nachher bei seiner Rückkehr aus der Kanzlei, in die Arme schlösse, noch ehe er seine verschwitzten Kleidungsstücke abgeworfen und sich unter die Dusche gerettet hätte, um ihm zu sagen: Ich lasse Ines und Katja ohne mich ziehen. Ich weiß, du gönnst mir alles, was mich high macht, aber ich mags nicht, daß du hier allein bleibst und dich in deinem öden Alltag abschuftest. Berthold widerspräche, sähe aber gerührt aus, erfreut, überrascht. Donna genoß diese Szene, fast schlief sie schon, sie merkte: Sie war kurz vor einem Traum, der Traum besetzte schon Räume ihres Bewußtseins. Da klingelte das Telephon. Katja war dran.

Donna?

Das war Katjas gewohnte Art, sich zu melden. Weiche, schmachtende Stimme, als gehe es jetzt gleich um einen geheimen Liebesschwur.

Sie redeten über die Hitze, und Donna spürte die Abkühlung durch den Ventilator nicht mehr, so heiß und im Gesicht feucht wurde sie von der Anstrengung, Katja mit katjaartigen Aperçus und samtig-anzüglicher Tongebung zu unterhalten und zu gefallen. Es wurde ein langes Telephonat, in dem die USA-Reise nicht vorkam. Beim Verabschieden fragte Donna:

Und wie weit seid ihr mit den Reisevorbereitungen?

Oh, wir sind so gut wie fertig.

Hier vor mir steht der kleine Western-Planwagen. Donna log, der Western-Planwagen war mittlerweile in der Schublade gelandet, in der Berthold und sie Bücher und Gegenstände sammelten, die eines Tages weiterzuverschenken wären.

Oh, das ist aber schön, Katja klang benebelt. Schau ihn dir oft an.

Was für ein Quatsch! Donna wurde es noch heißer. Hatten die Freundinnen ganz vergessen, daß Donna eingeladen war, mit ihnen zu kommen? Aber vielleicht entstammte Katjas weiche Verschwommenheit nur wieder einmal ihrer Neigung, die Kindliche zu markieren. Donna sollte sich also das Spielzeug oft ansehen, um ihre Vorfreude zu steigern. Demnächst riefe Ines an, und das Gespräch würde sich um Reisepässe oder sonst etwas Konkretes drehen. Katja schöbe sich dazwischen: Freu dich auf die Grizzlybären!

Kanada, wohin ein Schlenker geplant war, interessierte Donna nicht, und Grizzlybären schon gar nicht.

An diesem Abend kam es zu keiner Umarmung, als Donna Berthold begrüßte, und sie sagte nichts über die Reise, aber sie erwähnte Katjas Telephonat.

Hast du in letzter Zeit mit ihr gesprochen? fragte sie.

Ihr kam die Idee, Berthold könne gegen ihre Mitfahrt interveniert haben. Ein übler Verdacht, auch unbegründet. Berthold war kein Heimlichtuer, und hinter ihrem Rücken hatte er noch nie etwas gegen sie unternommen. Nein, er hatte nicht mit Katja gesprochen. Beim Abendessen auf der Loggia – die Temperatur wurde erträglich – und erst recht, als sie anschließend in der Küche aufräumte, packte Donna doch wieder ein starkes Verlangen nach dem Westen der Vereinigten Staaten. Cheers, sagte sie leise zu sich selber bei einem ihrer kleinen geheimnisvollen Whisky-Drinks, die ihr bei der Küchenarbeit beistanden. Cheers! Und sie war allem gewachsen, zwanzig Jahre älter als die Freundinnen, gewiß, aber mit wieviel mehr Phantasie und Überschwang und Mut ausgerüstet. Cheers! Happy landing!

*

In einer langen Schlange wartender Menschen vor der Kasse mußten Berthold und Donna im Souterrain eines Kaufhauses warten. Es war wieder heiß. Berthold hielt sein Sommerhemd und Donna ihre Slipauswahl in der Hand, ihre Einkäufe. Sie rückten zwei Schritte vor und standen nun neben einem mannshohen Spiegel.

Was ist denn mit deinen Füßen los? fragte Berthold. Da, sieh dir das an.

Bis über die Knöchel waren Donnas Füße rot, ein bißchen bläulich rot. Oberhalb waren die Beine hell. Es sah aus, als hätte sie Söckchen an.

Das kommt vom Stehen, sagte Donna und schaute nicht länger hin.

Das Blut staut sich in den Füßen, sagte Berthold.

Vielleicht bei dir auch, wahrscheinlich sogar, sagte Donna.

Als jemand, der nicht raucht, habe ich den besseren Kreislauf, sagte Berthold.

Fährt sie mit? fragte es wieder in ihm! Diese verwegen minimalen Slips schienen für die Reise nötig gewesen zu sein.

Was für ein Zufall! Beim Verlassen des Kaufhauses prallten sie geradezu gegen Ines und Katja.

Donna freut sich auf die Reise, sagte Berthold und fühlte sich edel, aber die Freundinnen sahen so frisch und hübsch aus, beide weißgekleidet, die Hitze schien ihnen gar nichts anzuhaben. Und deshalb packte ihn der Ehrgeiz, ihnen zu gefallen.

Oh, das ist toll, Donna! rief Katja. Du willst mit?

Der Planwagen genügt nicht? fragte Ines.

Die Glückskäferchen haben ihr Ziel bei dir erreicht, ergänzte Katja.

*

Donna konnte mit dem schwärmerischen Getue ihrer jungen Freundinnen nichts anfangen. Es macht mich alt. Ich fühle mich abgetakelt. Sie finden, daß ich den Gnadentod verdient habe. Donna dachte schlechtgelaunt vor sich hin, während sie zusammen mit den drei anderen zu eng aufeinandergequetscht am kleinen Marmortisch in der Schloß-Passage Espresso trank. Ausnahmsweise ließ es sie kalt, wie affektiert die Freundinnen mit Berthold poussierten und daß er selber mit ihnen herumschäkerte. Sie dachte an ihre Füße, zog sie unter den Tisch, sicher waren sie wieder blaurot vom gestauten Blut. Ines trug weitausgeschnittene Sandalen, ihre Füße waren schneeweiß, und Katja hatte nur Slipper an, ihre Haut war von den Fußzehen bis hinauf zu den Oberschenkeln – was für eine Parodie auf einen Rock! – einheitlich gebräunt.

Du bist nicht sehr gesprächig, Donna.

Stimmt was nicht?

Dürfen wir dir ein Eis spendieren?

Laßt mich doch in Ruhe, hätte Donna lieber geantwortet als: Es ist die Hitze. Sie bereute es, die Hitze erwähnt zu haben. Obwohl sie jetzt Feindseligkeit und Ekel gegenüber Ines und Katja und außerdem Neid und ihr eigenes Versagen empfand, dachte sie doch wieder an die heiße, noch immer lockende Fahrt durch Nevada, geradeaus nach Westen, dem Pazifischen Ozean entgegen. Gleichzeitig fiel ihr ein, wie schlecht ihr, seit sie nicht mehr jung war, ein mürrischer Gesichtsausdruck stand. Sogar ein ernstes Gesicht sah schrecklich aus, in ihrem Alter. Lächeln! Donna lächelte. Sie vermutete, daß das Lächeln etwas schief ausfiel, wie bei einem ängstlichen Menschen, der auf einer Behörde nichts von dem versteht, was ihm der zuständige Beamte vorhält.

Eigentlich habe ich es ganz gern, bis zur Schmerzgrenze zu gehen, sagte sie. Das betrifft auch die Hitze.

Oh, Donna! Nun waren die Freundinnen wieder von ihr begeistert.

Donna fügte hinzu: Aber zu Haus ist die Hitze langweilig. Hier in dieser Stadt, hier, wo es sowieso langweilig ist. In Nevada, noch ungefähr 100 Meilen entfernt von der nächsten Tankstelle, da ists interessant, bis zum Verglühen!

Wieder erntete sie bewundernde *OHS* und *AHS* und

DONNAS, aber immer noch blieb alles, was die Einladung zur Reise betraf, im Nebel dieser freundlichen Bekundungen, Donnas Originalität sei köstlich. Komm mit, wenn du willst. Oder: Es ist genug Platz im Auto. Das war das am wenigsten Schwammige zur Sache. Ja, plötzlich war sogar genug Platz auch für Berthold. Ach, Frauen! Sie konnten hundertmal behaupten, sie interessierten sich nur für Frauen und Männer könnten bestenfalls »als Person« nett sein, manche waren sogar »ganz toll« oder »richtig süß«, und Katja malte bewußt aus der Sicht einer Frau Vegetatives in Acryl, während komplementär dazu Ines über weibliche Ästhetik schrieb, aber kaum tauchte ein Mann auf, da verwandelten diese Frauenfrauen sich auch schon in Turteltauben, wurden kokett und anfällig für die trivialsten Komplimente und hundertprozentige Weibchen. Donna wußte nicht mehr, was sie denken sollte.

Brechen wir auf? fragte sie Berthold.

Einverstanden, sagte Berthold.

Abschiedsküsse, zärtliche Blicke, alles anstrengend. Donna saß trübe auf dem Beifahrersitz. Berthold pfiff gutgelaunt immer wieder die beiden ersten Takte von Beethovens 5. Sinfonie, wenn er nicht andere Verkehrsteilnehmer verfluchte.

*

Fährt sie mit? Berthold beobachtete Donna. Sie studierte die Stempel in ihrem Reisepaß, sie prüfte das Ausstellungsdatum. In der Kommodenschublade mit der Ausschußware des Weiterzuverschenkenden fand sie schließlich, wonach sie suchte. Sie fischte zwei Karten heraus. Berthold legte seine Zeitung auf die Couchrampe und trat hinter sie. Donna betrachtete Ullas Gutschein für eine Totalbehandlung beim Figaro Toni und schob ihn in die Schublade zurück. Dann nahm sie Katjas Zettel in die Hand, auf dem es um die glückbringende Reisegesellschaft der Marienkäfer aus Schokolade ging. Ich wußte nicht mehr, wie eindeutig ich eigentlich zu dieser Reise eingeladen bin, sagte Donna. Es ist nicht besonders eindeutig, oder?

Es ist weibliche Ästhetik. Berthold lachte.

Ist es eindeutig oder nicht? Donna brauchte eine klare Auskunft. Berthold überwand sich und sagte: Du kennst doch die zwei. Du weißt doch, wie sie sind. Sie haben es gern nebulös und geheimnisvoll.

Bin ich nun eingeladen oder bin ichs nicht?

Du bist eingeladen.

Ich finde, es klingt jetzt mehr so, als hätten sie es erstens vergessen und zweitens… na gut, sie haben nichts dagegen, wenn ich mitkomme.

Im Gegenteil: Hast du nicht gesehen, wie fanatisch sie dich angehimmelt haben?

Ja, aber es hat alles nicht so recht Hand und Fuß oder wie soll ich sagen. Ich meine, verglichen mit Ullas Gutschein ist nichts präzise, was von Ines und Katja zu dieser Reise je geäußert wurde. Außerdem hätten sie mich ja längst mal fragen müssen: Fährst du nun mit? Was ist?

Fährt sie mit? Berthold wußte nicht, wie er gleichzeitig Donna und sich selber helfen könnte.

Du fährst mit, wenn du es wirklich dringend willst.

Und wer zahlt?

Du zahlst selber.

Ach Berthold! Donna drehte sich voll zu ihm herum.

Sie lehnte ihren sommerheißen schmalen Körper mit dem wie bei Negerkindern angeschwollenen Bauch gegen seinen. Sie hatte nur ein dünnes kleines Hemd an und darunter einen von den Striptease-Nachtclub-Slips, dem heutigen Einkauf, und Bertholds Oberkörper war nackt. Beide waren sie ein bißchen feucht vom vielen Schwitzen. Du bist furchtbar lieb zu mir, irgendwie gütig, sagte Donna, den warmen Mund in der Grube zwischen Bertholds Hals und Brustbein. Ich liebe väterliche Männer, weißt du. Ich finde dich richtig souverän.

Fährt sie mit? Es scheint so. Sie fährt mit. Berthold fand sich nicht besonders souverän.

Der eine Träger ihres weiten, tief ausgeschnittenen Hemdchens war über Donnas Schulter gerutscht, und ihre linke Brust kam zum Vorschein. Berthold mußte an Donnas Reispuddings denken. Diese Brust machte einen hilflosen geschwächten Eindruck. Donna hatte neulich, als Bertholds Sozius mit seiner Frau bei ihnen zu Abend gegessen hatte, die vier Portionen ihres Reispuddings, vier flache unstabile Hügel, mit den Worten »Sehen die Himbeeren in der Mitte nicht wie Brustwarzen aus« aufgetischt, obwohl Berthold ihr vorher eingeschärft hatte, merkwürdige Kommentare ausnahmsweise zu unterdrücken. Die Brustwarze bei Donna war jetzt nicht wachsam aufgerichtet, sondern etwas eingeknickt, und der Anblick widerspiegelte die laienhaften und ein wenig rührenden, nicht sehr talentierten Resultate von Donnas Ambitionen beim Garnieren ihrer Nachspeisen.

Sie aßen in der Pergola zu Abend, obwohl es da zu warm war, aber Donna hatte gesagt: Spielen wir mal ein bißchen Süden. Südstaaten. Georgia. Alabama.

South Carolina. Daß sie nicht in die Südstaaten fahren, ist eigentlich ein Nachteil. Es ist blöd, es ist ein Jammer drum. Mississippi, Tennessee. Ich hätte Lust auf üppige schlingpflanzenreiche Abende, furchtbare Schwüle, auf Leute, die auf den Treppenstufen ihrer Holzveranden sitzen und Dosenbier trinken, und auf Baumwollplantagen.

Die trockene Hitze wird dir noch eher bekommen als das Südstaatenklima. Mehr fiel Berthold dazu nicht ein. Gerade noch hatte er Donnas Salat rühmen wollen: Er erinnert an die Salate, die wir damals immer in Spanien hatten. Er verlor die Lust zu dieser Rückblende und hörte wieder das »Fährt sie mit«-Gesumm. Lästig wie eine beginnende Mittelohrentzündung.

Du hast recht, sagte Donna. Sie klang nicht mehr unternehmungssüchtig, sie klang fast streng: Und ich werde nicht mitfahren. Ich bin zu alt. Nennen wir das Kind doch beim Namen. Ich bin zu alt, basta.

Du bist nicht zu alt. Bertholds Herz tat einen Hüpfer und wußte nicht, wohin: Rauf in die Kehle? Abwärts in die Magengrube?

Ich werde hinter ihnen herhumpeln. Ich werde das dritte Rad am Wagen sein.

Sie verehren dich, sagte Berthold. Und ein drittes Rad wäre nicht schlecht. Dritte Räder werden gebraucht. Es werden vier Räder gebraucht.

Na siehst du, und du wirst nicht dabei sein. Du wärst das vierte Rad.

Ich möchte nicht dabei sein. Berthold sagte die Wahrheit. Diese Reise war überhaupt keine Versuchung für ihn.

Donna hörte auf zu essen und redete, die Gabel erhoben, predigermäßig: Ich werde nicht zeitig vor den täglichen Abfahrten aufs WC können und all das. Mein Englisch ist nichts mehr wert. Andauernd, für jedes Schild und für jede kleinere Schrift brauche ich umständlich meine Lesebrille. Ich hab diese roten Füße, ich kann mich überhaupt nicht mehr ohne Strümpfe blicken lassen. Um jede Zigarette, die ich rauchen will, muß ich ein höfliches lächerliches Gesäusel machen. Ich finde andere Sachen interessant oder komisch als die zwei. Meine Frisur ist nicht wetterfest. Ich werde dauernd erhitzt und häßlicher sein als die beiden, und überhaupt, ich bin dermaßen anders. Ich bin zu alt.

Du bist nicht zu alt, aber die zwei sind zu jung, sagte Berthold. Er war traurig und hauptsächlich erleichtert. Übrigens, dein Salat, er ist erstklassig. Erinnert mich an deine spanischen Salate. Weißt du noch? Spät abends, der alte Sandsteinbalkon, wir hatten uns nach dem Baden nicht abgetrocknet.

Donna wirkte etwas abwesend, als sie sagte: Ja ja. Ungefähr zwanzig Jahre her.

Wir könnten selbst was unternehmen, sagen wir: im September. Berthold fühlte sich wieder etwas unsicher.

Ich bin zu alt. Donna schien mit sich selber zu sprechen.

Du bist so alt wie du bist, weil nämlich die Zeit vergeht und weil jeder Mensch jeden Tag einen Tag älter wird, sagte Berthold. Über dein Alter kannst du lamentieren, wenn du eines Tages wirklich alt bist.

Ines und Katja sind jünger.

Sehr gut beobachtet.

Als wir damals in Spanien waren und diesen Salat aßen, haben sie noch mit Puppen gespielt. Hab ich dir erzählt, daß ich mich neulich total verhauen habe? Der junge Photograph, mit dem ich diese drei Museen abgeklappert habe, kannte frühere Sachen von mir nicht, und ich sagte wie gewöhnlich: Ja, damals sind Sie noch in den Kindergarten gegangen. Darauf erklärte der Bursche mir doch: Damals war ich noch gar nicht geboren. Und etwas später hat die dicke biedere Matrone, die Kustodin, zu mir »Wir sind ein Jahrgang« gesagt. Einfach furchtbar. Und Ines und Katja haben meinen Salt-Lake-City-Bericht nicht gelesen. Alle diese Dinge finde ich reichlich kränkend.

Berthold fühlte sich wie ein Mensch, der nach unsicherem Hin und Her wieder in vertraute Gefilde zurückkehrt. Da klingelte das Telephon.

Wer geht ran? fragte Donna.

Berthold opferte sich. Er kam bald zurück und erzählte: Es war Amy. Sie haben dort erst sechs Uhr morgens …

Six a.m., unterbrach Donna ihn. Schon sah sie wieder nach Reiselust aus, übereifrig.

Etwas mürrisch fuhr Berthold fort: Sie dankt dir für deinen Brief. Hast du dich etwa bereits bei ihr und John angekündigt?

Nicht direkt, nur so halbwegs.

Nun, sie sind im Begriff, sich scheiden zu lassen. Kein pumpkin pie.

Kein Wiener Kaffee. Zu Bertholds Erleichterung lachte Donna. Es schien sie nicht sonderlich zu berühren. Also setzte er freundlich und weil er ein redlicher Mensch war hinzu: Aber sie sähe dich sehr gern wieder und John ebenso. Und das Baby von damals habe soeben irgendeinen Baseball-Orden gewonnen.

Muffins, sagte Donna. Sie blickte gedankenverloren vor sich hin. Sie war doch wieder unterwegs.

Was ist mit Muffins?

Ich dachte gerade: Andererseits äße ich schrecklich gern mal wieder Muffins in irgend so einer Frühstücksbar. Ich fand sie nie besonders gut, aber die mit Heidelbeeren gespickten, sie hatten was.

Fährt sie mit? Am nächsten Tag fragte Katja am Telephon. Wir wollen demnächst buchen. Sie hörte sich hauchend an wie mitten in einem Liebesakt. Wir kriegen einen enorm günstigen Tarif, Pakistan Airways. Fährt sie mit?

Ich glaube nicht, sagte Berthold. Aber besser, ihr fragt sie selber.

Von seinem Stehplatz am Telephon aus konnte er bis zu Donnas Bett sehen, tagsüber ein Ruhelager mit indianischer Decke. Am Kopfende stand, seit wann denn, der Western-Planwagen, das Spielzeug. Da hielt es Wache, dicht neben Donnas Träumen. Fährt sie mit?

Sie ist schon abgefahren, sagte Berthold.

Zwei Konfirmanden

Meiner auch. So gings mir mit meinem auch.

Damit hatte ich nun schon ein paarmal auf Walburgas Berichte reagiert. Diesmal auf ihre Bekundung, von allen Konfirmanden sei ihre Tochter die Schönste und Ernsthafteste gewesen.

Donald auch, wiederholte ich, obwohl ich es wirklich nicht genau wissen konnte.

Wir haben einige ganz ähnliche Erfahrungen gemacht, mit diesen beiden Konfirmationen, du hier, ich dort, sagte Walburga und mußte lachen. Jedes Zusammensein mit ihr wird durch ihre Veranlagung zu kurzen Lacheinschüben unbeschwert. Ich fühle mich wohl mit ihr, und Donald, obwohl er darüber nicht redet, geht es auch so. Nach fast einer Stunde waren wir fertig mit dem Betrachten der Photos. Walburga hatte sich mit zwei schweren ledergebundenen Alben abgeschleppt, und sie müß immerhin zweimal umsteigen, am Bahnhof in den Bus, und hat dann noch ein Stück Fußweg bis zu uns. Für jedes Bildchen war ihr eine den Schnappschuß kommentierende Unterschrift eingefallen. Sie ist eine treuherzige gutmütige Person ohne jedes Talent für Verlegenheit oder Argwohn. Sogar auf den Photos, die sie zusammen mit ihrem Mann zeigen, sieht sie unschuldig aus. Auf dem einen blickt sie schmachtend, die frisch Verliebte spielend, zu ihm hin, auf einem andern lacht sie, während sie ihre Hand unter sein Jackett geschoben hat. Das ist ihre Begabung, herzliche Unschuld, sogar mittendrin in einem Ehebruch. Wahrscheinlich ruht sogar auf ihrer unseriösen Liebesaffäre so etwas Unerklärliches wie Gnade. Vorhin, als Donald nicht im Zimmer war, ist sie ein paar Minuten lang traurig gewesen, denn sie liebt ihren Mann und sie will ihn nicht betrügen, aber kaum ging ich auf diese Stimmung ein, da hat sie sich auch schon gewandelt, und sie rief:

Vermutlich bin ich einfach der Prototyp für Seitensprünge. Es geht nicht sehr tief, fürchte ich. Sie lachte. Hoffe ich!

Zu schade, daß du nicht auch photographiert hast, sagte sie, die vom frühen Morgen bis in die abendlichen Abschiedsszenen der Gäste den Tag von Corinnas Konfirmation dokumentiert hat. Corinna ist ihre älteste Tochter. Walburga wird sich die gleichen Umstände in zwei Jahren bei Anne machen, Corinnas jüngerer Schwester. Walburgas schwungvolle Mitwirkung an ihrem Familienleben ist durch kein noch so aufregendes Ereignis zu beeinflussen. Kein Liebhaber könnte sie davon abbringen, bei Familienfesten wild drauflos zu photographieren.

Donald macht sich nichts draus, er läßt sich nicht gern photographieren, sagte ich. Und so bis ins Allerletzte vergleichbar sind die Situationen ja nun auch wieder nicht. Diesmal lachte ich zuerst. Ich wollte auch nicht allzu ernst sein bei dem, was ich nun mitteilen mußte: Er war mir den ganzen Tag irgendwie heilig vorgekommen. Er sah so sanft aus. So irgendwie nach Heiligem Geist und Oblaten und Kirchenliedern.

Walburga mußte wieder lachen. Über mich lacht sie oft, über meine Ansichten weniger, mehr darüber, wie ich sie äußere, aber niemals tut sie es hinterhältig. Sie ist nicht meine einzige Freundin, die jünger ist als ich, erheblich jünger, aber nur bei ihr fühle ich mich vor heimlicher Schadenfreude in dieser aussichtslosen Konkurrenz sicher. Bei ihr übertreibe ich sogar mein Alter. Ich rede von den Schrecken des Alters. Sie schaudert und lacht. Als wir die Photos betrachteten, zeigte sie mir ein paar Frauen, die so alt seien wie ich. Sie fand, die alle sähen um Jahre älter aus als ich. Ich fand das auch.

Prekär wars mit Corinnas Garderobe, erzählte Walburga. Sie wickelte sich aus ihrem langen violetten Seidenschal. Puh, es wird heiß in der Sonne.

Wir hätten längst die Markise runterlassen sollen, sagte ich und wollte aufstehen, aber Donald machte »pssst« und hinderte mich: Da drüben der Grünfink. Er versucht dauernd, sich ans Vogelbad zu wagen. Seid leise, er will baden.

Ich hab nicht gern so einen nackten Hals. Ich fühl mich unangezogen, wenn ich den Schal nicht drum habe. Walburga seufzte vergnügt. Eigentlich machen ihr alle diese Dinge nichts aus.

Und was war prekär mit Corinnas Garderobe? fragte ich.

Sie kriegt einen Busen, und zwar ist das komisch, erzählte Walburga, lange Zeit tut sich kaum was, und dann kommt so ein Wachstumsschub oder so, auf einmal legt er los, der Busen. Und wir hatten im Februar das Kleid gekauft, aber dann jetzt, im Mai, hat sie sich drin geniert. Der Busen hat sich dermaßen abgezeichnet, sie fand das nicht gut. Und wir brauchten was Neues für sie.

Lauter Parallelen. Bei Donald wars auch so. Mit dem Lachen kam ich Walburga zuvor. Meiner auch. Meiner wird auch dicker.

Aber wo denn? Sie kriegen für gewöhnlich keinen Busen, Männer. Hab nie davon gehört.

Achtung, flüsterte Donald. Der Grünfink, seid leise.

Am Bauch und so, sagte ich.

Das ist eigenartig. Walburga begutachtete Donald mit dem Blick eines Bauern auf einer Auktion, als wolle sie ihn eventuell kaufen. Meistens werden sie eher dünner in seinem Alter. Alfi ist so alt wie er, glaube ich wenigstens, und er wird dünner.

Da, rief Donald, jetzt hat dieser Spatz ihn vertrieben.

Der Grünfink saß wieder auf einem Ast in der Magnolie. Wegen der Trockenheit in diesem Frühjahr sah die Magnolie struppig aus. Die Blätter blieben klein und zusammengerollt, und dazwischen waren aus den Blüten braune hutzlige Knoten geworden, die Blütenblätter waren nicht wie sonst verwelkt ins Gras gefallen. Der Spatz badete und trank hastig und wurde dann von einer Amsel vertrieben. Die Amsel nahm sich am Vogelbad Zeit. Sie schien weder trinken noch baden zu wollen, sie genoß einfach ihren Sieg über den Spatz.

Ich bin so froh, daß du es gemacht hast, Donald, sagte Walburga.

Was denn, gemacht? Donald wehrte eine kleine Wespe ab, die zuckend in der Luft stand.

Zur Konfirmation hingegangen.

Walburga hält uns für nicht sehr religiös. Sie hält uns für Leute, die alles so ziemlich anders machen als andere. Wir nehmen nicht wie sie und ihre Familie am Leben unserer Gemeinde teil. In die Kirche gehen wir nicht, aber Walburga glaubt an meinen geheimen Draht zum lieben Gott.

Er ist sogar nachmittags nochmal hingegangen, berichtete ich.

Ganz toll, lobte Walburga.

Sie haben hier bei uns diese Sitte. Die Konfirmanden treffen sich bei Kaffee und Kuchen.

Aber das ist ja wohl anderswo auch so, meinte Walburga.

Ich dachte an die vielen Szenen von Walburgas Familienfeier auf den Photographien und an meinen ausgedehnten Spaziergang an jenem Sonntag, an dem Donald mit seiner Konfirmation beschäftigt war. Obwohl ich das Wetter von damals nicht ausstehen konnte, ähnliches Wetter wie seit langem und wie heute, sonnig, Ostwind, blauer Himmel und trotz langer Trokkenheit keine Bewölkung im Westen als Hoffnungsschimmer, kein Regen in Aussicht, empfand ich nicht den Groll gewöhnlicher Tage bei meinen Rundgängen, und mein schnelles Gehen kam mir gesegnet vor. Gesegnet. Walburga war die Richtige, um das zu erzählen. Sie verstand es, und auch, daß man es nicht erklären und nicht wirklich verstehen kann. Zwar mißbilligt sie nach wie vor, daß ich Donald allein hatte gehen lassen, aber sie verstand es. Ich habe mich unterwegs frei gefühlt und gleichzeitig behütet: Dort mit seinen Konfirmanden tat Donald etwas für uns beide. Und wenn ich an Donalds Gesicht dachte, so wie es mittags beim Essen ausgesehen hatte, war ich gerührt, aber nicht zu Tränen, fröhlich. Er sah ruhig und inspiriert aus, wie jemand, den man eines Tages vermissen würde.

Unterdessen hatte Walburga von ihrer Konfirmandin geschwärmt. Die neue Frisur stehe Corinna erstklassig gut. Corinna werde täglich hübscher. Dann sind die Photos ungünstig, hätte ich beinah gesagt, doch wozu Walburga enttäuschen? Aber alles paßte nicht gut zu Corinna, die kurze Frisur nicht, die Aufmachung am Konfirmationstag, alles unvorteilhaft bis zu den Schuhen, sie drückte sich staksig herum, auf jedem Bild verzog sie ihr Gesicht, als werde sie geblendet. Corinna, als Portion genommen, war nicht gut verteilt. Kleiner Kopf, breite Hüften. Im dunklen Kleid mit den hellen Pünktchen erinnerte sie mich an ein Perlhuhn.

Du denkst anders drüber, oder? fragte Walburga. Du hast schon immer Anne netter gefunden, ich meine, wie Anne aussieht.

Außerdem lag nicht dieser Heiligenschein über Corinna, nicht wie bei Donald. Vielleicht war sie zu jung für so etwas. Ich sagte: Es ist ein problematisches Alter, Corinnas Alter. Die Proportionen stimmen noch nicht.

Kann sein. Aber das wächst sich aus.

Ich hatte Walburga doch enttäuscht. Mir fiel etwas ein, das wahrscheinlich sogar mit den Tatsachen übereinstimmte: Sie hat aber ein schönes Profil. Das sieht man jetzt schon. Irgend sowas wie fein. Ein feines Profil.

Sofort war Walburga mir wieder viel zu stolz, und ich sagte: Abschließend bleibt festzustellen: Für sämtliche Konfirmanden ist das Lebensalter schwierig. In keinem dieser Konfirmandenjahrgänge sieht der Mensch besonders herausragend aus. Mein Lachen steckte Walburga an bei dem Nachsatz: Das gilt auch für meinen. Meiner ist auch nicht im idealen Alter.

Das Abendmahl hat ihm ein junger Pfarrer gereicht, und der war ein Doppelgänger von Marky, erzählte ich. Das war komisch für Donald.

Marky ist mein jüngster Bruder, ein Bruder Leichtfuß mit levantischem Einschlag. Marky im Talar, Marky, der die Arme ausbreitet, um die Gemeinde mit Gottes Segen versorgt in den restlichen, den weltlichen Sonntag zu entlassen: ein guter Witz, wirklich.

Corinnas Pfarrer kam kurz zu uns raus ins »Bergfrieden«, wo wir den Kaffee hatten, mit ihm achtundzwanzig Personen, das hätte ich zu Haus nie geschafft, achtundzwanzig Bewirtungen. Ihr habt ihn ja vorhin auf dem Photo zwischen Tante Ella und meiner Mutter gesehen.

Ich sah wieder alle diese feingemachten unattraktiven Leute vor mir, erinnerte mich an Hans, Walburgas Mann, und mir fiel Walburgas Liebhaber ein und daß Hans über diese Romanze Bescheid weiß.

Hans sieht triumphal aus auf den Photos, sagte ich.

Walburga lachte und nahm sich vor, ihm das zu berichten.

Wie Dostojewski, sagte ich. Oder wie Maupassant. Ich habe im Moment keine Ahnung, wie die beiden ausgesehen haben.

Walburga freute sich, wußte aber auch, daß ich Hans hervorhob, um ihrem Liebhaber und damit ihr selbst eins zu versetzen. Sie hielt an der glanzvollen Stimmung des Konfirmationstags fest: Wir hatten ja außerdem dieses herrliche Wetter, ihr hier auch?

Viel zu trocken, es geht schon ewig so, schrecklich.

Wenn ich übers Wetter schimpfe, empfinde ich meinen Altersvorsprung. Walburga achtet nicht auf Regen- und Trockenzeiten. So war ich früher auch.

Für die vielen Kinder wars ideal, und deshalb auch für uns Erwachsene.

Achtung, der Grünfink. Jetzt wagt ers, sagte Donald.

Ich fand ihn in diesem Augenblick ein bißchen stur. Und dann war auch noch er es, der den Zwischenfall mit der alten Metzgerin anzettelte. Im Rückblick finde ich die Sache harmlos und hauptsächlich komisch, oder sagen wir: tragikomisch, wie es sich für Donald und mich in diesem Konfirmationsduett zwischen Walburga und uns gehört. Aber als es passierte, hat es mich geärgert. Donald also erinnerte mich daran, daß ich beim Filialleiter vom Supermarkt seine speziellen Hafer-Weizenriegel geordert hatte, drei Großpackungen, und heute war der Tag der Lieferung. Ich versuchte, ihn mit einer strengen Grimasse zu warnen, aber er hat nichts gemerkt oder nichts begriffen.

So was ißt er? Du magst solche Riegel? Corinna, deine Mitkonfirmandin, ist längst drüber hinaus. Walburga mußte gründlicher als sonst lachen.

Kommst du mit? fragte ich sie.

Sie kam mit. Ich wollte am Metzgereistand schnell vorbei, aber Walburga bekam Lust, sich das Angebot unserer Region zu betrachten, sie freut sich immer über die Warennamen, die anders sind als bei ihr zu Haus, und schon begrüßte mich die Metzgerin, die Donald und ich »die Alte« nennen, wenn einer dem andern von seinen Erlebnissen beim Einkaufen erzählt.

Schöne Grüße an Donald! Die Metzgerin lachte. Sie

ist eine dicke untersetzte Frau, die Probleme mit ihren Beinen hat und graue Stoppeln am Kinn wie vom Rasieren. Zähne fehlen ihr auch. Erst wenn sie lächelt, merkt man, daß sie freundlich ist. Vorher wirkt sie eingeschnappt, wie über eine gerade wieder erlittene Schikane verbittert.

Die ist aber sehr vertraulich. Walburga war verwundert und sie amüsierte sich.

Ich wußte nicht, ob ich es ihr erklären sollte, aber dann tat ich es. Walburga hat ein großes Herz und Humor.

Donald hat die Metzgerin bei der Konfirmation getroffen, sagte ich. Ich setzte noch eins drauf und ergänzte: Und wir haben sie immer »die Alte« genannt.

O je, machte Walburga. Die Alte! Hat sie einen Bart? Du liebe Zeit, diese grimmige Alte? Das ist ja gräßlich. Walburga war sehr erheitert, zugleich entsetzt. Wir standen in der Schlange vor der Kasse, und ich dämpfte sie.

Hier hören nun einmal die Parallelen auf, sagte ich. Ich schob das unordentliche Lebensmittel-Sammelsurium der vor mir stehenden Kundin auf dem Laufband bis zur Kasse und plazierte meine drei Riegel-Packungen. Ich war gereizt und ungeduldig.

Eines Tages wird Corinna auch Mitkonfirmanden treffen wie die alte Metzgerin.

Donald sieht viel besser aus, viel viel jünger, tröstete Walburga.

Was macht das schon aus, sagte ich.

Nach meiner Einschätzung des Familiengeists dort bei Walburga nimmt Corinna, ohne daß dem überhaupt so wie zwischen Donald und mir eine Diskussion vorausginge, eines Tages an ihrer Goldenen Konfirmation teil. So wie neulich Donald, aber erst nach langem gutem Zureden von mir.

Ihr Armen, ihr Lieben, sagte Walburga.

Ich fragte nicht, was sie meinte.

»Das Salz, bitte!«

Oh oh – endlich! Endlich hat er gestanden. Oh lang herbeigehoffter Moment! Endlich hat er Klarheit geschaffen. Er ist verliebt, mehr noch: Er liebt. Er liebt mich. So lang dauerte unsere Fahrt im Lift gar nicht, wir hatten nur fünf Stockwerke, wir waren allein drin, er hätte sich nicht an mich pressen müssen, aber er hat es gemacht, von der zweiten Etage an, der Kuß war wie die selbstverständliche Folge unserer Nähe. Der Kuß war die Konsequenz. So etwa vierte Etage. Oh oh. Fiona stöhnte liebesselig vor sich hin und wußte, heute könnte ihr nichts passieren. Wenn jemand eklig zu ihr wäre, oder bei Gedränge im Bus, beim Anschlußverpassen – es ginge sie nichts an. Sie befände sich mit seinem Liebeseingeständnis wie unter einer Schutzglocke. Er hat mich fast streng angesehen. Ein ernstes Gesicht, todernst. Ja, eine furchtbar ernste Sache ist die Liebe.

Frau Würzbach war dann eklig zu ihr. Bloß wegen drei Tippfehlern im Schriftsatz sollte Fiona erstens alle acht Seiten nochmals schreiben und sich, zweitens, zusammennehmen. Punkt zwei nahm Fiona ihrer Chefin übel: Es war überflüssig, daß sie immer gleich so persönlich wurde. Aber als Fiona sich gerade in der Kränkung einnisten wollte, fiel *ER* ihr ein und die Liebesoffenbarung im Lift. Oh oh – süßes Nachspielen ihrer Gefühle und seiner Gefühle gleich mit. Fiona fand seine Gefühle eigentlich interessanter und für die Phantasie ergiebiger als ihre. Er mußte sich bekennen, um nicht an seinem Begehren zu ersticken. Fiona fühlte sich von der Gürtellinie abwärts aufgeweicht und vertippte sich diesmal in jeder zweiten Zeile. Das paßte, daß er sich für heute in der Kanzlei entschuldigte. Fiona hörte etwas von Fieber, und diesem Fieber träumte sie nach beim dritten Versuch, den Schriftsatz fehlerfrei aufs Papier zu befördern. Es ist schlimm für ihn mit seiner Zeitknappheit mitten in den Dreharbeiten, diesen Tag zu opfern, für jede Rolle studiert er die Arbeitswelt und die Lebensbedingungen, in denen er agieren wird, aber heute fühlt er sich regelrecht krank. Liebeskrank, meinetwegen! Geniert er sich auch ein bißchen? Wie bewegend, das alles! Er ist noch vom Stamm der Scheuen, derer, die Gefühle und Menschenbindungen ernstnehmen. Nach dem Liftereignis wagt er sich so leicht nicht unter meinen Blick, und in seiner Gewissenhaftigkeit denkt er zugleich an seine Familie und an mich. Fiona vertippte sich. Sie erinnerte sich seiner Worte. Mitten im Kußprozeß, seine Lippen auf ihren, hatte er gefragt: Verliebst du dich in jeden Freund? Ein eigenartiger Satz. Er hielt sie für ringsumher von Freunden umschwirrt. Ein Kompliment! Nein, lautete ihre Antwort, nicht in jeden. Ich bin sehr wählerisch. Sie hatte gelacht und fest damit gerechnet, unwiderstehlich auszusehen, die personifizierte Verführung. Und wie stand es bei ihm? Er war ja berühmt, kannte hundert Leute, Hunderte von Frauen, und die Schauspielerinnen, die er in Filmszenen leidenschaftlich liebte, so daß es bei Zuschauerinnen wie ihr im Publikum zu Übergriffen kam, waren schöne Auserwählte. Er erzählte von einer einzigen gewichtigen Affaire im Verlauf von ungefähr vierzehn Ehejahren. Seine Worte: Ich konnte die Sache aber unter der Decke des Familienlebens halten. Und er glaube nicht, daß ihm das gleiche mit ihr, Fiona, gelinge. Fünftes Stockwerk. Wir steigen nicht aus. Der Lift wird unten verlangt, dann irgendwo oben, wir fahren immer mit, jetzt reden wir kaum noch, es ist genug Platz im Lift, auch wenn ab und zu andere Leute mit drin sind, aber wir bleiben dicht voreinander stehen.

Zum Glück hatte Frau Würzbach am frühen Nachmittag zwei Gerichtstermine. Fiona bat Ilse Bentler, für sie den viermal verhunzten Schriftsatz abzutippen. Hilfsdienste dieser Art tauschten sie gelegentlich untereinander aus. Mit vorgetäuschter Migräne, wundervoll beschwerdefrei, sah Fiona sich im *REX* einen Film mit Jeremy Irons an und schlüpfte nach seinem Filmtod vorzeitig aus der dunklen Kinowelt. Nochmals die Szene im Lift, nahm sie sich vor, weil die Eindrücke verblaßten. Nicht lang, und sie war wieder ganz drin. Jetzt sagte er fast streng zu ihr: Hör zu, es ist zwischen uns etwas, das einfach erledigt werden muß. Du weißt, wie das ist, wenn etwas einfach getan werden muß. Wir können uns davor nicht drücken.

Reichst du mir mal das Salz?

Fiona nickte ernst, aber einfallslos. Wenn sie ganz ehrlich war, hatte Jeremy Irons in dieser Wiederholung nicht so recht gezündet. Jetzt hatte William Holden, und zwar der William Holden aus seinen besten, den mittleren Jahren, seine Reserviertheit abgeschüttelt: O endlich, längst herangeflehter Augenblick. Todernst wie Jeremy Irons im Lift, todernst wie die Liebe, schaute er Fiona so gründlich an, als wolle er sie auswendig lernen. Welche Situation? Eine Party, es ist mitten in der Nacht, die Nacht ist sehr warm, und William Holden zieht mich, plötzlich entschlossen, von der Bar am Swimmingpool weg, er findet in der Bibliothek einen Platz, an dem uns niemand sieht. Draußen lachen und reden die Gäste. Zeitlupentempo seiner Umarmung. Sein linkes Profil, o Unterwerfung! Sein Lächeln wie ein Sprung in die Freiheit. Und Fiona war eine berühmte Schriftstellerin, die man zu den Dreharbeiten nach Hollywood gebeten hatte, weil ihr Roman verfilmt wurde.

Kann ich bitte das Salz haben?

Fiona mußte William Holden nicht erst erklären, daß die Liebe eine todernste Sache war. Er wußte das als Mann mit Erfahrungen, aber nur mit ihr erlebte er die volle Wucht dieses Todesernstes. Er gäbe viel auf, ihretwegen. Es gibt Dinge, die muß man erledigen. Sein Mund auf ihrem.

Das Salz, bitte.

Eine Feldschlucht, Arizona, gelber Sand und kaktusartige Gewächse. Zur Wüstenhitze paßt Gary Coopers Eifersucht. Mürrisch hilft er Fiona beim Absteigen vom Pferd, das Pferd bindet er an einem verkorksten Baum fest. Gary Cooper, auch einer aus der Familie der Unzugänglichen und Scheuen, war endlich so weit – o lange Wartezeit bis zu dieser erwünschten Minute unter dem Galgenbaum – und schloß mit einem bitteren, fast wirklich bösen Gesichtsausdruck Fiona in die Arme. Vor lauter Liebestodernst ruppig beim Reden weniger Sätze. Es wird Schwierigkeiten geben. Bei mir auch, sage ich ihm. Er gibt sich ungern Mühe, seine Einsilbigkeit zu überwinden: Wir sind beide nicht mehr frei. Wir müssen uns darüber hinwegsetzen. Das Unvermeidliche zwischen uns, es muß erledigt werden.

Kann ich das Salz haben?

Du bist schuld dran. Fionas Gesicht glühte. Sie war schuld dran, daß der Präsident der Vereinigten Staaten von Amerika heute schlecht Golf spielte und bald aufgäbe. Ich spiele so schlecht wie nie. Fiona genoß es, schuld dran zu sein. Die Caddies mockierten sich schon über ihn. Keine Weitschläge des Präsidenten, sein Ball zischte nicht davon, sein Ball flog nur kurz. Ihm gelang schon auf der ersten Spielbahn nichts, an ein As, so wie sonst, war nicht zu denken. Beim vierten Abschlag legte er seinen Schläger nieder, und über die dritte Spielbahn kam er in seiner schlendernden Gehweise Fiona entgegen, mit dem linken Arm winkte er den drei Partnern seines Teams Abschiedsgrüße zu. Der Präsident sah Fiona ernst an, todernst aus Liebe, aber wie aus Verwirrung, überrascht, mit Sinn für Tragikomik, mußte er dann lachen, und Fiona dachte an die Verwandlung einer Landschaft durch Sonnenaufgang. Was für ein herrlicher Platz, Kennebunkport. Fiona genoß die Gastfreundschaft der großen Familie, und seit der Präsident – ach, endlich – ihr seine Liebe eingestanden hatte, schien sie zu schweben. Als einzige aus dem Politikergefolge des Regierungschefs hatte man Fiona nach Kennebunkport gebeten, alle anderen waren nach Europa zurückgeflogen. Sie wurde geliebt! Ein von seinen Amtsgeschäften und Verantwortungen dermaßen beladener Mensch liebte Fiona! Der Boss der einzigen Supermacht gestand – wundervoller, schummriger Moment – im Wechselspiel zwischen Grinsen – der Präsident grinste mit dem rechten Mundwinkel – und ernstem Ausdruck: Du schwächst mich, Fiona. Oh, sie machte ihn schwach! Sein Herz in Gefahr, nun zusätzlich durch sie! Fiona seufzte, in Glück gebettet. Bei der Pressekonferenz hat der Präsident auf alle einen unkonzentrierten Eindruck gemacht, und niemand außer Fiona wußte dafür eine Erklärung.

Was ist mit dem Salz?

Die schönste Erklärung der Welt!

Hey! Hallo!

Hey, machte Fiona leise irgendeine atlantikferne Stimme nach. Hi! Hallo! Sie lächelte. Sie hörte jemanden in die Hände klatschen. Applaus Applaus für eine so todernste Sache wie die Liebe.

Das Salz, bitte! Diesmal hatte Helmut gebrüllt. Ach ja, Helmut Winkler. Ihr Mann. Fiona kehrte zurück, oder es sah so aus.

Wenn Miranda wirklich nett ist

Und ihr habt nichts gemerkt?

Es war der zweite Tag von Winnies Besuch bei den Hasslers, und sie saßen auf der Terrasse beim Frühstück. Noch brauchte man den Sonnenschirm nicht, aber es würde wieder heiß, und auch die Markise war schon heruntergeleiert.

Ihr habt nichts gemerkt? Es ist euch nichts aufgefallen? Diesmal klang Miranda gereizt, und Kastor fing daraufhin an, vorsichtiger in seinen Toast zu beißen. Er machte ein bedenkliches Gesicht. Worauf Miranda hinauswollte, war schwer abzuschätzen, aber ihre aufgekratzte Art verhältnismäßig früh am Morgen – es war halb zehn – verhieß nichts Gutes. Ohne Winnie hätten er und Miranda bis zu dieser Stunde noch fast gar nicht ihre Stimmen benutzt. Ja, wenn euch nichts aufgefallen ist... Miranda lachte ein bißchen gehässig. Ihr seid undankbar. Wirklich undankbar.

Klär uns auf, sagte Winnie, die sich, vergnügter Mensch, der sie war und immer arglos, unbesorgt durch Mirandas Frühstücksofferte fütterte, und nach ihrer Entscheidung für Rühreier wollte sie noch etwas nachdrücklicher wissen, was sie eventuell nicht gemerkt haben sollte.

Ihr habts schon gestern nachmittag und am Abend nicht gemerkt, und dabei ists bis jetzt geblieben. Mit einer Armbewegung umrahmte Miranda den Frühstückstisch, dann deutete sie über die Terrasse.

Also los, mach schon, raus damit. Kastor wollte die mutmaßliche Unannehmlichkeit hinter sich bringen.

Winnie eilte sich mit dem Kauen, um festzustellen: Markise plus Sonnenschirm, das sei ihr nicht entgangen.

Hoheitsvoll verkündete Miranda:

Ich habe erstens auf der Terrasse gedeckt, obwohl ich, wie ihr wißt, Essen im Freien und überhaupt, solche sonnigen Morgenstunden kaum aushalte. Zweitens: Ich sitze hier bei euch, und daß mir schon übel wird, wenn ich nur das Wort »Frühstück« höre, ja sogar wenn ich es nur denke, das wißt ihr von mir.

Wunderbar, du normalisierst dich, rief Winnie.

Ich esse nichts, sagte Miranda. So weit bin ich nicht gegangen. Aber ich habe mich dazu durchgerungen, euch bei diesem Frühstück Gesellschaft zu leisten.

Also gut, wir merkens jetzt. Kastor hoffte, Miranda würde sich beruhigen.

Und gestern? Miranda seufzte. Man könnte fürchten, ich hätte mich vergeudet. Alles umsonst.

Was war denn gestern, meine Liebe? fragte Winnie unbefangen. Du meinst dein nettes Kuchenangebot, und überhaupt, wie schön es war, und das Essen im »Taj Mahal«? Es war ganz wundervoll, und zu Haus werde ich sofort erforschen, ob wir auch ein indisches Restaurant haben. Zwar mag Anselm Scharfes nicht so sehr und für die Kinder ists auch nicht ganz das Richtige, trotzdem.

Ich sags euch, was grundsätzlich zu bemerken gewesen wäre. Miranda schob ihren Gartenstuhl noch ein Stück weiter vom Tisch weg. Sie redete feierlich. Ich bin netter geworden. Ich war gestern ein umgänglicher Mensch. Ich habe nicht über diesen saublöden Wetterverkäufer auf dem Bildschirm gewütet mit seinem idiotischen Stolz auf 35 Grad Celsius. Badewetter! Er wendet sich nur an Freizeitmenschen unter fünfzig Jahren. Die Menschen werden immer blöder.

Fang nicht an, nicht mehr nett zu sein. Winnie mußte lachen und jetzt Mirandas Pfirsichkompott versuchen.

Miranda schien in ihre Erinnerung versunken zu sein, sie sprach mehr zu sich selber: Allgemein betrachtet, doch, bin ich, glaube ich, netter geworden. Ich habe keine boshafte Bemerkung über die Bastelpassion deines guten Anselm gemacht.

Wir wären heilfroh, einen solchen Hans Dampf in allen Gassen hier bei uns zu haben. Einen, der im Haus alles selber machen kann.

Kastor, dem es schon lang nicht mehr schmeckte, beendete sein Frühstück mit kurzem Gurgeln seines letzten Kaffeeschlucks und brauchte sein ruhestiftendes Zigarillo.

Ich fänds unerträglich, wenn du hier dauernd auf dem Boden rumrutschen würdest, um irgendwelche Holzteile zu Möbeln zusammenzuschrauben. Oder wenn du auf die Idee kämst zu tapezieren. Einfach schrecklich.

Du wolltest ein umgänglicher Mensch sein, warnte

Kastor, aber die gutartige Winnie war, wenn man ihr Glück beim Pfirsichkompott zum Maßstab machte, noch nicht durch Kränkendes gefährdet.

Ich habe, wirklich furchtbar nett von mir, so getan, als bewundere ich den Ehrgeiz für eure Kinder, Winnie, alle diese Clubmitgliedschaften und Musikstunden, und daß ihr ein drittes Kind wollt, ich habs mir einfach angehört, scheinbar ganz gelassen. Ich habe nicht ...

Du hast uns gottlob diesmal mit der Apokalypse verschont, bravo, Applaus. Mit dem Zigarillo ging es Kastor besser. Bedenke, daß auch wir, Winnie und ich und alle möglichen anderen Leute, die Zeitung lesen.

Man muß für seine Kinder irgendwelche Einfälle haben, und es ist ein Glück, wenn sie diese Einfälle aufgreifen. Sie tuns mit Begeisterung. Winnie lachte vergnügt. Ja, stimmt, es ist mir gestern nicht aufgefallen, aber du warst ungewöhnlich sanft. Winnie lachte wieder. Übernimm dich nicht, sei du selber, kritisiere uns. Schließlich bist du meine Lieblingsfreundin.

Miranda dachte: Winnie ist es wirklich: nett. Ich wars mit Anstrengung, vorsätzlich. Sie ist es von selber. Sie hat außerdem die Kraft zu verzeihen. Oder den Humor, der zum Verzeihen gehört. Miranda rauchte jetzt auch. Sie fühlte sich erschöpft vom langen Lieb- und Nettsein und spürte in sich die schöne böse Gewalt, aus der eine hundsgemeine prinzipielle Kritik sprießen würde. Merkwürdig nur, sie hatte kein klares Ziel vor Augen. Etwas matt machte sie sich an die Kanu-Abenteuerferien, die Winnies Sohn in Südfrankreich begeisterten. Komisch, daß deine Kinder überall so gern mitmachen. Und deine Hanna mit ihrem Guitarrenkurs in Italien.

Sie lernt sogar, auf freiwilliger Basis in einem Zusatzkurs Italienisch. Winnie sagte es stolz und nahm gern noch eine Tasse Kaffee: Danke, lieber Kastor. Mach nicht dieses besorgte Gesicht. Mir gehts fabelhaft.

Deine Familie ist in Ordnung, sagte Miranda.

Sagst du das, weil du nett sein willst? Winnie lachte. Ja, sie ist in Ordnung.

Deinen Kindern wird nichts zustoßen. Keine Drogen, kein Alkohol, kein Aids, sie sind nicht zu verführen, sagte Miranda. Alles ideal. Erst recht dein Anselm.

Und erst recht ich selber. Winnie wurde immer fröhlicher. Kastor sah, trotz Zigarillo, düster vor sich hin. Er überlegte, ob er aufstehen sollte. Es war ihm danach, sich zurückzuziehen, doch ein Pflichtgefühl hielt ihn fest. Jemand mußte die Kontrolle behalten. Leider schien das er zu sein.

Miranda, gibs auf, sagte er.

Aber was denn? fragte Miranda. Ich bin doch nett.

Ja, was denn? Sie war ja wirklich nett. Niemand wußte mehr, was Miranda aufgeben sollte. Auf einmal war keinem am Frühstücksplatz mehr wohl, sogar Winnie nicht, die mit einem verwunderten Ausdruck und wie nach innen blickend sagte: Puh, ich weiß gar nicht, was los ist. Ich fühle mich sonderbar. Der Kopf und der Magen. Jetzt gehts mir wie dir, Miranda, schon vom Wort »Frühstück« wird mirs schlecht.

Komm komm, lach wieder, drängte Miranda. Es ist das Wetter. Bitte Winnie, lach doch wieder!

Ach, und wie ernst sie das meinte, wie dringend sie es wünschte!

Sarah

Insekten funkelten in der Sonne, und aus den Baumkronen schnalzten und schrien große Vögel.

Das macht schon keinen mitteleuropäischen Eindruck mehr. Schließ die Augen und du denkst, du wärst im Urwald. Dieser Hochsommer hat etwas Gefährliches. Was meinst du? Phoebe wartete nicht auf Damians Reaktion. Warum ihn überanstrengen. Er war nicht gern so gesprächig wie sie, außer wenn es um Tatsachen ging. In der Literatur wäre diese Hitzeszene wunderschön. In einer Erzählung aus den Südstaaten, Georgia, South Carolina, sagte Phoebe. Nach einem giftigen Gezeter der Vögel fuhr sie fort: Wie im Dschungel. Oder im Vogelhaus vom Zoo. Auch genauso heiß. Es ist, als würden wir fremde Leute spielen. Wir brauchten jetzt Getränke. Sie lachte. Ich meine: *DRINKS*.

Heute kommt keiner, oder? erkundigte sich Damian.

Keiner, antwortete Phoebe.

Die Suttners versuchten, wenigstens am Vormittag beim Spiel »Hochsommer« mitzuhalten; was Phoebe betraf: unter Aufbietung ihres besten Willens. Deshalb verbrachten sie diese Stunde ausnahmsweise nicht im Haus. Sie lagerten auf ihren ausklappbaren Gartensesseln an der Stelle des Gartens, wo sich die Schatten der Kiefer mit denen von Taxus und Hainbuche zusammentaten. Auf eine solche Situation hatte Damian lang gewartet, Phoebe lag nicht gern im Freien, und sie dachte: Es tut ja richtig gut, ihm zuliebe etwas wie ein Opfer zu bringen. Lichtflecken schaukelten sich durch die Laub- und Nadelzwischenräume, zuckten umher.

Nein, wenn nicht du jemanden erwartest, dann kommt heute keiner. Hierbei handelte es sich um eine rhetorische Bemerkung Phoebes. Damian lehrte Betriebswissenschaft. Studenten aus dem Reich der Geisteswissenschaften waren eine andere Spezies, und gestern hatte Sarah ihre Professorin Phoebe besucht. Sie wurden, Damian einbegriffen, immer vertrauter miteinander. Sarah, in Briefen keck, war als Gast zuerst schüchtern geblieben, aber man mußte auf der Hut bleiben, manchmal lancierte Sarah kleine Angriffe, wurde spitz und eine Spur zu ehrlich. So hatte sie es doch, ausgerechnet nach spöttischen Bemerkungen über die angeblich stockkonservativen Zeitungen der Suttners, gewagt, darum zu bitten, von Phoebe oder Damian übermorgen zum Flughafen gefahren zu werden. Sarah hatte bei einem Ferienjob in einer Möbelfirma Geld für drei Tage Dublin verdient. Damian war stumm geblieben, und Phoebe hörte sich noch bei der Ausrede: Ich werde im Kalender nachsehen, aber ich glaube nicht, daß wir Zeit haben. Sarah war zu intelligent, um die Lage nicht zu durchschauen. Sie hatte gelacht. Ihr wollt natürlich nicht. Na gut. War auch unverschämt von mir zu fragen. Ich könnte deine Mutter sein, also benimm dich. Phoebe hatte aus purer Koketterie den leidigen Altersunterschied von beinah dreißig Jahren wieder einmal hervorgekramt, sie wünschte wirklich keine realistische Vertiefung, aber brutal und lustig korrigierte Sarah: Ihre Mutter sei zwölf Jahre jünger als Phoebe. Doch machte sie alles wieder gut mit kritischen Seufzern über diese Frau, ihre Mutter, die nicht auf ihre Figur geachtet hatte und sich trotzdem in schreckliche Radlerhosen zwängte, sie sprach vom fetten Hintern ihrer Mutter und beteuerte Phoebe, sie sähe viel besser aus und könne jede jugendliche Aufmachung riskieren.

Daran dachte Phoebe jetzt gern zurück. Die Frage nach der Fahrt zum Flughafen schien Sarah im Verlauf des gestrigen Nachmittags vergessen zu haben. Während eines Spaziergangs mit Phoebe beschäftigten Sarah die vier bis fünf jungen Burschen, die augenblicklich als potentielle Liebhaber im Rennen waren. Sarah quälte sich, seit die Suttners sie kannten, mit der Anstrengung ab, sich für verliebt zu halten. Sie wollte unbedingt verliebt sein.

Hast du gemerkt, Damian, sie macht sich, die kleine Sarah, sie macht sich raus. Phoebe redete vor sich hin. Angeblich hatte Damian nichts gemerkt. Phoebe redete weiter: Früher war sie unscheinbar, ein bißchen pummelig. Ich wundere mich über mich selber, Damian. Denn ich mag sie, obwohl sie hübsch ist. Ich habe sie wirklich gern, und gestern fand ich sie zum ersten Mal fast mehr als hübsch. Phoebe wunderte sich noch mehr über sich selber, als sie hinzufügte: Fast mehr als hübsch und außerdem beinah dreißig Jahre jünger. Ich frage mich, warum ich sie trotz solcher

Qualitäten wirklich mag. Es ist selbstlos von mir. Oder, im Sammelsurium meiner übrigen Alterserscheinungen, eine Wende?

Von Damian kam nichts, doch spürte Phoebe seine Aufmerksamkeit. Die galt nicht ihrem Problem. Damian konzentrierte sich auf Sarah. Aha, sie war also hübsch, mehr als hübsch. Wenn er es vorher nicht bemerkt hatte, so wußte er es jetzt. Auf Phoebes Geschmack verließ er sich ganz und gar. Natürlich war sein Ausdruck geistesabwesend, ganz in Ruhe gelassen von jeder Neugier markierte er den Unbeteiligten. Wieder verwundert über ihre Selbstvergessenheit fuhr Phoebe fort: Sie hat etwas Ungewöhnliches. Eigentlich sind ja Menschen ihrer Generation völlig andere Menschen als wir, Damian, unsere Studenten sind eine neue Kreation, stimmts? Aber Sarah gehört immerhin zur altmodischen Sorte, sie interessiert sich für Literatur, wenn auch gottlob nicht für deutsch-nationale Themen. Und trotzdem, auch sie ist ein ganz anderer Mensch. Sie denken anders, sie handeln anders, sie reden anders. Sarah hat nicht das mindeste übrig für die Literatur dieser altgermanischen Knacker unseres Alters. Phoebe lachte rachelustig. Sie lehrte Anglistik und Komparatistik. Bei ihr überholten die ausländischen Schriftsteller mit weitem Abstand ihre deutschen Kollegen. Sie sieht nicht deutsch aus, Sarah. Sie sieht keltisch aus, was meinst du?

Ich frag mich, wann wir diese sogenannten drinks kriegen. In Virginia hätte ich längst einen netten kleinen Rausch.

Wollte Damian nun auch in Äußerungen beweisen, wie kalt ihn Phoebes Huldigungen an Sarah ließen?

Phoebe besorgte die Getränke – Whiskey mit Eiswürfeln und kaum Wasser hielt sie für stilgerecht – und sagte: Es gefällt mir auch sehr, daß sie nicht braungebrannt ist wie die übrige Hochsommergesellschaft. Wer hätte das gedacht, sieh da, auf einmal ist die kleine Sarah eine ansehnliche junge Frau. Sie hat schön geformte Arme, fand ich.

Interessiertes Knurren von Damian diesmal. Warum hörte Phoebe nicht auf, ihm von Sarah vorzuschwärmen? Sie sagte sich: Als Verstandesmensch bin ich selbstverständlich ein eifersüchtiger Mensch, bin es immer gewesen. Sie wunderte und redete sich weiter. Entdeckte sie womöglich die beste Methode gegen Eifersucht? In den kühlen Jahreszeiten konnte man nie viel von Sarah sehen, sie war immer so unübersichtlich angezogen, immer diese vielen Sachen übereinander und untereinander, Jacken, Blusen, irgendwie alles falsch rum, aber gestern, in diesem klaren Kleid ohne Schnickschnack und ohne Ärmel ... das hat sie so unzeitgemäß gemacht, dieses Kleid in dunklem Violett, war nicht auch etwas Braun drin? Siehst du das auch vor dir: ein praeraffaelitisches Gemälde? He, Damian, cheers! Sag was. Siehst du das vor dir?

Wenn du meinst.

Was heißt: wenn du meinst. Du mußt doch selber was meinen.

Ich habs bisher nicht vor mir gesehen.

Sie könnte auch eine Figur von Gustav Klimt sein. Phoebe freute sich darüber, wie schnell in dieser Hitzestimmung mit ihrem Glühen und den Lichtsprenkeln ihr der Whiskey zu Kopf stieg. Trotz der Brille, übrigens ist das ein schönes Brillengestell, sieht fast schwarz aus, trotzdem, sie hat immer noch den vorsichtigen Ausdruck der Kurzsichtigen.

Sie hat doch wieder ein paarmal ganz stark mit den Augenlidern gezuckt, sagte Damian.

Sie saß im braunen Backensessel und sah wie ein Bild aus.

Fängst du an, ihr Portrait zu schreiben? fragte Damian.

Phoebe wiederholte: Sie sah wie ein Bild aus. Sie ist nicht auf den ersten Blick eine Schönheit, es handelt sich um etwas Raffinierteres, etwas Geheimnisvolleres. In ihrem dunkelvioletten schimmernden Kleid, das lose über ihr hing ... Hör zu, Damian, als ich ihr durch den Vorgarten entgegenkam, hätte ich beinah gefragt, ob irgendwas passiert sei, ich meine, mit dem Kleid, ich fand, sie sah so aus, als wäre sie noch gar nicht fertig angezogen... Ja, und mit der blassen Haut und dem dunkelroten dichten Haar – sie schien einfach nicht aus der Neuzeit zu stammen.

Phoebe bekam Herzklopfen. Plötzlich fiel ihr ein, daß Sarah mindestens dreimal minutenlang die Beine so ungünstig übereinandergeschlagen hatte, daß ein Bein waagrecht über dem andern, daß bis zur dunklen Nische, aus der ein bißchen Stoff leuchtete, ihre Schenkel sichtbar wurden. Gestern hatte sie den Atem angehalten und gehofft, Damian, von seinem Platz aus, erblicke nicht diese intime Tiefe. Sie schaute zu ihm hinüber, jetzt, mit dem leichten Whiskey-Nebel im Körper, und sie irrte sich nicht in seinem Ausdruck, der war aufgeweckt, täuschte keine Geistesabwesenheit mehr vor, und Phoebe verlor die Lust an allem.

Und ewig steht sie mit ihrem Vater auf Kriegsfuß, stimmt das? fragte Damian.

Was weiß ich, ja, ich glaube, ja, sagte Phoebe.

Gestern hast du noch gesagt, wie idiotisch du diesen Vater fändest, wie unintelligent es von ihm sei, sich mit seinem blöden Gezeter die Liebe solch einer Tochter zu verscherzen, sagte Damian.

Wie kommts, daß du plötzlich so gesprächig bist? fragte Phoebe.

Und mit dem Verlieben ists auch diesmal nichts Rechtes? Damian schien Phoebes Frage nicht gehört zu haben. Alle diese jungen Männer, alle unzulänglich. Mädchen sind immer ein Stück voraus. Damian seufzte.

Phoebe schwieg. Während dessen tat Damian ihr ein bißchen leid. Er hatte gewiß keinen Schimmer vom Wandel ihrer Gefühle. Warum rühmte Phoebe ihn nicht so wie gestern abend? Er wartete darauf. Damian, du, beziehungsweise Männer wie du, ziemlich viel ältere Männer mit Erfahrung und Intelligenz, sie wären das Richtige für eine wie Sarah. O ja, auf solche Verlautbarungen wartete er und war, nach allem Vorangegangenen, damit im Recht. Aber Phoebe ließ ihn schmoren. Sie dachte: Heute erst erlebt er gestern und zwar durch mich. Durch mich Idiotin mit meiner neuentdeckten Methode gegen Eifersucht. Sie entsteht ja jetzt, ich selber habe mir die Eifersucht verschafft. Neue Whiskeys? Das Fremde-Leute-Spiel? Phoebe fing an, den Hochsommer wieder so unausstehlich zu finden wie immer.

Wir sind überhaupt nicht mehr auf ihre Frage eingegangen, ob wir sie zum Flughafen bringen könnten, sagte Damian.

Das entspricht unserer Gewohnheit bei ähnlichen Ansinnen, sagte Phoebe.

So groß wäre das Opfer auch wieder nicht, sagte Damian.

Phoebe paßte auf ihre Stimme auf. Sie wollte nicht grob werden, wie sehr ihr auch danach zumute war. Es wäre verräterisch. Was ist denn mit dir los? Solche Zubringerdienste hast du doch immer verabscheut. Sie lachte. Und außerdem wimmeln zur Zeit circa sechs junge Männer um sie herum.

Ich denke, ich könnte es tun. Ich könnte sie hinbringen. Diese jungen Burschen taugen nichts, und der Vater ist ein altes Ekel.

Er ist vielleicht ein Ekel, aber nicht alt. Er ist, mit dir verglichen, jung.

Phoebe lachte wieder, aber sie fühlte sich gewürgt. Sie stand auf und ging ins Haus. In der Küche füllte sie die leeren Gläser wieder mit je zwei Eiswürfeln, drei Finger hoch mit Whiskey, und goß bis zur Glasmitte Wasser darauf. Versuchen wirs ein zweites Mal mit dem Südstaaten-Flair. Und sie nahm sich sogar vor, wieder etwas Rühmendes über Sarah aus sich herauszulocken.

Cheers, Damian. »Down on the Mississippi floating/ Long time I travelled over the way...« Phoebe hörte auf zu singen und sagte: Das Lied kommt plötzlich aus der Vergessenheit, merkwürdig. Sie trug schöne Sandalen, schwarze Bänder übereinander.

Sarah?

Wer sonst. Ja, Sarah.

Sie hat gute Fußzehen. Der zweite Zeh ist etwas länger als der erste.

Da kam sie wieder, die Empfindung der Strangulation. Phoebe sagte: Sie dürfte nur den Mund nicht aufmachen, wirklich nicht. Sie müßte immer schweigend im Sessel sitzen, sie müßte wirklich ein Bild sein. Stumm wie ein Bild. Wenn sie den Mund aufmacht, ists aus. Schade drum.

Nun ja, sie benutzt das Vokabular ihrer Generation. Ist doch ganz amüsant. Damian lachte vor sich hin.

Sie macht keinen Gebrauch vom reichen Angebot der Sprache. Vor jeder Differenzierung drückt sie sich. Diese paar Modeadjektive müssen für alles herhalten. Um Gleichmut vorzutäuschen, sang Phoebe: »Oh, Nelly was my lady, last night she died/Ring the bell for Lovely Nell, my sweet Virginian bride ...« Es ging etwas anders, da war auch ein Stück Negerdialekt drin. Weißt du, Sarah ist eben doch auch nur einer dieser anderen neuen Menschen, dreißig Jahre jünger.

Das rote Haar, fing Damian an, ein eigenartiges Rot ... Damian klang träumerisch, auch erwartungsvoll. Er wünschte sich die Fortsetzung von Sarahs Portrait durch Phoebe. Er wünschte, es würde wieder wie vorhin. Tizianrot? Wie ist eigentlich tizianrot? Du hast recht, mit den Südstaaten, Sarah würde dorthin passen. Eine gewisse Müdigkeit ...

Sie ist träge, rief Phoebe. Absichtlich träge. Und ihre roten Haare, mein Lieber, sehr eigenartig! Sie sind gefärbt. Ich nehme an, Sarah ist von Natur aus das, was man aschblond nennt.

Meinst du?

Phoebe triumphierte im Innern, denn Damian hatte sich enttäuscht angehört. Immer noch tat er ihr ein bißchen leid. Ahnungslos, von jedem Wegweiser verlassen, tappte er durch den Irrgarten weiblicher Argumentationen.

Meinst du, meinst du, äffte Phoebe Damian nach. Ich weiß es. Daß sie Henna benutzt, hat sie mir selber erzählt. Puh, jetzt kommen auch noch die Wespen.

Ich denke doch, ich sollte ihr den kleinen Gefallen tun und sie zum Flughafen fahren, sagte Damian. Rufen wir sie an. Sie wird sich freuen.

Phoebe stand auf, sie kämpfte gegen zwei Wespen.

Gehst du rein? Machst du es, rufst du Sarah an? fragte Damian.

Hier draußen reichts mir, sagte Phoebe. Der Hochsommer ist schleimig und geistlos und klebrig. Ruf besser du an. Mannstoll wie sie ist, wird sie das mehr freuen, als wenn ich anriefe. Ach, was für ein endloser Sommer. Er ist unhygienisch, er ist einfach widerlich.

Phoebe sah Damian an, der die Augen schloß, womit nun er mit den Täuschungen wieder an der Reihe war. Er gab vor, schlafen zu wollen. Sie fürchtete, hinter seinen geschlossenen Lidern betrachte er Sarah im schimmernden Kleid mit den unflätig übereinandergeschlagenen Beinen und schaue in diesen dunklen Schacht. Lockender dunkler Kanal. Der mit ein bißchen Stoff verschlossene Eingang. Ganz so, wie es zum Hochsommer paßte, und zu South Carolina vielleicht, und bestimmt zu einem warmen Whiskeyrausch und dem Glitzern der Kiefernnadeln, dem zuckenden Licht im Schatten. Dahin dahin, das Fremde-Leute-Spiel! Phoebe war kein einverstandener Mensch mehr, sondern sie selber, bald unglücklich, bald nicht unglücklich.

Sarah? Hallo! Ich bins, Phoebe. Gute Nachrichten:

Damian kann dich übermorgen zum Flughafen bringen.

Sie plauderten noch ein wenig miteinander, dann besuchte Phoebe im Garten den sanft aussehenden Damian.

Sie war wirklich sehr nett, hat sich sehr bedankt, wenn auch natürlich in ihrer Minimalsprache. Phoebe lachte. Damian sagte nichts. Phoebe war jetzt nicht unglücklich. Jeder weniger kritische Mensch hätte von sich angenommen, er sei glücklich.

Ah, rief sie, jetzt hab ichs, es heißt am Schluß nicht »sweet«, es heißt »dark«. Sie sang: »Ring the bell, for lubby Nell, my *DARK* Virginian bride ...«

Ein Familienleben

Und es kam, wie es kommen mußte, es war einfach die Zeit dafür. Julians Mutter rief: In diesem Ort lacht dauernd jemand. Ob Tag, ob Nacht, alles ein blödes Gelächter. Die Frauen gickeln und gackern wie Hühner, denen man Amphetamine ins Futter gestreut hat, die Männer röhren, nachdem sie einen ihrer dummen unanständigen Witze gemacht haben und genießen den Beifall der Frauen, alles furchtbar. Warum haben lachende Erwachsene so furchtbar häßliche Stimmen.

Das ist der Wein, wir sind in einem Weinort, und die Leute sind fröhlich. Lenk nicht ab. Julians Vater klang warnend. Er wollte weitermachen. Die tägliche Schlamperei seiner Frau so gründlich wie immer durchnehmen.

Aber die rief: Warum hat es mich in dieses schreckliche weinselige Kaff verschlagen! Ich sehe aus dem Fenster, morgens um sieben baut schon der ausbeuterische Photohändler seine Gestelle auf die Straße und packt sie mit Filmen voll, freut sich auf alle die Idioten, die in Kürze sich selber und die Mosel abknipsen. Warum nur bin ich hier?

Warum nur schaffst du es nicht, eine Mahlzeit

pünktlich auf den Tisch zu bringen? Wieder mußte Julians Vater sein Frühstück wie ein Verhungernder in sich hineinschlingen.

Ich habe in diesem grauenhaften Ort sehr schlechte Nächte, wie du weißt. Nachts die angesoffenen Touristen, morgens die Kinder mit ihrem Lärm auf dem Schulweg.

Ach was, die Kinder sind auch dran schuld? All deine wundervollen kleinen Philosophen, sieh mal an. Zum ersten Mal hörte Julians Vater sich rachsüchtig vergnügt an. Mach doch autogenes Training und geh sie durch, deine schönen Sprüche.

Julians Mutter war als Laienpsychologin, die sich in Kursen hochgearbeitet hatte, eine Art Kinderforscherin.

Sag dir also vor: Da gehen sie hin, diese Wunder der Schöpfung, die noch reinen Kinder, denen das aristotelische Staunen und Sichverwundern die Welt erschließt und die noch keine Erziehung seelisch-geistig verstümmelt hat. Ehe der Jammer des Erwachsenseins auch sie packt und zähmt und reduziert und wasweißich, und sie ihre herzliche Anteilnahme verlernen.

Der Papi hatte versucht, die säuselnd predigende Stimme der Mami, wenn sie Vorträge hielt, zu kopieren. Die Nachgeahmte aber fuhr in voller Fahrt auf der Schiene der Ortsbeschimpfung weiter: Und will man endlich in der Nacht einschlafen, dann stoßen wieder ein paar Männer ihre unästhetischen, absolut unappetitlichen Lachsalven aus, und die dummen Gänse, ihr weiblicher Anhang, diese Zimtziegen, quietschen Beifall. Ich halts nicht aus.

Unerwartet wandte sie sich zum ersten Mal an diesem Morgen Julian zu, wobei sie einem Menschen glich, der zu spät gemerkt hat, daß ein Fremder mit am Tisch sitzt, ein unbeteiligter Lauscher wider Willen. Mit Anstrengung beherrscht sagte sie zu ihrem Sohn: Das hatte doch eine schöne Moselreise werden sollen. Wir habens für dich getan. Sie mußte kichern: Keine Moselfahrt aus Liebeskummer.

Julian wußte, in diesem Sommer der alarmierenden Dürre – seit März keine nennenswerten Niederschläge – wollte sein Vater ihn in den unterschiedlichen Pegelständen, Schiffahrtsbedingungen von Flüssen unterweisen. Allen Ferien, zumindest als deren Begleiterscheinung, wurde ein Lehrprogramm mit Lernziel unterlegt. Wissensvermehrung als Basis, lautete das Programm. Der Rhein: wasserarm. Niedrigwasser floß lahm dahin und umspülte hellsandige Inseln, weit ins Strombecken vorgeschobene Ufer. Die Mosel: gestaut und deshalb gleichmäßig mit bräunlichem Wasser angefüllt. Die Eltern hatten im besten Hotel die einzige Suite gebucht, ein kleines zweistöckiges Haus im Haus, eine Hausparodie, mit Kochnische – Julians Vater wollte von den Hotelmahlzeiten unabhängig bleiben – und mit einer Wendeltreppe, die vom Flur hinauf in eine Art Kirchenraum führte, der aber wie ein Rittersaal eingerichtet war. Im Hotel stank es schon morgens nach altem Fett. Es drang durch die schwellenlose Tür in ihre Suite.

Und du? Sagst du gar nichts? Sprache verloren? Julians Mutter lachte zwar, aber Julian konnte ihre abgewetzte, aufs Erbärmlichste heruntergerutschte Stimmung spüren, und aus dieser niedergewalzten abgewirtschafteten Gemütsverfassung, die sie wehrlos machte, erwuchs jedesmal Feindschaft. Nur in ihrer Wut fühlte die Mami sich dem Familienleben gewachsen. Julian ahnte, daß er, ihr Sohn, in ihren überschwenglichen Kindertheorien nicht vorkam. Sie hatte sich zu spät an diese kleinen Wunderwerke und Genies und Zwergphilosophen herangemacht, ihr eigener Julian schien das Alter des hesiodianischen und aristotelischen peripathetischen Sichverwunderns von der Mutter unbemerkt hinter sich gebracht zu haben.

Sag auch mal was. Zur Abwechslung.

Ja, könnte nicht schaden. Könnte durchaus nicht schaden.

Für diesmal Einigkeit der Eltern.

Warum machen wirs mit dem Essen wie zu Haus und ihr redet drüber, wie es mit Mamis Mahlzeiten klappt, fragte Julian, der keine Lust zu reden hatte. Er fand, hier im Hotel hätten sie sich das öde heimatliche Konfliktpotential nicht vorknöpfen müssen. Sie hätten es umgehen können. Ihr Frühstück könnten sie sich in den bedenklichen Rittersaal bringen lassen, auf die Minute pünktlich. Acht wuchtige Sessel um sie herum, ein schwerer Kronleuchter über ihnen, Holztäfelung dunkel ringsum an den Wänden, einige Schwerter, aber auch Geweihe, Kerzenständer und ein gefälscht antiker Kamin mit Kupferplattendach: Das war die einschüchternde Kulisse, in der das Reizklima ihres Familienlebens sich zur Groteske entwickelte.

Es riecht schon wieder nach diesem grauenhaften Fett. Julians Mutter riß das Fenster auf. Sofort schwoll die vorher gedämpfte Touristenheiterkeit von der Gasse herauf an und drang in den Rittersaal ein. Das ist die trostlose Alternative, sagte Julians Mutter. Dann schon lieber Fett.

So ist das Leben, sagte Julians Vater. Oder?

Reisen wir ab, schlug Julians Mutter vor. Sag du was, Julian. Diesmal beäugte sie ihren Sohn betschwesterhaft, als sei er ein Priester, und sie erwarte Wegweisung von ihm.

Ist nicht nötig, sagte Julian.

Was nicht nötig sei, wollten die Eltern wissen.

Vorhin hatten sie ihm, beinah schwülstig die Mami und streng der Papi, gesagt, nur seinetwegen blieben sie noch zusammen. Hielten Julian zuliebe die Ehe aufrecht, spielten Familie so gut es eben gehe, und erstaunlicherweise erinnerten sie sich jetzt sofort an diese feierlichen Sätze.

Nicht nötig, wiederholte Julian, den die Verfügungsgewalt über seine Stimme verwunderte. Er mußte aufs Clo. In der engen, dunkelblau gekachelten Kabine quollen durch die vier Lamellen der Entlüftung, an denen auf einer Fettschicht Staub klebte, der Fettgestank und das Stimmengewirr aus der Hotelküche. Julian wäre lieber dort unten gewesen.

Und unsere Gesellschaft lebt in vollem Einverständnis mit dem Alkoholismus. Jeder Gastronom wünscht sich Trunkenbolde als Gäste: Das war die Mami.

Versteht sich deshalb seit Menschengedenken von selber: der Papi. Aber da ist er ja zurück, dein kleiner Philosoph.

Du kannst dir deine Ironie sparen, sagte Julians Mutter. Julian ist kein Kind mehr. Ihr Gesicht wurde tückisch-froh, folglich mußte eine Bosheit sie von innen erleuchten. Ihr Kopf erinnerte an einen ausgehöhlten Kürbis, in dessen Innern eine Kerze glomm. Sie sagte: Und außerdem, gut denkbar, daß wir beide ihn aus seiner besten Zeit des philosophischen Welterkennens gerissen haben. Julian, trotzdem, würdige das, wenn du kannst: Deinetwegen bleiben dein Vater und ich zusammen. Bilden für dich dies hier – sie beschrieb mit ihrem weichen molligen weißhäutigen Arm einen müden Bogen, der den Rittersaal aufwertete, hin und zurück – ja, dies hier: Familienleben.

Nicht nötig, wiederholte Julian diesmal so, wie er es beabsichtigte: mißmutig von oben herab.

Vergaßen die Eltern ihre Zankereien? Die zwei schrecklichen Wörter ihres Sohns, sein kaltes »nicht nötig«, paßten sich in den steinalten, steinharten Streit ein wie das Teilchen, das vorher im Puzzle gefehlt hatte. Fast kam es einer Erleichterung gleich, zwei Spieler waren endlich am Ziel, das Puzzle war komplett und zu einem wenn auch unschönen Bild zusammengefügt.

Und zu wem würdest du gehen wollen, wenn ...

Julian fand, seine Mutter sähe plötzlich wie eine junge Studentin aus, die spannende Zukunft vor sich nach dieser letzten Examensfrage. Zu keinem von euch beiden, dachte er, und »Mal nachdenken« sagte er.

Sein Vater riß das vorher von der Mami wütend geschlossene Fenster wieder auf, denn die Mami rauchte, und zwar so fanatisch andächtig, als inhaliere sie Gras zusammen mit einer göttlichen Botschaft.

Wohin? Zu wem? Zur Mami? Julian fand sie unzuverlässig, und sie redete viel Quatsch, ihre Launen änderten sich sprunghaft, und sie war selten klug. Ewig provozierte sie das Gequängel übers Essen. Immer verspätet und nie die Diät, auf die ihr Mann Wert legte. Zum Papi? Er war oft ein netter Mann, aber doch ein Fremder. Auch ein Spielverderber. Julian hatte vor diesen Flußerforschungsferien einen Vorstoß gewagt und mitgeteilt, er gedenke, mit ein paar Freunden aufs Geratewohl in einem Camper Richtung Süden zu fahren, eventuell bis in die Türkei. Während die Mami sich darauf beschränkte, ihn als ihren reizenden Einzelgänger zu verherrlichen und »seit wann hast du Freunde?« zu fragen – Julian hatte keine, aber mit den drei Burschen loszuziehen, entbände ihn von dem Ferienfamilienleben – meldete der Vater sich mit ernüchternd realistischer Abwehr zu Wort: In jedem gottverlassenen Winkel auf diesem Globus wirst du dasselbe machen wie in Wolfsburg, die Disco, die Pizzeria, das Rumstehen in der Anlage und ein bißchen da- und dorthin Streunen zwischendurch. Was der Vater nicht verstand, war das Atmosphärische. Selbst wenn Julian einen ganzen Tag im Bett verbrächte, in einem Bett in Indianapolis oder in Brindisi oder im Camper, draußen Ausland, vielleicht die Türkei, egal – das Bewußtsein der Fremde würde für ein Hochgefühl sorgen, es würde genügen, und es wäre total anders als Wolfsburg. Du kannst ebensogut rüber nach Hildesheim fahren. Der Vater hatte nicht recht. Und doch entschied Julian sich für ihn, bei dem er bleiben wollte, falls die Eltern ernst machten und sich auf sein Gewährenlassen hin trennten, was er dringend hoffte. Zum Papi, dachte Julian, weil der Papi als Parlamentarier so gut wie nie zu Haus war. Doch um seine Mutter nicht zu kränken, sagte Julian vorerst: Ich ginge wahrscheinlich zu Tante Charlotte.

Ha! Die Eltern lachten böse und herzlich, in Haßgefühlen und Spott wieder einmal vereint. Tante Charlotte, ausgerechnet! Die wird dir was husten.

Sie hat aber gesagt, wir hätten viel Spaß miteinander gehabt, damals an Ostern.

Na ja, was man so sagt. Bei uns war sie nicht ganz so enthusiastisch. Die Gute will schließlich eine Karrière als Malerin angehen und außerdem …

Julian wußte weiter. Tante Charlotte war Alkoholikerin. Wenn sie aber nicht in einer Saufphase schlingerte, kochte sie gut. Und wenn sie trank, malte sie an den ersten drei Tagen wie eine Besessene, malte wild drauflos, was für Julian interessant zu beobachten war, und dann erlaubte sie auch alles, ließ ihn ziehen, wohin er wollte, oder träumend nichts tun, und nach den ersten drei Tagen lag sie auf ihrem Bett herum und erlaubte erst recht alles, beziehungsweise sie bekam nichts davon mit, was Julian trieb. Unter solchen Bedingungen fühlte er sich selbständig und sogar ein bißchen verantwortlich, plünderte aber den Kühlschrank. Manchmal kam ihr Ex-Mann, und Julian betrachtete mit neugierigem Ekel seinen Bart, der an bestimmte Bürstenwedel in einer Autowaschanlage erinnerte. Er kam nicht los vom oberhalb des Kinnbarts freigelegten Kinn, das wie eine Geschwulst nackt, rosig, ballähnlich hervorsprang und höchst operabel aussah.

Holst du uns bitte die Zeitungen, sagte der Papi.

Julian machte einen Umweg und schaute bunt angezogenen, schwitzenden Touristen dabei zu, wie sie sich aus einem großen Reisebus aufs Trottoir fallen ließen, dann zum Bootssteg hinüberschlenderten, ihren Vergnügungsdampfer über eine schräg angestützte Holzleiter erkletterten. Die Sonne brannte auf alle die fadenscheinigen Freuden der Menschen herunter, und sogar unter den Baumschatten in der Uferpromenade war es Julian zu heiß.

Zurück in der Suite sah er vom kleinen Flur aus seine Eltern im zwei Stufen tiefer gelegenen Schlafzimmer. Sie standen in einer Umarmung da. Seine Mutter, den Bauch gegen den Bauch seines Vaters gepreßt, spreizte den Oberkörper ab, blickte dem Vater wie eine abschiednehmende Braut ihrem kriegseinsatzbereiten Verlobten verschmitzt ins Gesicht, in Nachahmung einer Filmszene. Was ging vor? Julian hatte keine Ahnung. Sie schienen jetzt sehr gut miteinander auszukommen, die beiden. Es freute Julian nicht, es ärgerte ihn nicht. Es war das übliche Hin und Her. Julian war kein Kind mehr, voll philosophischer Verwunderung. Und das hier war Familienleben.

Yesterday

Wenn Patrick bei Marie-Claire trübe Stimmung witterte, verwandelte er sich gutmütig in den Pa. Das gelang ihm nicht immer. Marie-Claires Gemütsverfassung glich wechselhaftem Seewetter, allzu oft zogen Wolken auf, fand Patrick, der sich aus seiner gleichmäßigen geduldigen Seelenlage schwer in die Verwirbelungen von Marie-Claires Hoch- und Tiefdruckgebieten einfühlen konnte.

Heute glückte es ihm, auf ihr sorgenvoll zusammengekniffenes Gesicht einzugehen, und deshalb redete er sie munter an: Na, Willi? Was hört man denn von dir? Schweigsam, Willi, hm?

Marie-Claire versuchte, die Haare so hinzukriegen wie Brigitta; nur zu, gib dir einen Ruck – und schon war sie Willi. Vorerst mit einer seiner näselnden wortlosen Mißbehagensbekundungen. Wie gut sie dieses Geräusch hinbekam und wie mindestens ebenso gut es ihrer Seele tat!

Na, was ist mit dir los? Der Pa spornte an.

Willis Äußerungen durften immer nur bruchstückhaft zu verstehen sein, er sprach sehr undeutlich: Ich suche die Maja. So viel Mitteilung drang durch. Willis

Altmännergequängel und seine gequetschte manierierte Sprechweise boykottierten, was er sonst noch vorzubringen hatte. Der Name »Maja« kam besonders gut heraus. Die gekünstelte anklägerische Stimme fiel nach der ersten Silbe von oben auf die zweite nach unten ab. »Maja« klang bei Willi wie Beschwerde und Bitte zugleich, wie Weltschmerz.

Die Biene Willi, Majas kritischer Genosse, warnte stets vor Experimenten. Als jetzt der Pa fragte, ob Willi ihm dabei helfen wolle, die Copy hinauf an ihren Winterstammplatz zu befördern – es wurde im Sommer für den Photokopierapparat in der Mansarde zu heiß – mußte ja Willi, der Skeptische und vorsichtig Bedenkliche, strikt dagegen sein, was Marie-Claire nur zu gut in den Kram paßte, denn sie hatte nicht die mindeste Lust, sich an irgendeiner, wie auch immer gearteten Arbeit zu beteiligen. Deshalb klagte Willi nach seiner gestelzten Manier: Aber die Treppe, das wird größte Schwierigkeiten geben.

Also, was getan werden muß, muß getan werden, entschied Patrick, aber er hörte sich doch noch mehr nach dem Pa an; geschickt tilgte er Willis Anwesenheit und sagte: Mariechen, sei ein liebes Kind, Marie-Clairechen, komm, hilf deinem Pa.

Marie-Claire beschloß mit aller verfügbaren Seelenkraft, unter die Gnade des Liebseins zu fallen, dank Willi stand sie ja eigentlich schon auf der Vorstufe. Fügsam wurde sie als das liebe, ein bißchen – aber bloß zum Amüsement des Pa und bloß ein bißchen – rebellische Unmutskind und schob ins Ächzen und Jammern unter der Last des Copytransports belustigende kindliche und auch keck-widerborstige Kommentare, die den Pa programmgemäß erheiterten. Sie war wirklich ein wundervolles komisches talentiertes Kind. Während dessen wußte sie immerzu, wie drollig, wie zum Erbarmen und zum herzlichen Liebkosen hinreißend es aussah, das Marie-Clairechen, Pas einmaliger kleiner Liebling, der wertvollste Schatz, den er gehoben hatte.

Von umwölkter Stimmung nichts mehr, die Sonne im Innern schien, und um so mehr, als es draußen zu regnen begann. Da, die Haustürklingel.

Ich bin ziemlich sicher, das ist dein kleiner Freund, das ist der Nachbar Florian.

Marie-Claire war geschmeichelt, einfach dadurch, daß Florian Lust hatte, sie zu besuchen. Einerseits. Andererseits kamen Bedenken auf. Weniger weil Florian lang bliebe, und Marie-Claire das Zusammensein mit ihm immer nur kurz interessant fand; für wichtig hielt sie es stundenlang, aber es wurde dann einfach ermüdend. Hauptsächlich jedoch fürchtete sie die Konkurrenz. Neulich, als Florian in seinem nicht nachzuahmenden Charme abgezogen war, hatte sich in Marie-Claire Niedergeschlagenheit ausgebreitet.

Ja, es war Florian, stolz und eifrig mit dem Keyboard im länglichen bunten Plastiksack. Er mußte aufpassen, daß das Keyboard nicht am Boden schleifte, und daher war seine kleine Gestalt schräg zur Seite geneigt.

Hast du Fortschritte gemacht?

Hab ich. Florian antwortete mit seiner reizvollen, etwas heiseren Stimme. Er war zehn. Er war richtig so, wie man mit zehn sein mußte, und dafür brauchte er sich keine Strategien zu überlegen und nicht an Mustern Maß zu nehmen. Marie-Claire hoffte, Patrick lasse sie und Florian allein im Zimmer, und das tat er. Bald kniete, bald hockte sich Marie-Claire neben Florian, der auf dem Boden sein Keyboard etabliert, den Notenständer aufgeklappt hatte. Das Heft mit den übergroßen Noten vor sich, präsentierte er, nach hastigem und wichtigtuerisch sachverständigem Gehabe beim Hüpfen seiner Finger über die Skalen der Computerknöpfchen, »Blowing in the Wind« und die amerikanische Nationalhymne, immer wieder verwarf er Tonregelungen, und die sonnengebräunten kräftigen schlanken Finger seiner rechten Hand erfreuten Marie-Claire beim Fehlermachen. Links stellte Florian das Keyboard auf wechselnde Rhythmen ein, er drückte die Finger der Linken in einen Akkord und fing auf eine unrühmlich charmante, unschuldig anzügliche Art sich zu wiegen an. Marie-Claire war gebannt von Florians eigenartigem Benehmen. Nur gut, daß der Pa nicht sah, wie wunderbar das Kind bald gravitätisch, bald fahrig im Eifer das Keyboard bediente, wie es redete und lächelte und wieder ernst aussah! Dann probten sie »Für Elise«, das Stück, das sie zusammengeführt hatte, und das Florian sein Lieblingslied nannte. Marie-Claire am Klavier, Florian zu ihren Füßen auf seinem schrecklichen Instrument. Sie hatten beide keine Fortschritte gemacht. Marie-Claire zwang sich zur Geduld, bloß um von Florian geliebt zu werden. Er stellte einen völlig unpassenden Akkord ein, durch den die Oberstimme aus dem Takt kam und unterging, er löschte den Akkord und lachte, als Marie-Claire sagte: Armer Beethoven. Er dreht sich wieder mal im Grab rum, und wir sind dran schuld.

Florian verzog sein kleines hübsches Gesicht in vergnügtem Kummer. Marie-Claire sagte vorsichtig: Vielleicht müßtest du doch Noten lesen lernen. Diese dikken da in deinem Heft, die scheinen ja überhaupt keine Bedeutung zu haben. Jedenfalls nicht als Noten.

Doch, das sind Noten, beteuerte Florian, deutete herum und zählte schnell einige Buchstaben des Alphabets auf.

Wenn du bloß die Tastenzwischenräume zählst, um dir was zu merken, wirds lang dauern, bis du es intus hast, sagte Marie-Claire. Sie bewunderte, wie wenig schonungsbedürftig Florian war. Verglichen mit dem Marie-Clairechen war er das angenehmere Kind, leichter zu handhaben, richtig gelassen erziehbar.

Florian tat sich noch eine Weile geschäftsmäßig mit seinem Spezialnotenheft groß, das Marie-Claire nicht verstand. Er redete in Musikbegriffen, die sie nie gehört hatte, von Taktvorgaben, die anscheinend nur in der Welt der Keyboardspieler existierten. Der vom Computerinstrument überforderte und hingerissene Musiker drückte eine Auswahl von Knöpfen, wieder ertönte ein schummriger, schlüpfrig-kinomäßiger Tanzmusikrhythmus, diesmal zur Melodie von »Yesterday«, die Florians Zeigefinger und Mittelfinger der rechten Hand mit wenigen Mißgriffen in die Tasten klopfte – vier Takte lang, dann trennten sich Oberstimme und Begleitmusik, waren für immer auseinander.

Ich möchte es wirklich gern können.

Florian sah ehrlich wütend aus. In seinem Heft mit den Notenübergrößen war »Yesterday« mit »Gesterntag« übersetzt.

Schrecklich: Gesterntag! Marie-Claire stöhnte, sie schüttelte sich, alles ein bißchen übertrieben. Ihr

Wunsch, Florian außerordentlich gut zu gefallen, blieb inständig, obwohl sein Weggehen schon ziemlich überfällig war. Kannst du schon Englisch? fragte sie.

Florians Gesicht nahm einen besorgten Ausdruck an. Nein, ich kanns dummerweise noch nicht, sagte er. Ein paar Wörter kann ich, die kann ich ganz gut.

Ich aber, ich kann Englisch, sagte Marie-Claire. Ich könnte versuchen, »Yesterday« zu übersetzen. Das Deutsche hier ist ja entsetzlich. Da würden sich diesmal statt Beethoven die Beatles im Grab rumdrehen, wenn sie schon drin wären.

Einer ist schon drin, sagte Florian.

Ja, John Lennon, sagte Marie-Claire. Soll ichs übersetzen?

Florian gab gnädig seine Einwilligung. Er hatte mit dem deutschen Text keine Probleme, wonach er sich sehnte, das war, wie bei »Für Elise«, die Melodie, die wollte er spielen können. Der Schönheit galt seine Sehnsucht, und Marie-Claire dachte: Verdammt, der liebe kleine Kerl, er muß wohl musikalisch sein. Auf die Musik selber hat er es abgesehen, er möchte dieses verfluchte Keyboard beherrschen können. Es sind nicht nur all die gräßlichen Computerknöpfe, mit denen er so besessen herumspielen will.

Sie sang: »Gestern, ach!« Und brach ab, um zu sagen: Ja, so ginge es. Das paßt zum Rhythmus und ist tausendmal besser als »Gesterntag«. Gesterntag ist doch total idiotisch.

Na, ihr zwei? Patrick trat ins Zimmer. Ists nicht Zeit für dich, Florian? Ich glaube, da draußen warten deine Freunde schon auf dich.

Schmissig verpackte Florian sein Keyboard, das in

jeder Hinsicht noch viel zu schwer für ihn war, zu schwer die technische Manipulation, zu schwer das Gewicht, und er verabschiedete sich weltmännisch-höflich.

Hat Spaß gemacht, vielen Dank.

Marie-Claire fühlte sich erschöpft. Sie war erleichtert, aber auch verwaist. Sie brauchte eine neue Identität. Sie warf sich Patrick an den Hals und machte ihn zum Pa, indem sie in Willis zerquetschter verschnupfter Redeweise rudimentär verständlich das für Willi typische Mißfallen an jeglicher Lage der Dinge bekundete.

Und was nun? fragte sie sich. Wie weiter? Der Pa wußte hundert notwendige Betätigungen für den Rest des Nachmittags, und es handelte sich um einen beängstigend großen Rest.

Ich sollte sicher jetzt was Vernünftiges arbeiten, he? ließ sie Willi knottern.

Es ist ja Sonntag, aber immerhin, Willi, es gibt zu tun. Hast du deine Post erledigt?

Lieber Pa! Hilfreich gnädiger Mitspieler! So voll der Barmherzigkeit! Er empfahl dem zeternden und nörgelnden Willi nämlich, ein wenig draußen herumzufliegen, nach Bienenart, die Maja zu suchen, den Tausendfüßler, die Küchenschabe, Frau Marienkäfer und Fräulein Schmetterling, die Familie Mistkäfer, das übrige Insektengewimmel, den kleinen Ameisenstoßtrupp. Und dann sehen wir weiter, ja? Du machst dann deine Post und auch ein bißchen in der Wohnung sauber. Bienen sind nämlich von Natur aus fleißig, Willi, vergiß das nicht.

Marie-Claire erkannte Florian zwischen viel größeren Kindern sofort. Hinter den Parkplätzen auf der Wiese johlte er mit den anderen herum und jagte einem Fußball hinterher, den er als der Kleinste nie erreichen würde. Florian war jetzt ein ganz anderer als vorhin im Musikzimmer.

Hallo! rief er Marie-Claire zu, gut erzogen wie er war, kleiner Kavalier, aber zwischen den älteren Freunden abgelenkt. Er hatte jetzt keine Zeit für Marie-Claire. Beim Fußball wie auf dem Keyboard: Ehrgeiz und Scheitern, dachte Marie-Claire, um Schadenfreude zu empfinden. Was gründlich mißlang. Sie rannte ein paar Parkwege ab, und beim Nachhauskommen war ihre Seele nichts als ein Tief – ein Taifun bildete sich heran. Sie war nicht konkurrenzfähig. Im Wettbewerb ums ideale, das richtige Kind mußte sie unterliegen.

Ich war ein großartiges Kind, sagte sie. Wirklich, Patrick.

Hallo, Willi! Oder Marie-Clairechen? Patrick, der Gute, er begrüßte sie als Pa.

Marie-Claire, erklärte Marie-Claire. Die bin ich. Ich bin nicht mehr zehn Jahre alt.

Okay, bist du nicht.

Ich bin alt, rief Marie-Claire.

So alt, wie du willst, sagte Patrick.

Gestern, ach, dachte sie und sang laut: »Yesterday! All my troubles seemed so far away...«

Komm komm. Patrick hob beide Hände beschwörend, er schob mit den Handflächen etwas Unsichtbares – das Gewölk um Marie-Claire – nach unten, wie ein Dirigent, der sein Orchester in ein Pianissimo zurückdämpft.

Marie-Claire kündigte an, sie werde in der Küche den Feldsalat verlesen. Sie nahm einen Schreibblock mit, bald schnitt sie kleine Wurzeln ab oder entfernte ein welkes Blatt, bald notierte sie etwas: »Gestern – ach! Alle Sorgen alles Ungemach ...« Sie wollte nicht, daß Florian mit seinem Keyboard wiederkäme.

Florian kam und kam nicht wieder, und das beunruhigte Marie-Claire nun doch. Manchmal begegnete sie ihm in der Nachbarschaft, sie riefen sich »Hallo« zu. Marie-Claire verriet ihm nicht, wie fleißig sie »Für Elise« übte. Sie tat es immer nur, wenn Patrick nicht zu Haus war. Wenn keiner zuhörte, konnte sie es fast fehlerlos spielen. Aber dann, wieder an einem Sonntag, in der Mittagszeit, hörte Marie-Claire ihren Kinderfreund auf der Nachbarterrasse. Er spielte Polizeifunk mit einem Freund, der ihm in etwa 200 Meter Entfernung vorbeikommende Autos signalisierte. Marie-Claire faßte Mut, sie war ziemlich aufgeregt, als sie hinauslief und Florian nach dem gewohnten »Hallo« zurief: Ich habe »Yesterday« übersetzt. Willst du es bei Gelegenheit hören?

Florian kam ihr höflich entgegen und redete in sein Funkgerät: Achtung Achtung. Eine Unterbrechung.

Marie-Claire bot verlegen, aber auch stolz in einem Sprechgesang dar: »Gestern – ach! / Alle Sorgen, alles Ungemach / Vergessen im geglückten Tag. / Ich sehne mich nach gestern – ach!« Wie findest du es? Sie lachte.

Florian nickte zustimmend mit dem Kopf, er hielt den Daumen seiner rechten Hand hoch als Siegeszeichen, aber dann mußte er auf das Gequake und Knarren in seinem Funkgerät achten und rief, den Mund dicht an der Membran: Achtung Achtung. Delta Eins an Delta Zwei, bitte kommen! Die letzten Autokennzeichen wurden nicht korrekt durchgegeben. Bitte kommen.

Marie-Claire spielte noch eine Zeitlang großes Interesse am Funkgerät, dann ging sie. Am Abend quängelte sie als Willi: Ich hab nichts geleistet, schon wieder mal.

Es war ein heißer Sommertag, außerdem Sonntag, beruhigte der Pa. Sehen wir uns die letzte Folge an. Wir haben noch eine auf dem Band. He, Willi, was hältst du davon?

Marie-Claire saß beim Fernsehen so, daß sie Patricks Profil beobachten konnte. Sie, ehrlich gesagt, langweilte sich manchmal bei Majas und Willis Abenteuern. Beim ersten Mal, als sie sich zufällig in eine Folge aus dieser Zeichentrickserie geschaltet hatten, auf der Suche nach einem Bericht über eine Tagung, vor der Patrick sich gedrückt hatte, damals bei dieser Premiere war Marie-Claire, sowieso im seelischen Azorenhoch, kaum zu bremsen gewesen, sie hatte gelacht, war erschauert, wenn Maja und Willi in prekären Situationen steckten oder ein Ohrwurm sie selber ekelte, eine Raupe sich in fragezeichenhaft gekrümmter Körperhaltung fortbewegte. Marie-Claire betrachtete das Profil ihres Mannes, Patricks Profil. Er sah aufmerksam zu. Seine gewissenhafte Konzentration erinnerte sie an Florian beim Keyboardexperimentieren, beim Fußball, beim Funkgerät. Jetzt mußte Patrick lachen. Willy schien wieder einmal komisch-miesepeterisch die Hilfsbereitschaft seiner Gespielin Maja zu konterkarieren. Marie-Claire, die nicht aufgepaßt hatte, lachte mit, lachte sehr laut, lustig. Keine Ahnung, worum es ging? Sie war nicht mehr jung und schon gar kein Kind, und sie sah das nicht ein, weil es auch aus irgendeinem Grund nicht stimmte. Oh, wie genau sie wußte, worum es ging. Es ging um alles oder nichts.

Sechzig paßt

Ja, ists denn die Möglichkeit! Die kleine Sabina, die Kalamitäten-Sabina von einst! Aus besseren Tagen, lang lang ists her, in einen schnöden Intercity-Zug gezaubert! Das grenzt ja an ein Wunder!

Jean Strobel schien ein wenig betrunken zu sein. Er hielt sich am Nackenpolster des Vordersitzes mit der linken Hand fest, er schwankte mit den Bewegungen im Großraumwagen, mit der rechten Hand hörte er endlich auf, Sabinas Handgelenke festzuhalten und zu schütteln.

Ist das zu fassen?

Ja, muß es wohl. Ich bin noch immer da. Ich bin noch nicht gestorben. Sabina dachte: Verdammtes Pech. Unterwegs auf irgendwelche Bekannten zu stoßen, haßte sie.

Aus dem Reich der Toten, fürwahr! Jean Strobel lachte, wurde etwas ernster. Um ehrlich zu sein, ich habe nicht gewußt, daß Sie noch leben. Fällt mir schwer, das zu sagen. Jean Strobel, dem es überhaupt nicht schwerzufallen schien, lachte nun wieder.

Tut mir schrecklich leid für Sie, aber ich lebe. Sieht jedenfalls ganz so aus. Sabina ärgerte sich nicht mehr nur über Jean Strobel, sie war auch wütend auf ihre triebhafte gierige Gewohnheit, bei anderen Menschen einen nachhaltig becircenden Eindruck zu plazieren, um ihn dort in fremden Gedächtnissen auf festen Stammplätzen zu hinterlassen. Sie fragte sich: Wie sehe ich aus? Glühkopf?

Jean Strobel wurde von einem Bremsvorgang ein Stück vorwärts und auf Sabinas Sitz zu geworfen.

Allen Ernstes, ich dachte, Sie seien gestorben. Kleine Sabina von anno dazumal. Ach, was für Zeiten, endlos her. Pardon, ich bin nicht sehr taktvoll.

Sind Sie nicht, bestätigte Sabina, die gleichwohl dem Kritiker zulächelte, wofür sie sich verachtete. Deshalb kramte sie nach ihrem Lesevorrat für die Strecke München–Mainz. Sie griff nicht nach dem Krimi – welcher Glücksfall, sie hatte außerdem Becketts letztes Werk eingepackt. Großartiger Titel. Sie hielt den Einband unter Jean Strobels glasig blauen Blick. »Immer noch nicht mehr«. Ich nehme an, die Übersetzerin fand den Titel irgendwo im Text verborgen.

Sie möchten lesen? Jean Strobel setzte sich trotzdem auf den Einzelsitzplatz schräg gegenüber von Sabinas Doppelsitzen und verkürzte die Entfernung mit weit über den Flur ausgestreckten Beinen. Daß die kleine aufregende Sabina alt würde, älter ... schwer zu begreifen.

Wer nicht stirbt, wird alt und älter. Auch ihr Männer von damals werdet älter und alt. Sabina empörte sich und ließ es Jean Strobel nicht merken. Sein gerötetes Gesicht war in einzelne Fleischfladen aufgeteilt, die vertikal von den horizontal angelegten Tränensäcken abwärts zum schlabbrigen, ebenfalls fladenhaften Hals sanken. Ich habe besser auf mich aufgepaßt als du alter Wichtigtuer, dachte sie. Ich kann mich noch sehen lassen, vielleicht nicht gerade heute, aber manchmal schon.

Sabina, mit Ihnen gabs nie Langeweile. Sie schienen immer so verflucht katastrophenbedroht und verirrt und unglücklich. Da war doch diese Ehe …

Die ist immer noch da und nicht unglücklich.

Aber Künstlerinnen dürfen nicht glücklich sein, schon gar nicht glückliche Ehefrauen, wußten Sie das denn nicht?

O doch, das weiß ich und ich wußte es, ich habs von euch allen gelernt.

Jean Strobel tauchte in Erinnerungen, schmerzensselig. Unsere Feste damals! Und die Reise unserer Clique nach Sils! Sie kamen morgens über den Flur, es war nicht auf Ihrer Etage, und Sie hatten Ihren Ringelpullover falsch rum an, ich denke, Sie kamen damals aus Reitmillers Zimmer. Jean Strobel lächelte mit Sabina, als sei sie seine Patientin. Sie hatten immer etwas Nostalgisches. Ich fürchte, kein Mensch, keiner von uns allen, hat in diesen aufregenden alten Zeiten Ihre Sehnsucht stillen können, diesen Durst, dieses Heimweh nach irgendwohin.

Oh oh, machte Sabina. Sie fing an, sich aufzuregen; daß ihr Gesicht glühte, stand inzwischen fest, und von nun an wäre es aus mit dem günstigen Erinnerungsplatz in Jean Strobels kleinen grauen Zellen. Früher eilte eine winzigste Sabina-Mimik, ein Seufzer von ihr, übereinandergeschlagene Beine im viel zu kurzen Rock, ein kleiner Satz zu den Rezeptoren in männlichen Gehirnen: das spezielle Sabina-Suchtmittel. Der

Sabina-Nervenbotenstoff, der im limbischen System ansetzt, in der Hirnregion, worin Wahrnehmungsreize zu Gefühlen verarbeitet werden. Sabina wirkt, und man wird abhängig von ihr. Ja, früher!

Aber man hört und sieht nichts mehr von Ihnen, also bin ich doch ein bißchen gerechtfertigt mit meiner Todesanzeige für Sie. Jean Strobel blickte neugierig, gerade noch. Schon dicht davor, sein Interesse zu verlieren. Sabina spürte von jeher solche Winzigkeiten. Der Kritiker verströmte einen angegorenen Geruch und brauchte vermutlich wieder einen Schluck Wein.

Ich synchronisiere viel, hören kann man mich demnach schon noch oft genug.

Schlechter Agent? Agentin? Diesmal wollte Jean Strobel offenbar höflich sein. Die Konkurrenz schläft nicht, oder?

Das Lampenfieber, der ganze Streß, ich wars leid, log Sabina schroff abweisend. Was gingen den Trottel ihre Probleme mit blasierten Regisseuren und deren Vorlieben an? Dieser affige Kritiker, der eitle Pfau, er hatte sie ohnehin niemals beachtet. Er hatte sich nie zu einer Kritik über sie herabgelassen.

In diesem Augenblick wollte der affige Kritiker und eitle Pfau, nach dessen Lob – nur eine einzige Hymne, nur ein Mal wenigstens eine einzige Würdigung ihres Talents – sich Sabina zwanzig Jahre lang vergebens gesehnt hatte, tiefsinnig und traurig stöhnen, doch er mußte rülpsen und deshalb vordringlich diese beiden chemophysikalischen Prozesse aus seinen Innereien koordinieren. Er habe soeben an die arme unnachahmliche, unvergeßliche schmerzensreiche und hoch-, ja allzu hochbegabte Elena Traumann denken müssen.

Die Traumann, die Traumfrau – und ihr schrecklicher Tod in den Flammen. Ein loderndes Ende.

Schrecklich. Aber es hat zu ihr gepaßt. Gestorben, verbrannt. In einem Feuer aufgegangen. Jean Strobel schwärmte. Ihr ganzes Leben war ein Feuer, nicht wahr?

Schon möglich.

Sie war sozusagen eine Kerze mit zwei Dochten. Brannte ab, auf beiden Seiten. Von unten nach oben und von oben nach unten. Meinen Sie nicht?

So kann man es sehen. Sabina fügte hinzu, sie habe ihre Kollegin nicht besonders gut gekannt. Sie sagte spitz: Sie muß wohl so um die zehn, wenn nicht mehr Jahre älter gewesen sein als ich.

Schrecklich fand Jean Strobel, der Sabina zur Zeit nicht wahrnahm, diesen Tod der Künstlerin, und gleichzeitig wundervoll. Grandios.

Gut, da war zwar diese brennende Zigarette, weil sie einschlief, und das Feuer, aber gestorben ist sie an was Banalem, sagte Sabina in nüchternem Ton, für dessen Gelingen sie sich ein Kompliment zudachte. Sie ist gestorben, weil niemand in der Klinik wußte, daß sie süchtig war, und sie konnte es nicht sagen, welche hunderttausend Pillen sie unbedingt haben mußte. Die Brandwunden bekamen sie ja in den Griff. So war das.

Jean Strobel stand auf und schwankte nun wieder im Gang zwischen den Sitzreihen. Die Landschaft verpasse ich auch, dachte Sabina zornig. Schöne graugrüne Gegend, schöne trübe Bewölkung, wird alles von mir verpaßt. Über ihre Bitterkeit und die Eifersucht auf Elena Traumann gewann der eingebaute Mechanismus, nach dem sie anderen Menschen gefallen wollte, die Oberhand. Sie sagte: Ja ja, gut und recht, vorher waren die Flammen. Wer raucht schon nicht im Bett?

Sie haben die herrliche Elena nicht gemocht?

Jean Strobel stützte sich zu spät ab, und mit einem Ruck des Zugs stieß er schräg über den freien Sitz, und sein Fladenlächelgesicht stürzte auf Sabinas Glühkopf zu.

Doch doch, sagte Sabina, als Jean Strobel wieder aufrecht stand. Aber wie gesagt, ich kannte sie nicht sehr gut, der Altersunterschied, nicht wahr?

Ich weiß, ich weiß. Jean Strobel klang sentimental. Als Elena sechzig geworden wäre, schrieb ich ein paar Zeilen über sie, und auch das ist nun schon wieder einige Jahre her.

Genau diese sogenannten paar Zeilen ärgern mich jeden dritten Tag. Sabina dachte nur, was sie dem Kritiker nun endlich hätte sagen können. Der Schaffner störte die Szene, drängte sich zwischen Strobel und Sabina, begutachtete Sabinas Billet und knipste es, während sie laut sagte: Genau zehn Jahre her.

Was ist genau zehn Jahre her?

Ihre Elena Traumann-Prosa. Sabina lachte, wie sie hoffte: attraktiv. Und diesmal bin ich dran mit diesem grauenhaften Geburtstag. Und bei mir wird er stattfinden. Absolut schrecklich. Idiotin, schimpfte sie sich. Warum so bekenntnishaft. Deine Ehrlichkeit hat er nicht verdient. Gibs ihm! Sie war jetzt in Fahrt, sie sah Jean Strobel nicht an, statt dessen die Buchstaben auf dem Einband ihres Buchs: »Immer noch nicht mehr«. Ich weiß wohl, was Sie damals geschrieben haben, es hat sich mir ganz unleidlich eingeprägt. »Sechzig zu werden, das hätte zu einer Elena Traumann nicht gepaßt.« Das haben Sie geschrieben. Ob es der genaue Wortlaut war oder nicht, die Tendenz stimmt, die Aussage.

Richtig. Jean Strobels Bestätigung klang stolz und ergriffen. Sie war die Mädchenhafte. Elena und sechzig, o nein! Die geröteten Fladen in seinem Gesicht wackelten ein bißchen, als er sich wie angewidert schüttelte.

Aber zu wem paßt es denn, sechzig zu werden? Sabina wollte nun leiden. Unverändert am Dauerwunsch festgekrallt, Menschen gut zu gefallen, extrem gut, mußte sie doch einen Groll abladen, der ihr seit zehn Jahren zu schaffen machte, und zwar beim Urheber persönlich. Sie dachte: Paßt es denn zu mir, daß ich demnächst sechzig werde? Und warum schadet das Alter all euch schwammig gewordenen Männern gar nicht erst? Um ihren Zorn zusammen mit dem Nervenbotenstoff »Sabina ist erste Klasse, alterslose Sabina« in Strobels Rezeptoren zu schicken – beeilt euch, ihr Neurotransmitter! – fragte sie kokett: Paßt es etwa zu mir, sechzig zu werden?

Zu Elena Traumann hätte auch eine Ehe nicht gepaßt, glücklich oder unglücklich, fand Jean Strobel heraus, bis er in sich erforscht hatte, dagegen, daß Sabina sechzig werde, sei nichts einzuwenden. Machen Sie sich deswegen also keine Sorgen, meine Liebe.

Also, ich kann ruhig sechzig werden?

Doch, ja, warum nicht?

Aber der verkehrt herum angezogene Ringelpullover? Die latente Kalamitätengefahr?

Erinnerungen, Erinnerungen, säuselte Jean Strobel.

Draußen folgte jetzt eine ordentliche, wirtschaftlich gründlich ausgebeutete und von Zersiedelungen verhunzte Spießbürgerkleinstadt der andern.

Bald Stuttgart. Ich werde bald am Ziel sein. Jean Strobel rappelte sich auf. Zeit zum Abschied.

Für mich müßte dieser Beckett-Titel in zwei Hälften geteilt werden, sagte Sabina. In »Immer noch«: Ach, sie lebt ja immer noch, wie unklug von ihr, wie wenig romantisch, daß sie sechzig wird...

Ach ach ach, machte Jean Strobel. Er lächelte nachsichtig und glücklich.

... und in »Nicht mehr«. Nicht mehr interessant. Keine falsch rum angezogenen Pullover. Eigentlich doch nicht mehr am Leben. Sabina lachte. Tut mir leid, ich lebe.

Meine Liebe, das ist doch höchst erfreulich. Strobels wäßrige hellblaue Augen brachten das Kunststück fertig, nicht zu tränen. Sie sahen zum Überlaufen voll aus. Nur gewisse Künstlerinnen sollten weder verheiratet sein noch sechzig werden, die Stars unter ihnen, die Elena Traumanns, die Unglücklichen. Genießen Sie es, auf der anderen Seite vom Drahtseil zu balancieren, dort, wo das Netz aufgespannt ist.

Zu Männern paßt sechzig und Ehe?

Jean Strobel fand heraus, ja, es mache nichts aus, er habe noch nicht darüber nachgedacht, aber doch, es gehe beides, sechzig und Ehe.

Tolle Frau, irre Frau, wie konnte ich Idiot sie bloß aus dem Gedächtnis verlieren, so soll er von mir denken, der geile alte Schnüffler. Aber wie schaffte Sabina das bloß bis Stuttgart Hauptbahnhof?

Ein Glücksfall kommt immer unerwartet. Der Kritiker fragte: Bis wohin fahren Sie? Er erkundigte sich, in Aufbruchstimmung, förmlich und unkonzentriert.

Sabina, die nach Haus in die bürgerliche Ehe fuhr, welche in Bad Kreuznach stattfand, Mainz umsteigen, reagierte erleuchtet: Nach Köln. Aber nicht weitersagen, bitte! Das muß unter uns bleiben, ja? Ich flehe Sie an! Und dazu ein Lächeln, eilig abgeschickter Botenstoff wie damals, an die allerdings wahrscheinlich altersschlaffen Adressaten, die Rezeptoren im Gehirn des Kritikers Strobel.

Aber, o Wunder und zweiter Glücksfall: Strobel lächelte zurück, schmierig und großartig. Immer noch, tz tz. Die Fortsetzung der verkehrt herum angezogenen Ringelpullover auf den verkehrten Hoteletagen. Respekt Respekt. Kompliment. Na dann, auf gutes Gelingen.

Nicht mehr, dachte Sabina, aber das war nur der einfallslose Verstand, den das langweilige »Nicht mehr« sogar erleichterte, dem es bequem war und der es guthieß. Immer noch, wußte das phantasievolle Gefühl.

Noch mehr statt nicht mehr, und immer noch. Auch eine Art, sechzig zu werden. Bye bye, sagte Sabina.

Sie gaben sich je heiße Hände. Irre tolle Frau, dächte der Kritiker, wenn auch nicht weit übers Bahnhofsportal hinaus; Sabina verstand einiges von Psychologie und alternden Zellen. Jetzt verzichtete sie freiwillig auf Landschaftsausblicke und eine angenehme, melancholisierende Nachdenklichkeit und ging nach vorne zu den Nichtrauchersitzen. Sie setzte sich neben jemanden, der nicht darüber nachdachte, ob es zu ihr paßte, daß sie sechzig wurde.

Hallo, da bin ich wieder, begrüßte sie ihren Mann.

Ein Kunstwerk

Immy Pfister, nach einer wortreichen Hymne auf die Proportionen des kleinen Schlosses aus dem Barock und darauf, wie diese Ausgewogenheit vom landschaftsgärtnerischen Arrangement unterstützt wurde, empfand plötzlich: Das ist das Glück. Es wird, wie immer, nicht ewig dauern, aber eigentlich nur, weil ich es bin, die nachläßt. Man hätte es ja selber in der Hand, daß ein Tag glückt. Leider werde ich ermüden, ich werde mit dem Loben und Bewundern aufhören. Mein Glück jetzt, das ist Helmars Glück. Oder nennen wirs bei ihm Zufriedenheit. Er würde nicht so weit gehen, es für Glück zu halten. Armer Helmar, so bescheiden geworden, zweifelsfrei durch meine Schuld. Er war immer ziemlich anspruchslos, er ist es von Natur aus, aber ich habe ihn erst recht zurückgezwungen auf eine niedrige Stufe, von der aus gesehen das Glück unerreichbar weit oben hängt.

Immy fand, sie müsse weiterreden, über jeden neuen Anblick im Park begeisterte Sätze bilden. Die Pfisters hatten einen Ausflug gemacht, und Immy sagte: Du bist wirklich schrecklich lieb, verschaffst mir mitten in der Woche eine solche Oase der Schönheit. Weißt du, das kleinste Grüppchen aus ein bißchen Gebüsch, vielleicht mit einer alten Bank und einem Holunderbaum und farbigem Herbstlaub am Boden, das unscheinbarste Naturstück, gerade nur so als Ausschnitt betrachtet, es hat etwas Würdiges. Es ist still und vornehm. Es ist eine Komposition, nach allen Regeln der Harmonielehre. Immy lachte. Findest du mich hochtrabend? Verstiegen?

Helmar Pfister fand, das war sie. Gutmütig und, wie Immy vermutete, etwas stolz, weil er es war, der seine Frau an diesem simplen Wochentag in einen Empfindungsrausch versetzte.

Glück ist, wenn man im anderen Glück herstellt. Bei Helmar: Ruhe. Für ihn ist innere Ruhe schon ein Geschenk. Er stellt sich vor, daß ich zufrieden bin, und schon ist ers auch. Wie einfach. Warum kann ich nicht immer so sein, so lebhaft, so gesprächig? Ich brauche dermaßen viel Schweigen, ich muß mir angewöhnen, mehr und vielleicht eines Tages sogar lieber zu reden.

Sie besuchten die Teufelsschlucht, sie stiegen über die Holzsprossen des gewölbten Teufelsbrückchens, und Immy spielte »kleines Mädchen«, sie grapschte nach Helmars Hand, so als fürchte sie sich, und es stellte sich wirklich in ihrer Hand das Kinderpatschhandgefühl ein, sie fand es wundervoll und zwar vor allem, weil Helmar es wundervoll fände. Gruselig, huh! machte sie. Weißt du was, am Kanal hat es mir am besten gefallen. Ich hab schon angefangen, das Schloß für uns einzurichten, und heut nacht im Bett mache ich weiter damit. Es hat genau die richtigen Ausmaße für uns. Unten in der Halle, so stelle ich mir vor, empfangen wir die weniger intimen Besucher, und die Sesselgruppe kommt nach rechts, rechts vom Eingangsportal, dorthin auch das Telephon, ach und jeder Blick durch diese herrlichen hohen gegliederten Fenster geht in grünes oder im Herbst verfärbtes Platanenlaub und wir haben Akanthusblätterstukkaturen und Eierstabskymation an den Zimmerdecken, und du erklärst mir, was es sonst noch so gibt an griechischen Reliefs, und ich werde in meinen Wirtschaftsräumen abgelenkt sein, während ich uns aber was Schönes zum Essen zubereite, aber doch abgelenkt von all dieser Anständigkeit und Sittsamkeit und Ausgewogenheit der Landschaft draußen, vom kleinen grünen Wahnsinn... Oh, ich glaube, ich möchte ein Eis. Eis aus Waffeln, das haben wir eine Ewigkeit nicht gelutscht, aus Waffeln, du!

Immy dachte, mit ihrer Lust auf Eis aus der Waffeltüte habe nun Helmar mindestens drei Stufen auf der Leiter zum Glück erklommen. Weitermachen, spornte sie sich an, reden, alles sensationell finden. Glück, zweiter Tag. Gestern war ich auch so glücklich, erzählte sie.

Ich weiß, ich weiß, sagte Helmar. Du hast dich wie im Ausland gefühlt.

Sie war so verblüfft, als ich plötzlich in der Tür stand, sie hat sich so herzlich gefreut. Immy meinte ihre Mutter, der sie gestern einen unangekündigten Besuch abgestattet hatte. Mutter und Tochter sahen einander selten. Immy brauchte eine Stunde von Haus zu Haus, mit Bus und Umsteigezeit, Trambahn, Fußwegen.

Ich bin mit ihr zum Briefkasten und noch ein Stück weiter gewackelt, aber das weißt du ja auch, und daß sie viel besser gehen kann, wenn sie sich bei jemandem einhängt, aber ich werde mit ihr üben, einen Spazierstock zu benutzen, früher dachte ich, sie nehme keinen Stock aus, na ja, irgendwie Stolz, Eitelkeit, doch es sind Koordinierungsprobleme, die sie hat, sie hat Probleme mit dem Rhythmus ...

Immy hätte längst gern den Mund gehalten. Glück ist aber, genauso wie gestern, eine Arbeit, eine gewaltige Anstrengung der Seele. Sprich weiter. Spiel noch mal »kleines bewunderndes Kind«. Und ich werde mich auch nicht wie sonst üblich zurückziehen, wenn wir nach Haus kommen – schließlich kann ich die ganze Nacht über schweigen. Ah, Schweigen! Ganz stumm durch die Gegend fahren, auf dem Rückweg die Gedanken kommen und gehen lassen, ein Gesumm im Gehirn.

Ich richte das Schloß für uns ein, erklärte Immy, ich bin schon bei der Galerie im ersten Stockwerk. Sei fröhlich, Helmar, sei zufrieden, sei beinah glücklich, rief es in ihr. Sie mußte jetzt, 16 Uhr, ihr Alpha 5 schlucken, ein etwas heikler Moment. Du siehst so appetitlich aus, Helmar, sagte sie, jetzt weiß ich die richtige Charakterisierung endlich, ich meine, für dein Gesicht. Kein Wunder, daß alle meine Freundinnen dich so gern küssen. Sogar letzte Woche, als du diese furchtbar ansteckende Erkältung hattest – sie ließ es sich nicht nehmen, die Ulla, sie hat zur Begrüßung und zum Abschied mit dir geschmust.

Nun brachte Immy ihre zweieinhalb Tabletten in den Mund, geübt im Schwung, es sah so aus, als klappe sie bloß, um ein Gähnen zu bedecken, den Handteller vor die geöffneten Lippen.

Was machst du da? Helmar blickte argwöhnisch und versuchte, Immy zu fixieren.

Warum kann er nicht drüber weggehen, warum kann er eine so einmalige Stimmung wie diese nicht schützen? Immy gab sich unbeeindruckt, aber sie spürte Stiche im Bauch, und ihr Oberkörper schien sich zu verengen. Es war so, als passe sie nicht mehr in ihr Skelett. Inwendiges Kommando: Reden reden, alles schön finden! Das ist mein Alpha, wie gewöhnlich, alles wie immer. Weißt du, Männer sehen im allgemeinen nicht appetitlich aus, ich meine, ihre Gesichter sind eher ...

Wie viel hast du genommen? fragte Helmar. Er fragte nicht als tröstender Vater ein Kind auf der Teufelsbrücke mit einer warmen dicken kleinen Patschhand in seiner großen beruhigenden Pranke. Durch ihn war jetzt, in der Inkarnation Ehemann, keine Auferstehung zu erhoffen.

So viel wie immer. Immy redete schnell weiter. Unauffällige Gegenden so wie diese hier, ich habe sie am liebsten. Schon die Allee, diese Zufahrt zum Park, sie hat so was.

Ja ja ja, sie hat so was. Helmar lachte bitter.

Was ist denn, ist was? fragte Immy.

Das frage ich dich: Was ist denn, ist was? antwortete Helmar.

Ich fühlte mich großartig. Ich war glücklich. Immy klang etwas jämmerlich. Sie dachte: Ich hätte es geschafft, zwei Tage Glück hintereinander.

Du redest so viel. Du hast fast ununterbrochen geredet. Mir kommts reichlich verdächtig vor, wenn du so viel redest, sagte Helmar.

Nichts leichter als das: Ihn jetzt anzuschnauzen. Ihm die tiefe Enttäuschung zu verpassen: Dir zuliebe hab ich geredet, nur dir zuliebe! Ich bin tausendmal lieber stumm. Stumm wie ein Fisch. Nichts einfacher als ihm anzudrohen: Von mir hörst du heute kein Wort mehr. Nicht ein Sterbenswörtchen. Rache war süß, aber ein Bumerang, unbekömmlich.

Immy genoß ihr Eis nicht mehr, sie war einfach nicht mehr das geborgene Kind, das vertrauensvoll Eis lutscht. Auch ein gar nicht schlechtes Spiel: »Gekränktes Kind«, man wurde davon schön melancholisch und irgendwann getröstet. Aber Immy fühlte sich als die erwachsene Frau, die von Zeit zu Zeit Alpha 5 brauchte, was ihr Mann mißbilligte. Helmar mußte dazu gebracht werden, Alpha 5 zu vergessen. Es glückte ihr zu sprechen: Mir gefallen diese Galloways eigentlich viel besser als normale Kühe, Kühe mag ich auch, wie du weißt, aber bei den Galloways finde ich diese sehr kleinen Euter so sympathisch. Ich habe gelesen, daß sie keine Milch geben, das nimmt mich auch für sie ein. Reine Weidetiere. Immy lachte. Wollen wir nicht bitte noch zum Schluß den Galloways auf Wiedersehn sagen? Und du streichelst wieder ihr wunderbares dickes fransiges Fell? Ich habs zu gern, Helmar, daß du so gut mit Tieren stehst.

Das Freundlichsein ist eine Gnade: Helmar taute auf. Zwar muß Gnade erteilt werden, aber gelegentlich hat man Gnadenakte selbst in der Hand. Die Mitarbeit am Glück, diese Schwerarbeit. So ging es Immy durch den Kopf, der gar nicht bei der sommerversengten Weide und bei den fünf kamelhaarfarbenen Galloway-Rindern war. Sie startete eine neue Bewunderungssalve für das Grüppchen aus drei kleinen Häusern, das auf dem

Parkplan »Das Dörfchen« genannt wurde. Und wenn du mich in der nächsten Woche oder sonstwann später fragen würdest, ob wir wieder hierhin fahren wollen, Helmar, du, ich würde »nein« sagen, lieber nicht, verstehst du, ich hätte Angst vor Fehlern bei der Wiederholung.

Zufriedene Rückfahrt. Immy gönnte sich ein paar Ruhepausen, lieferte aber dann und wann ein paar Redebeiträge zur Szenerie, über schlechte Autofahrer, den vom Orkan des Vorjahrs versehrten Wald.

Er sieht jetzt so urtümlich aus, er hat was von einem Urwald mit all den kreuz und quer liegenden Stämmen, findest du nicht? Überall ist neues Grün ausgebrochen, wilde Sträucher und Unterholz, ganz ideal für Vögel und Wildtiere, oder? Hej! Hast du den gesehen! Diesen Gangster von einem Autofahrer? Rast hier seinen Slalomstil ab, und am Abend ist er tot. Immy lachte. Weißt du, was ich mir für den Abend wünsche? Für von jetzt an bis zum Abend und die ganze Nacht hindurch? Kannst du dirs denken? Du kannst dirs nicht denken? Weißt du, warum es trotz allem gut ist zu leben? Wer nie gelebt hat, wird nie sterben, er wird nicht in den Himmel kommen.

Oder in die Hölle. Helmar lachte zur Gesellschaft ein bißchen mit.

Er wird die Ewigkeit nicht erblicken. Heute wars so wie dort, falls es ideal sein wird. Was also wünsche ich mir für heut abend und die ganze Nacht hindurch?

Ich weiß es nicht, und vielleicht ist das besser so, sagte Helmar.

Regen. Immy lachte wieder. Jetzt bist du beruhigt, stimmts? Regen, das ist nichts Verschrobenes.

Immy hätte ja viel lieber mucksmäuschenstill von

ihrem Sitz aus in die Gegend geschaut; sie fuhren schon durch die ersten unschönen Außenbezirke der Stadt, und die Stadt wirkte in ihrer vertrauten Unansehnlichkeit auf sie wie eine alte offene Tasche zum Herumkramen, aber sie redete weiter, weil sie empfand, wie sie mit jedem gutartigen Wort in Helmars Gemüt Behagen gleichsam einpflanzte. Sie nahm sich vor, ihm ein Abendessen zuzubereiten, das den Namen »Abendessen« verdiente. Dazu mußte sie memorieren, was im Kühlschrank und im Vorratsfach für ein solches regelrechtes Abendessen übrig war.

Selleriesalat? Und was dazu? Oder etwas mit Thunfisch und Chilibohnen? Immy brachte das Opfer und entschied sich für gebratene Paprikaschoten mit Zwiebeln und dazugeschnipseltem Corned Beef, es war ein Opfer, denn sie hatte keine große Lust dazu, längere Zeit im Küchendunst zu verbringen. In einer Aufwallung von Güte setzte sie, ein bißchen verspätet, sogar noch einen Topf mit Kartoffeln auf.

Wer redete da? Durch die geschlossene Küchentür – geschlossen, damit der Bratdunst nicht durch die Wohnung strömte – hörte Immy Helmars Stimme. Er war am Telephon. Es hatte doch aber gar nicht geklingelt. Also mußte er selber irgend jemanden angerufen haben. Das war ungewöhnlich, denn so eine Absicht kündigten sie einander an. Immy lauschte.

Das hat mir ganz und gar nicht gefallen. Sie hat geredet und geredet. So viel redet sie sonst nicht. Auf dem Beipackzettel von Alpha 5 steht bei den Nebenwirkungen nichts von Redesucht. Wie bitte? Sie meinen das wirklich? Weil sie sich wohlgefühlt hat? Glücklich? Helmar hörte wieder eine Weile zu und stellte dann in der bedächtigen, gewissenhaft archivierenden Manier fest, die seine Existenz regulierte: Falls sie wirklich, weil sie glücklich war, so viel geredet hat, dann war es künstlich, ich meine, das Glück, es war Alpha 5.

Immy riß die Küchentür auf und rief: Allerdings! Aber nicht *NUR* künstlich, sondern *SOGAR*. Künstlerisch! Es war Kunst! Es war ein wundervolles Kunstwerk!

Sie schmetterte die Tür zu. Das Paprikagericht war so gut wie fertig. Armer Liebling, sagte sie zu sich, und wen von ihnen beiden meinte sie? Gewiß, Helmar, den auch. Armer Liebling. Unter dem Topf mit den Kartoffeln war die Herdplatte heiß geworden. Aber diese Platte schaltete sie nun auf Null zurück.

Man soll ja offenbar nicht übertreiben, nicht wahr, sagte sie zu den Kartoffeln.

Gabriele Wohmann

Aber das war noch nicht das Schlimmste
Roman. 395 Seiten. SP 2559

Ach wie gut, daß niemand weiß
Roman. 281 Seiten. SP 2360

Ausflug mit der Mutter
Roman. 138 Seiten. SP 2343

Bitte nicht sterben
Roman. 362 Seiten. SP 2142

Er saß in dem Bus, der seine Frau überfuhr
Erzählungen. 288 Seiten. SP 1772

Ernste Absicht
Roman. 281 Seiten. SP 1698

Der Flötenton
Roman. 488 Seiten. SP 2361

Was wie eine harmlose Ferienromanze beginnt, ergibt im Lauf des Romans ein abgründiges Panorama von Lebensglück und Lebenslügen durch die Generationen.

Frühherbst in Badenweiler
Roman. 176 Seiten. SP 2048

Habgier
Erzählungen. 91 Seiten. SP 1666

Ein Mann zu Besuch
Erzählungen. 280 Seiten. SP 1863

»Es sind ausnahmslos brillante Texte, und mehr als das: konzentriert und doch mit Nuancen und Zwischentönen versehen, straff gebaut, ohne daß die Konstruktion sichtbar würde, unterhaltend sogar, aber immer zwischen Ironie und Trauer.«
Neue Zürcher Zeitung

Paulinchen war allein zu Haus
Roman. 256 Seiten. SP 2344

Plötzlich in Limburg
Komödie in vier Bildern. 114 Seiten. SP 1051

Das Salz, bitte!
Ehegeschichten. 296 Seiten. SP 1935

Die Schönste im ganzen Land
Frauengeschichten. 352 Seiten. SP 2463

Wäre wunderbar. Am liebsten sofort
Liebesgeschichten. 372 Seiten. SP 2304

Roswitha Quadflieg

Die Braut im Park

Roman eines Lebens. 225 Seiten.
SP 2396

»Wenn du siebzig wirst, ziehst du ein weißes Kleid an, gibst ein großes Fest auf Skansen, und ich komme zurück und heirate dich.« Damals, auf dem Bahnhof in Stockholm, hatte Gerda von Croneborg, dreißig, Mutter einer vierjährigen Tochter und gerade geschieden, lachend der absurden Idee ihres Liebhabers Per zugestimmt. Heute, nach vierzig Jahren, hat sie mit ihrem letzten Geld ihr Versprechen eingelöst, und alle waren gekommen: ihre Tochter Selma mit den beiden Kindern, ihr ältester Bruder Knut mit seiner Frau Johanna, ihr Lieblingsneffe Nils. Nur einer nicht: Per, für den sie sich geschmückt hatte wie eine Braut. Nun sitzt sie draußen im Park, in der Kälte und Finsternis, eine alte gebrechliche Frau, und beginnt den Bilderteppich ihres Lebens Schicht um Schicht freizulegen. Knapp und lakonisch, dabei zugleich fesselnd und eigenwillig zieht Roswitha Quadflieg die Bilanz eines Lebens und öffnet den Blick auf die Dinge, wie sie wirklich waren.

Bis dann

Roman. 185 Seiten.
SP 2395

»Roswitha Quadflieg hat das klassische Genre des sentimentalen Briefromans meisterhaft in eine Gegenwart übertragen, der Jugend alles und Alter nichts als Abstieg und Schmach bedeuten. Daß echte Liebe in mancherlei Gestalt daherkommt und die Tiefe der Gefühle an kein Alter gebunden ist, zeigt sich in diesem Roman.«
Brigitte

Fabels Veränderung

Roman in einem Kapitel.
112 Seiten. SP 2397

Am Morgen nach seinem zweiundvierzigsten Geburtstag erweckt Simon Fabel in seiner Vorstellung ein Kind zum Leben, das niemals geboren wurde, weil es von Fabels damaliger Geliebten nicht gewollt war. Und Simon Fabel verändert sich...

Wer war Christoph Lau?

Roman. 164 Seiten. SP 2523

Wer war Christoph Lau, der unbekannte Vater, der die Adresse seines unehelichen Sohnes gekannt, den aber Benjamin nie zu Gesicht bekommen hatte?

SERIE PIPER

Birgitta Arens

Katzengold

Roman. 224 Seiten. SP 2421

Wie die Mächenprinzessin Sheherazade und die Florentiner Adelsgesellschaft des »Decamerone« Geschichten erzählen auf Leben und Tod, so tun dies auch ihre späten Nachfahren: Großmutter und Enkelin aus einem kleinen Dorf im Westfälischen. Während jene noch ihre Märchen und Novellen im Wettlauf mit dem Tod vortragen, ist dieser hier von Beginn an entschieden: Großmutter stirbt – doch mit ihr nicht die Erinnerung an ehedem, nicht die Lust der Enkelin, ihre Kindheit fabulierend an sich vorbeiziehen zu lassen. Erzählt wird von einer zukurzgekommenen Elterngeneration auf der angestrengten Jagd nach Glück. Von Papa, dem Aufsteiger ohne erlernten Beruf, von Mama, die nicht vergißt, wo sie herkommt, und stets das kleinere Übel vorzieht. Erzählt wird von der richtigen Liebe und falschen Freunden – und immer wieder vom Glück.

»Katzengold« ist eine autobiographische Fantasie, eine kunterbunte Familienchronik, ein spielerischer Roman. Birgitta Arens fügt in ihrem Roman Geschichten, Anekdoten und Erinnerungsfetzen zu einem Mosaik, das sich im Spiegelkabinett der Imagination bricht. Kolportage mischt sich mit Märchen und Mythos, die Litanei mit dem Lied, die Tragödie mit Slapstickelementen. Zeiten und Perspektiven wirbeln in bunter Folge durcheinander, Selbstreflexion verschmilzt mit Traumvisionen. »Katzengold« kommt lustig und traurig daher, witzig, trivial und elegisch, literarisch meisterlich und unterhaltend zugleich – ein humorvoller, intelligenter Roman.

»Indem sie scheinbar private Lebensaugenblicke erzählt, schreibt Birgitta Arens auch eine Geschichte der Bundesrepublik Deutschland und des gar nicht so wunderbaren Lebens der Menschen im Wirtschaftswunderland.«

Die Zeit

Sten Nadolny

Die Entdeckung der Langsamkeit

Roman. 359 Seiten. SP 700

»Dieses Buch kommt, scheint's zur richtigen Zeit. Nadolnys heute ganz ungewöhnliche ruhige Gegenposition im gehetzten Betrieb der Politiker und Literaten hat etwas Haltgebendes und unangestrengt Humanes.«

Der Tagesspiegel

Netzkarte

Roman. 164 Seiten. SP 1370

»So unterschiedlich die Hauptdarsteller in seinen Büchern auch sind, eines verbindet sie: der besondere Blick auf das kleine Abenteuer und das große Erleben… Das Staunenkönnen zeichnet Sten Nadolnys Helden wie ihn selber aus, und er lehrt es seinen Lesern neu.«

FAZmagazin

Ein Gott der Frechheit

Roman. 288 Seiten. SP 2273

»…Jenseits der tradierten Heldengeschichten vom Götterboten Hermes spinnt Nadolny seine Handlungsfäden zu einer amüsanten göttlichen Komödie unserer neunziger Jahre weiter. Mit Hermes begreifen wir die politischen Veränderungen in Osteuropa ganz anders. Es ist der Blick des Fremden, der uns unsere unmittelbare deutsche Gegenwart mit neuen Augen sehen läßt.«

Focus

Selim oder Die Gabe der Rede

Roman. 502 Seiten. SP 730

Das Erzählen und die guten Absichten

Münchner Poetikvorlesungen im Sommer 1990, eingeleitet von Wolfgang Frühwald.
136 Seiten. SP 1319

Neben den intuitiv-schöpferischen Kräften, die dem romantischen Bild des Dichters entsprechen, interessiert ihn ganz besonders die Rolle der bewußten, logisch begründbaren Erzählziele. Dementsprechend zieht er sich bei seiner Abwehr »guter Absichten« nicht hinter die unangreifbare Forderung nach schöpferischer Souveränität zurück.